JN200258

落馬する人々

PASCAL
QUIGNARD
collection

パスカル・キニャール・コレクション

落馬する人々〈最後の王国7〉

小川美登里 訳

水声社

責任編集
小川美登里
桑田光平
博多かおる

目次

1 （瀕死のシャルル九世） 11
2 （ベルグハイム） 13
3 不在 14
4 （三つの独仏戦争） 17
5 恥辱の荷鞍 22
6 連帯は悪である 27
7 （一五二六年のフランソワ一世） 32
8 （ル・アーヴルの辻公園） 33
9 ランスロットの幼年期 35
10 最初の言葉 38
11 落馬しない英雄 40
12 クレーヴ夫人 41
13 エピクテトス 43
14 落馬者たち 44

15 パウロの誘拐《デ・ラプトゥ・パウリ》 47
16 鉤槍 50
17 ブラントーム、グルヴィル、モンテーニュ 51
18 メニルモンタンでのルソー 55
19 ラ・パリス元帥の馬 60
20 音楽家の騎士 64
21 カルナックの海岸 65
22 あなた方はいずこに行くのか《クオ・ヴァディス》？ 68
23 （猛獣《ラパックス》） 71
24 ランスへ赴いたモーム 74
25 シャルの略奪《デ・ラプチュ・シャル》 77
26 メッティウス・クルティウスの馬 80
27 陰鬱な物語 82
28 ケルンでのフロイト 83

29 馬枠 85
30 馬のたてがみ 89
31 (アペレス) 92
32 パエトン 94
33 一六二一年、一八七七年、一八八九年のニーチェの馬 96
34 落馬したギュンナー 100
35 (ゲルマニア) 101
36 セユスの馬 103
37 詭謀すること 105
38 (アンリ・ミショーのポリシー) 109
39 ペトラルカ 113
40 ラ・ボエシー 115
41 自由の音 119
42 オウィディウス 120
43 政治参加についての一般理論 121
44 読書すること 125
45 時間の馬 127
46 (オルフェウス) 136
47 蟷螂 138
48 雄弁術師アエリウスの後弓反張 139
49 デリラ 143
50 (肉食動物) 147
51 ハンナ・アレントの連鎖式 150
52 (種の道徳的性向) 151
53 沈黙の核 152
54 ロデスの女小作人 156
55 ヨゼフについて 160
56 (星宿《シデラ》) 162
57 ブリザック攻略 163
58 腐肉を漁る動物たちの群れ 165
59 帰りの道すがら 170
60 禿鷹《ウルトウル》 173
61 砂漠のヘラクレス 181
62 (グリム) 183
63 ルーンのメニュー 185
64 アルティーグのブロワ夫妻 186
65 (飢え) 191
66 戦 193
67 ダンヌンツィオ 198

68 （ドービニエ） 200
69 ロコラとトルガハウト 204
70 追い立てること《エクスキタレ》 209
71 過去の茶毘 213
72 内戦《スタシス》 216
73 （反独裁戦線） 220
74 （ルネ・デカルト） 222
75 （タキトゥス） 223
76 （アヴァルの連隊） 224
77 邪悪な循環は神《キルクルス・ウイテイオスス・デウス》 228
78 空虚な場 232
79 都市国家《ポリス》 236
80 国家《ポリテイア》 238
81 誕生《ナテイオ》 240
82 フラウ・クラインマン 245
83 247
84 愛国心のおもちゃ 248
85 故郷への憧憬について《デ・デシデリオ・パトリアエ》 249
86 境界 251
87 ジョン・ホートン 253
88 恐怖政治 254
89 別世界へのパスポート 259
90 故郷喪失《ハイマートロージヒカイト》とシャーマニズム 262
91 （狼とともに吠える） 268
92 パウリヌスとテラジア 270
93 時の経過《プラエテリテイオ》 274
94 リヨン駅 280
95 後退《アナコレシス》、解消《アナリュシス》、分離《アプレーズンク》、民衆の乖離《セケッシオ・プレビス》 281
96 他人の視線を拒絶しなければならない 287
97 時代 290
98 孤独な人に災いあれ《ウァエ・ソリ》 294
99 エレボス 296
100 ルイーズ・ミシェル 299
101 孤独《ソリトウーデイネ》について 303
102 （夜の馬） 309

《落馬する人々》について——「解説」にかえて 311

訳者あとがき 333

1　（瀕死のシャルル九世）

彼は血を吐き続けていた。鴉たちがやって来ては、ルーヴル宮の王室の窓の真正面にみえる尖った翼部の屋根の上に降り立った。集まった鴉の数は山のように増え続けた。瓦のうえで蠢き合い、場所を陣取ろうと互いの翼で押しのけながら、かあかあというしゃがれ声や金切り声をあげて叫ぶ鳥たちの姿を見て、フランス王は恐怖に怯えた。王は思った。黒く艶めいたあのたくさんの小さな頭、尖った鳥たちのその顔は、町全体が聖《サン》バルテルミーの祭りで賑わったあの日、王みずから勅命を下したあの大虐殺を非難しにやってきた死者たちの魂なのだ。横たわったままでいると息がつまり、血が喉を逆流してきた。そこで彼は体を起こした。鴉たちは考え直して立ち去ったのではないか――そう思って毎晩、幾度か窓のひとつを見に行った。王は二十四歳にして老人の風貌だった。一五七四年五月二十八日の夜、宮中の一室ではルギエリが二人の修道士に付き添われていた。彼らは祭壇を立てた。祭壇を黒布で覆い、漆黒の蝋燭を載せた二本の燭台を置いた。その晩に王が吐いたばかりの血で満たされた聖杯を探しに行った。それから、祭壇の脇に置かれた腰掛けにシャルル九世を座らせた。そばの肘掛け椅子にはカトリーヌ・

ド・メディシスが座り、開始の合図を与えた。修道士のひとりが若いユダヤ人洗礼志願者を部屋に連れてきた。ルギエリは若いユダヤ人を目の前に跪かせた。そして口を開いて、舌を出すように命じた。そして若い少年の舌の上に初めての白い聖体パンを載せた。主の御身をのせたその唇が閉じられるやいなや、見張り番のひとりが剣で子どもの首を刎ねた。その首を修道士が拾う。それを祭壇上の血を湛えた聖杯の前の黒いオスチアの上に載せる。ルギエリはフランス王に言う。もっと近づいて子ども（もっとも新しいキリスト教徒であり、最後の死者）の口元に顔を寄せ、これから何が起こるかを語るようにと死者に祈りを捧げながら、その耳をしっかりと死者の唇に近づけてお聞きなさい。短い沈黙のあと、刎ねられた頭の唇がつぶやきを漏らした。子どもの唇は、二度はっきりと「無理強いされた」と言ったが、誰ひとりとしてその言葉の意味を理解することができなかった。それでも、その言葉が発せられるやいなや、フランス国王は気絶した。カトリーヌ・ド・メディシスは息子のそばに屈み込んで、気付け薬を嗅がせた。意識を取り戻したとき、シャルル九世は死んだ子どもの首を指さして、「あれを余から遠ざけよ」、と叫んだ。それから二日後の一五七四年五月三十日、母君である王妃の腕のなかで揺りあやされながら、王は恐怖の呻き声をあげつつみずからの血で窒息死した。

2　（ベルグハイム）

ベルグハイムにある店の扉をわたしは押す。長三度の呼び鈴の音が鳴る。そしてこう尋ねる。

「結晶片岩ワインは届いていますか、ルドヴィッヒ？」

「ここはタバコ屋ですよ、シュノーニュさん《ヘア・シュノーニュ》〔シャルル・シュノーニュは一九八六年に発表されたパスカル・キニャールの小説『ヴュルテンベルグのサロン』の語り手の名前。二〇〇六年に書かれた『アマリアの別荘』にも再登場する作家の分身的な人物〕、それから私の名はアルブレヒトです」

彼の新たな名前を使ってわたしは礼を述べ、そっと扉を閉めた。

3　不在

アランフェスでの軍務からの帰途、アストゥリアスの王子フェルディナンド七世は、ジョルジュ・サンド〔一八〇四―七六。フランスの女流の小説家。本名はオロール・デュパン。作曲家ショパンの愛人としても知られ、代表作は『魔の沼』『愛の妖精』〕の父に立派な馬を贈った。馬は見事な毛並みをしていた。若駒で、いわば荒馬だった。名をレオパルドと言った。

一八〇八年九月十七日金曜日、デュブレ家で四重奏を演奏するために、ジョルジュ・サンドの父は愛馬レオパルドに跨がり、ノアンからラ・シャトルへと向かった。デュブレ家で夕食を取り、ヴァイオリンのパートを完璧にこなし、十一時に暇を乞うた。ギャロップで橋を渡った馬は、暗がりのなかで小石の残土に躓き、危うく転倒しそうになってよろめき、身を起こしたときの激しさで騎士を落馬させ、三メートルほど後ろの地面に騎士の身体は投げつけられた。その衝撃で、騎士の頚椎が折れた。ジョルジュ・サンドの父は三十一歳だった。彼の身体は旅籠のテーブルの上に安置された。そして、深い闇の中、視界を照らすランタンひとつを先導にして、テーブル上の死者はノアンまで運ばれた。人々は眠っていた四歳の子どもを起こし、父が落馬したことを告げた。

＊

父なし子、蔑まれた半狂乱の女中の子、貴族で病弱の老女（クロイソス〔前五九五―四七。リュディア王国最後の王。莫大な財宝の所有者であり、その名は「富める者」の同義語として用いられた〕ほどに裕福で、息が詰まるほど陰気で、秀でた演奏家だった女性）の孫娘オロールは、思春期を迎えると、それまで幸福に暮らしていた寄宿学校での生活から突然引き離され、その絶望から「アンドル川の水深六十メートル」に魅了された。

　水を見るやいなや「死のめまい」が私を呑み込んだ、とサンドは書いている。みずからを呑み込むものに向かって彼女は身を投じ、そして溺れた。

　そのとき少女の命を救ったのは、四つ足で水中を泳ぎ、鼻と歯を使って彼女の身体を岸辺へと押し上げた彼女の愛馬コレットだった。

　少女は「柳枝の端」にしがみつく。

　生涯をとおして、ジョルジュ・サンドは「柳枝の端」に寄り縋って生きた。

　彼女は書いている。「死の誘惑があったとしても、それは私自身のせいではなかった。神秘的な魔力のように私を魅了したのは、ピストルや阿片剤ではなく水だった。川のほとりを散歩することしかもう私はしなくなっていたけれども、どの川に行っても、河床の深い場所を私は探した。そして、まるで愛人の身体に繋がれたかのように、私は川辺にたたずんだ」

＊

　風変わりにみえるその渇望について言うなら、ジョルジュ・サンドの場合、家族や使用人や集団を可能な限り避けてどこか片隅に逃れるという願望よりはむしろ、サンド自身がそうした隠れ家に与えた名前の中にこそ、その意味を見出すべきだろう。サンドはその場所を「不在」と呼んでいた。

彼女はその場所を、休息とも、仕事部屋とも、私だけの部屋とも、孤独とも呼ばなかった。彼女はノアンの自宅のこの「片隅」を「不在」と呼んだのだ。

生涯を通じて、彼女はこの「不在」の場所で不在であることを望んだ。

ノアンで過ごすときには、まだ子どもだったときに落馬した父の死を告げられたその部屋で、ジョルジュ・サンドはいつも書き物をしていたという。黒いタイツを彼女が履かされたのもそこだった。まだ四歳の小さな裸の身体が、重くて大きすぎる絹のドレスの中に沈められたのもそこだった。黒い未亡人のヴェールで髪を覆うように少女が強いられたのもこの部屋でのことだった。父が「死ぬのをやめる」のを一生かかって彼女が待ち続けたのもまた、この部屋の中だった。

＊

一八五六年七月二十三日、ジョルジュ・サンドはシャルル・ポンシィにこう書き送った。「『不在』ではいつも呼吸することができます。不在と省察の人生こそ、私にぴったりな唯一の生なのです」

それから十年余りのちに、ジョルジュ・サンドはギュスターヴ・フローベールに宛てて書いた（一八六七年一月十一日）。「平穏な仕事という私のささやかな理想に合わないもの一切について、私はまったく関心がありません。私の脳は分析的総合しか行わないのです。昔はその逆でした。でも今は、目覚めたとき私の目に映し出されるのは地球の姿なのです。かつて私が関心を寄せた私自身の存在をそこに見出すことは、たやすくありません」

生涯を通じて人は起源の場所を探す。この世以前の場所、自己が不在で、身体がみずからを忘我する場所を。

4　〈三つの独仏戦争〉

　どんな子どもであれ、自分を生んだ者の姿にみずからの不幸の手本を見出す。そこから、人間的な時間、とりわけ思春期のはるか先まで学業期間が長引き、技術的な刷新に熱をあげる工業的、学識的、学術的社会における時間に作用をおよぼす、かくも奇妙な遅延の構造が生じる。若者たちを待ち受ける苦悩は、徐々に無意識へと変化したひとつの記憶、自分にとって理解不可能なものへと化した記憶のようにして彼らを魅了する。もうはるか前に生きることをやめた人々の方へと、そうとは知らずに彼らは近づき、わずかに垣間見ただけの故人の態度を引き継ぐのである。自覚がないにせよ、若者たちはすでに年寄りなのだ。彼らを照らし出す松明、そこに彼らが光しか見ない松明こそ彼らの地獄である。そこには苦悩しか残されていない。だが呻き声は響きとなり、たとえわずかであれそれぞれが聞きとられることによって、その音は少しずつ時代を越えて、死者の名字の形で伝わっていく。

＊

わたしの父とふたりの祖父、曾祖父たちの多くは、相次いで起こった三つの独仏戦争で闘った。一八七〇年七月十九日、一九一四年八月三日、一九三九年九月三日、これらは、再び不確かとなった国境の両側で、三つの総動員令が出された日だ。

わたしの家庭では、自分たちがドイツ人なのかそれともフランス人なのかもう分からなくなっていた。歴史とはかくも緩慢なものだ。八四二年のストラスブール。八四三年のヴェルダン。八六七年のメス〔八四二年、八四三年、八六七年、これら三つの年号は、ストラスブール、ヴェルダン、メスで領土分割の条約がなされた日付をそれぞれあらわしている（「ストラスブールの誓約」、「ヴェルダン条約」、「メルセン条約」）〕。境界とは、流動的で、残酷で、先祖返りの想像上の線のことである。闘いが行われる前線、武器や馬、そして死体置場に溢れた考古学的な発掘場所、不安の貯蔵庫。喪と疑念が形づくる想像上の線。

＊

女性の交換を結婚と呼ぶように、人は死者の交換を復讐《ヴァンデッタ》と呼ぶ。そして、この場合、あらゆる死が結婚だといえる。というのも、真の復讐《ヴァンデッタ》の仕上げに、すでに起こった殺人の代償として、殺された人間の妻と子どもたちが誘拐されるからだ。こうして、ひとりの若い女性とひとりの成熟した女性、そしてひとりの老いた女性の手によって、わたしは育てられた。

チェチリア、アンヌ、マリー。

ミュラー、ブリュノー、エステーヴ。

人間にとってすべてが左右対称《シンメトリー》なのは、言語があらゆるものを左右対称にするからだ。動物社会ではすべてが非対称である。捕食関係がすべてなのだ。猛獣同士の関係を規定するのは、相互的でない暴力である。動物社会ではささいな戦争すら起こらない。そこでの個別性は極限的である。同一性、類、一般性、そして一般性を支える相反性、こうしたものは人間世界でしか生じない。

ゆえに言語だけが――つまり子に先んじて存在する集団の言語を子が習得する事実と、子が苦労してものにするその言語の単純な作用だけが――、異質なもの同士を対立させ、相関させ、極化し、性差化し、その結果、情熱や嫉妬、敵意を駆り立て、好戦的で敵同士の関係に仕立て上げる。

*

神は言った。「メリオレス・スムス・シングリ」(*Meliores sumus singuli*) われわれは孤立して最良である。われわれはそもそも独りなのだ。人は「不在」のなかに頭を滑り込ませる。柵に南京錠をかけ、入口を鎖錠し、窓を閉め、外の遠くの場所で行われる虐殺がおさまるのを、姿を見られないようにして待ち続ける。

最高に孤独《スムス・シングリ》。

両親の希望を聞き入れようとするのは懸命ではない。集団の願いに従うのは不運なことだ。何ものもきみの頭に転移しないように。転移から逃避せよ。奉仕することを止めなさい。「いたるところ憎しみが最初だ」という表現が言わんとするのは、「いたるところ孤独が最初だ」という意味である。

セネカは書いている。「剣闘士のごとくに解放された者となれ《デウィエンス・エクサウクトラトウス》」エクサウクトロという語は遂行的動詞で、「兵士に除隊を許す」という意味である。見世物が終わった後に皇帝がその言葉を発したことから、「われは剣闘士を剣闘場の奉仕から放免する」という意味になった。「われは剣闘士を剣闘場の奉仕から放免する」とはつまり、「闘いの果てに待ち受ける死から、私はこの男を解放する」という意味である。

権力から放免されなさい。

「お役御免となった《エクサウクトラタ》」という語は廃語である。

ひとつの廃語となりなさい。

きみの唇にのぼるひとつの廃語になることを目指して、きみ自身の名字を捨てることを自分に許すのです。

*

大多数の人間は、混沌と、混沌に対する防御の間で揺れ動いている。

われわれはほぼふたつに切断されている。片方は狂気で、もう片方は規範である。

師《ラビ》レーヴ〔イェフダ・レーヴ・ベン・ベザレル（一五二五―一六〇九）は、プラハのラビで神秘思想家〕はさらに徹底している。というのも、彼によると、人間の生を横断可能にする道は剃刀の刃なのだから。一方には地獄があり、他方もまた地獄である。

最初にふたつの道がある。それらを合流させるのは性交だ。誕生とともに道は分岐する。二頭の雌馬に牽かれた荷車のうえで、ライオス王〔ギリシア神話に登場するテーバイの王で、オイディプスの父。ギリシアの悲劇作家ソポクレスが書いた『オイディプス王』の物語では、父を盗賊と取り違えた息子オイディプスによって惨殺される〕は立ったまま手綱を握っていた。ポーキスにある三叉路の分岐点、つまりダウリアからの道とデルフォイへの道が交わるその場所で彼は殺された。オイディプスは十頭の野生馬を追い立てていた。十頭並んで通るには、デルフォイへの道は狭すぎた。

*

この世の役回りから幸福者たちを消し去ろう。幸せな人々《トッレ・フェリケス》を消せ！　幸福な人間を消せば、誰も不幸だと感じることはないだろう。

*

魅惑的な表情に対して神経症患者が感じる怨恨の情を、ウィニコット〔ドナルド・ウィニコット（一八九六―一九七一）は、イギリスの小児科医、精神科医、精神分析家〕はこう描写した。生きることに魅せられた身体はどれも、彼らを不安にさせる。生命力と躍動感に溢れた魂に対して、彼らは嫌悪感を抱く。貧者が富者に対して抱く以上に、復讐心に満ちた対立。文盲が文人に対してしかけるような、容赦なき戦争。卑小で不幸な人間にとっては、すべてが不遜にみえる。こんなにも彼に忠実で、彼自身を代弁してくれる病が自分のもとを去るなど、絶対に病人は望んでいない。一人ひとりの健康が彼の健康と同じくらいに不確かであったなら、どんなにか彼はほっとするだろう。醜い人間は、自分の体重や醜悪さが消えてなくなることなど、これっぽちも望んでいない。彼が望むのは、美が破壊され、ほっそりとした体躯や華奢さがこの世に存在しなくなることなのだ。

5　恥辱の荷鞍

湧き出た精子は彼らの頭上で凍てついた。

人間の手を逃れ、主義としての逃亡者であり、飼い慣らし難く、魂の底まで猛々しい鹿たちは、抗しがたくみえるその美しさがゆえに、新石器時代には野獣のヒエラルキーで馬よりも上位に置かれていた。

鹿の優位は見栄っ張りの馬には耐えがたく、馬は夜中まで鹿と闘った。十一月になると、ひと月もの間、きまって林間の空き地の真ん中で馬は鹿と闘った。

決着のつかない決闘。

林間の空き地で、夜間、月の下で、毎時間、馬は嘶きながら空に向かって跳びかかった。

虚空に向けて精液を迸らせながら、闇のなかで鹿は鳴き声をあげていた。

襲撃のたびに、枝角はたてがみを押しのけた。

鹿の鳴き声は暗い森を外れ、平野と嘶きの彼方へと消え去った。

日が昇ると、黒々と密生する枝の重みに覆い隠された深い森の奥の泉へと、鹿は水を飲みに行った。

その一方、太陽の壮麗な曙光の中、水滴に覆われた美しい毛並みの馬が森のはずれで草を食んでいた。そのとき、谷から人間が近づいてきた。男は左手に革の鞭を持っていた。彼は右手を馬に差し出した。そして、馬の額を指で優しくなで、こう馬に囁きかけた。

「お前の背中に私を乗せてくれさえすれば、勝利をもたらしてやろう」

鹿に勝てるかもしれないという希望を抱いた馬は、男に同意した。

名騎手は勝利した。

鹿は首を刎ねられた。

フランス語で「刎ねられた鹿の首」と言えば、虐殺のことだ。

ところが、この勝利の後、馬はもはや騎士からも、歯を締める馬銜《はみ》からも、腹を締めつける乗馬鞭からも自由になることはできなくなった。有頂天で、傲慢で、にやにやしながら砂糖のかけらを差し出す思い上がった男に向かって、馬は振り向いた。すべての馬がそうであるように、言いようのない悲しみの表情をその馬もたたえていた。数千年の間、馬は諦めていた。服従したうえに愚か者であるわけにはゆかず、馬は砂糖を食べた。馬はひとり思った。「たちの悪い勝利があるものだ」

＊

どんなに美しかろうが、馬は恥辱の荷鞍を積んでいる、とホラティウスは付け加えた。それよりも鹿たちをご覧なさい。木のように硬く、王冠のように魅惑的で、神秘の文字のように美しく、ビロードのように柔らかで、優れた精力の証を誇り高く頭上に生やしている鹿の姿を。今度は馬の声をお聞きなさい。馬の嘶きなど、恥辱と甘え声ばかり。そして、おそらくはあの敗北を境として、馬はおろか人間をも、鹿は性急に避けるようになったのだ。鹿については、たしかに動物丸出しの逃走と言えるかもしれないが、かつての敗北に由来するこの遁走には、もしかしたら名騎手がもたらした勝利とはまったく異質のなにか、奇妙な勝利ともいえるなにかがあるのかもしれない。ひとつの不服従。誇示された馴化への抵抗、落馬行為そのもの。鹿は森のなかで生きることに時間を費やし、冬のさなかに精液を放出し、好きなように時間を使い、もっとも秘められた場所へと赴き、泉の脇に身をひそめる。

*

逃げねばならない。人間から逃げるのだ。馬に跨がり、白棒を振り回して労働者や学生、若い女や子ども、群がる男たちの背中を力任せに叩く警官から逃げるのだ。

輜重《しちょう》隊に属するあらゆる馬から逃げねばならない。

独りになった瞬間から、自分をもっとも強い人間として決してみなすべきではない。

通りの先で集団がどなり合いを始めるやいなや、屋根を這って瓦のうえを慎重に進みながら、煙突の柱に保護を求めなさい。あらゆる武器はおろか、権利からも逃げねばならない。というのも、たとえ攻撃が防御を条件付けるとはいえ、防御として主張されるものすべても、結局はこの条件に従属しているのだから。司法官や弁護士を避けねばならない。彼らは恥辱の第二の荷鞍なのだ。勝利へと導かれる防御をなし得る人間などいない。敵側に勝利したかに見えた瞬間、その防御は敗北の危険を受け入れたことになるのだ。

敗北の危険を受け入れた瞬間に、人は敗北する。

学校の休み時間に「謝った者が負け」だとすでに言われていたではないか。

それは真実だ。

あなたを拷問にかける人間を前に、決して白状すべきではない。なぜなら、罪の告白を手にいれるや、すぐさまその告白を引き出した手段の証人として、敵はあなたを抹殺するだろうから。

　責める人間を前に決して防衛すべきではない。なぜなら、相手に適用した権利の正当性をあなたが主張したのと同じやり方で、あなた自身の自己弁護もまた、相手に認めさせた過ちをあなた自身が冒したことを認めるものとなって、あなたを収監することになるからだ。

　定理。獲物はみずからの運命を決して捕食者に託すべきではない。

　注解。防御を規定し、時間に屈し、戦場を制圧するのを攻撃と言うなら、勢力間の一時的な関係図に左右されるのも攻撃なのだから、支配に手綱を任せて、時期尚早にみずからの身体を死に明け渡すような不利な状況へと真っ逆さまに落ちるという欲望に決して屈しないような態度を身につけるべきである。

＊

　そのとき王子は妻の褥を離れ、子どもの身体を跨いで、宮殿を去り、逃走した。城壁の門を越えた瞬間に、彼は仏陀となった。

＊

「菩薩はつねに的外れに、空虚のなかで答える」

　森の奥へと向かう術を得なければならない。そしてかつて古語がごくシンプルに「泉《フォン》」と呼んでいた水泉にたどり着かねばならない。

　空虚のなかで答える術を得ねばならない。それは書物だ。空虚のなかで忘我する術を得ねばならない。それが読書のときの光明となる。創造行為によってのみ、他人に答えるべきである。それ以外の応答の方法など、すべて忘れるべきなのだ。カール・フォン・クラウゼヴィッツ将軍〔一七八〇―一八三一。プロイセン王国の軍人で、軍事学者。戦略、戦闘、戦術を論じた『戦争論』の作者〕はマインツでこう記した。「決して敵のように自己を組織するべからず」治療法のない敵意には決して従うべきではないし、敵意に気を取られるような混乱状態にも陥るべきではない。

創造行為とは、ある無敵の顔に向かって跳びかかることであり、そこには共同体などありえない。なぜなら、創造こそが、この世に存在しうる唯一の正しい戦場である。創造者の眼前に突如としてあらわれる「大地」は、それが創造される前には存在すらしていなかったのだから。

書物が生み出されるその空間は、現実世界には見つからない。それは象徴的なもののただなかにある想像不可能なものだ。それは空虚である。自分たちが手中にできない幸福を妬み、他人の血を渇望し、眼前で逃げ去る獲物を絶えず貪り食おうとする者たちにとって、こうした書物の世界は予見不可能にとどまる。その理由は、空間の内部に自分たちの空間を創ろうと彼らはせず、愛する血をそこに見つけることができないからである。

6　連帯は悪である

悪の連帯が存在する。群衆の本質は悪意なのだから、その群衆性を引き継いだ連帯が本質的に悪という事実はあり得る。狼は人間と手を組んだ。犬と呼ばれる獣よりもはるか以前に東アジアからやって来た狼たちが示した手本に倣った人間たちは、殺戮や屍を消費する瞬間に狼が群れをなすのを見て、自分たちも群れを作って狩猟を始めた。

最悪の事態から身を引く必要があるとすれば、そのとき求められる徳は、孤立、分断、空虚、断片化、個別化そして禁欲であるだろう。

アウグスティヌスの言葉。「王国とは大規模な略奪以外の何物だろうか《クイド・スント・レギナ・ニシ・マグナ・ラトロキニア》」王国とは何か。大がかりな山賊行為だ。「小さな王国《パルバ・レギナ》」とは、腐肉漁りと強奪だ。というのも、盗人たちはみな、社会契約《パクト・ソキエタティス》によって、獲物《プラエダ》を奪い合わざるを得ないのだから。衝突、階級闘争、内戦、これらは社会的なゲーム《パクト・ソキエタティス》の規則である。

かくも謎めいた《オパカ・エト・セクレタ》頁がこのように綴られるのをあなたが望まれたとしても、それは根拠のない《フルストラ》ことではありません。この森のなかにもまた、逃げ場を求めに来た鹿たち、安心してそこで時間を過ごし、眠り、草を食む鹿たちがいるのではないでしょうか。

『告白』第十一巻の冒頭で、アウグスティヌスは神に向かってこう語りかける。自分は本を書いているのではない、森を書いているのだ――、類のない激しさで彼はこう語った。

神秘的で謎めいたこれらの頁に宿るのは、いまだこの世に漂流し続ける、人類以前の世界、人が鹿の姿で逃げ込む夜の空間なのである。

枝のような鹿角は森とも呼ばれる。

町が作られる以前の森。

狼や犬、人類以前の鹿たち。

言語以前の反芻。

かつてのエデン、太古の水、天の都以前の、祖先たちの密林《ジャングル》。

*

メラニー・クライン〔一八八二―一九六〇。ウィーンに生まれた女性精神分析家、児童分析家〕の言葉。「どんな闘いであれ、それが現実となった瞬間から、残虐であればあるほど治癒効果をもたらすがゆえに、戦争は人類固有の問題である」不安の性質いかんにかかわらず、つまり不安が象徴的であれ、想像的であれ、狂気であれ、その不安は実際の危険によって鎮められる。戦争とは、人間社会におけるおぞましい楽園である。

シリング城〔ドイツのシュヴァルツヴァルトにあるとされる古城で、マルキ・ド・サドの『ソドム百二十日』のなかで繰り広げられる淫蕩の舞台〕が原風景を閉じ込める。

大衆の戦争とは、憲法によって制定された社会における、規範化され、規格化され、常態化された基準的体制である。命令とはつねに闘いの号令である。権力の儀式はつねに階級的なものだ。力関係は社会関係の唯一の解釈である。最高責任者のいわばアルコール漬けの快楽が力関係なのだ。政治とは、それ以上に平和的とはいえない他の手段（司法官、警官、教育者、監視者たち）によって引き継がれた戦争（上位将校、兵士、教練教官、歩哨たち）のことだ。

ミシェル・フーコー〔一九二六―八四。フランスの哲学者。主著は『狂気の歴史』『監獄の誕生』など〕の言葉。「権力は社会を防衛する」

権力が引き受けるのは、社会における再生産を保証すること（女性のセクシュアリティを統御すること）。生産性を上げること（犠牲者の死を組織すること）。権力者たちの支配欲（生死を決める権力）を増加させること。その支配（複数あるいは単一者による富の独占）を拡大するため、権力は序列化を無際限に多様化しようとする。

主体の基準化、強情な人間の排除、子どもの教育、野生児の馴化、戦争や例外なき屈従、悔悛の内面化がもたらす服従によって、隷属が永続する。

*

不正な利益や警察の失態以上に、権力は儀式や性的支配に結びつく。

儀式とは、強大となった暴力、すなわち蠱惑的な暴力のことだ。

かつて存在し今も存在する戦争では、なぜ女性たちはいつも陵辱されるのか。それは社会的再生産がすなわちセクシュアリティだからである。

*

一九四二年七月十六日木曜日の午前四時、パリで「春の風」と銘打たれた作戦が始まった〔「春の風」は、ユダヤ人を対象としてヨーロッパ各国で行われた大規模な一斉検挙の作戦名。ナチス占領下のフランスにおいては、当時のヴィシー政権の号令のもと大規模で組織的な検挙が行われた〕。仮に権力が「権力の実演《デモンストレーション》」を意味するならば、「権力の掌握」はそのとき始まった。パリのもっとも貧しい地区（十一区、十九区そして十八区）にあるユダヤ人家庭二万七千三百六十一戸の扉を、その日警察は叩いたのである。パリ警視総監によって署名された令状によって、一万三千百五十二件の逮捕が実行された。公衆の面前で、真っ昼間にバスを使い、あるいは自転車競技場のような公衆の場所で行われたこうした逮捕劇は、何ひとつ理解できずに死んでいく集団が恐怖によって眩惑され、死を免れてその光景を見つめる別の集団を茫然自失の状態へと導くような、ある儀式だった。

＊

王妃メディア〔ギリシア神話に登場するコルキスの王女。エウリピデス作の悲劇『メディア』は、イアソンから離縁を言い渡された王妃メディアが、夫への復讐のために夫の婚約者とその父王、さらにはみずからがイアソンとの間にもうけたふたりの息子を惨殺する〕。死の儀式を準備せよ《サクラ・レティフイカ・アッパラ》。時間の流れの一瞬ごとに、これから語られる主題の前奏曲《プレリュード》が死者たちによって奏でられる。

＊

ベルギーの前線にクロード・シモン〔一九一三―二〇〇五。フランス領マダガスカルで生まれたフランス人のノーベル賞作家。一九三九年に竜騎兵伍長として招集され、ムーズ県の闘いで捕虜となるも翌四〇年十月に脱走した。こうした戦争体験がシモンの作品で度々描かれている。代表作は『フランドルへの道』『農耕詩』『アカシア』。〕は馬で赴いた。一九四〇年五月のことだ。彼が受けた命令とは、左手で手綱を握りながら、右手に持ったサーベルを戦闘機に向かって振りかざすことだった。

＊

戦士シグルフは歴史の背後に横たわるもうひとつの時代を証言する。その場面は『フランク史』冒頭に登場する。

『フランク史』第四巻第四十七章で、トゥールのグレゴリウス〔五三八―九四。フランスの都市トゥールの司祭であり、ガロ＝ロマン時代の歴史家でもあった。代表作は後に『フランク史』という名で呼び習わされることとなった『歴史十巻』〕は次のように書いている。それまでシグベルト公に属していたトゥレーヌ地方とポワトゥ地方に手をかけた後、クロヴィス王はボルドーに退いた。すると、すぐさまシグベルトはシグルフに王の軍を退去させるよう命を下した。騎兵隊長となったシグルフは敵を制圧し、クロヴィス軍は退陣を余儀なくされた。そのとき、追い詰められた野獣に対してするように、馬で背後から王を追跡し、フランス王を貶めるようにと、シグルフはシグベルトから言い渡される。フランス王に「喊声《かんせい》」を浴びせるのだ、とシグベルトは命じた。愚弄《ルディブリウム》のしるしとしてラッパを掻き鳴らし、角笛をならすのだ。しかし、アンジュまでなんとか逃げのびたクロヴィスはこの「愚弄《ルディブリウム》」から知恵を得る。彼はこの喊声《かんせい》を聖別の口実に利用した。集まった家臣たちの前で、クロヴィス王は自分が鹿として扱われたと自慢したのである。

7（一五二六年のフランソワ一世）

マドリードでの幽閉を解かれたフランソワ一世王は、鹿狩りをフランス王の特権とする勅令を一五二六年に発令した。

8 （ル・アーヴルの辻公園）

わたしは告白しなければならない。幼い頃、三輪車に乗ってル・アーヴルの聖《サン》ロクス公園へと全速力で駆け込んだとき、市が花々で飾り立てた第二次世界大戦の死体の山へと、わたしは大声で歌いながら突っ込んでいったということを。

海風がつねに泉水に吹きつけていた。

コン・ティキと呼んでいた木製の小さなわたしの筏は、水面に置くやいなや空に舞った。コルクでできた筏は、コルクのごとく軽かった。筏は、オセアニアを発見することなく真新しいコンクリートの海の壁に突っ込み、突風のなすがままに壁に押しつけられていた。

毎朝、夜が白む頃、目覚めが悪く不幸な気持ちのままに心を昂ぶらせて、わたしはできるだけゆっくりと歩いた。風に向かって体を丸め、一九三〇年代にボストンで買った母のお下がりの革鞄を右手に抱えて、足を引きずりながら、廃墟と化した高校《リセ》まで瓦礫のなかを歩いた。廃墟の瓦礫によじ登り、思いがけない宝物がないかといつも探しながら、カモメやミヤマガラス、野ネズミ、蜘蛛やネズミを追い立てつつ、大きく穴の空いた壁を避けて、瓦礫を踏みつけるようにして歩いた。スペインのビスカヤ地方の小都市だった一九三七年のゲルニカの町の方が、一九四四年のル・アーヴルの港よりもたくさんの家や教会が立ったままで残されていたことだろう。わたしたちは三人兄弟だった。黒い鉛のピストルは一番上の兄、透明の鉛のピストルはわたし、そして赤い鉛のピストルは二番目の兄のものだった。巨大な瓦礫の原のまんなかに立てられた、建築家ペレの設計による真新しい建物のなかのひとつの寝室で、わたしたちは寝泊りしていた。破壊と再建が繰り広げられる瓦礫や残骸の原の向こうに海が見えた。だが、ルイ十三世時代に遡る埠頭の太いビットに船を係留するために、タグボートが定期船のケーブルを導き入れるのを待ちながら目にしたのは、サイレンをうならせるアメリカ帰りの巨大定期船の煙突と上甲板だけだった。これらのタグボートは「蜜蜂」と呼ばれていた。

9　ランスロットの幼年期

廃墟、それこそがランスロット〔アーサー王物語に登場する伝説上の人物。円卓の騎士のひとり〕の始まりである。噴煙をあげる廃墟。父君であるバン王が死んだ。しかも、愛する城が燃えさかり、教会が破壊され、修道院がくずおれるのを見つめながら、乳飲み子の眼前で父は命尽き果てたのである。王の心は激しく痛み、その痛みがもとで落馬した。耳から血を流していた彼には、顔を東方に向ける時間しか残されていなかった。王妃は息子のことを忘れて、夫を救うために駆け寄った。悲劇のその瞬間、従者の馬たちが一斉に乱れ始めた。そのとき、幼いランスロットの身体は、堅固な馬具に保護された揺り籠を載せた牡馬のひづめの下に横たわっていた。

乳飲み児がまさに殺されようかという瞬間、湖の精が現れた。精霊は足を踏みならす馬たちから孤児を救い出す。子どもを胸に抱きかかえ、その柔らかい乳房に押しつける。そして一言も言わず乳飲み児ともども水中に消えたのだ。こうして湖の精の王国の慣習であった沈黙の習わしによって、孤児は育てられることとなった。

ある日、性器を勃起させながら美青年は水面へと浮き上がり、手始めに恩師を殺してからその場を立ち去った。ランスロットは出発する。それが彼の定義である。

彼は旅立つ。それだけだ。

出立だけで十分なのだ。

ランスロットは父君の王国を継ぐことを望まない。

おとなしく統治することよりも、気狂いのように放浪することを彼は好んだのだ。塀の外に出ること。城壁を越えること。王宮から逃れること。荒野を馬で駆け巡ること。許される限り、他人の妃――その妃は、夫であるアーサー王に不貞を働いた――と密会すること。

愛人たちが互いに裸になったのはごく稀でしかなかった。

一度か二度、彼らは城の中庭で抱き合った。

「そなたは私の名を知ってはならない」、道中出会ったすべての騎士に向かって、意味ありげにこうランスロットは言った。

森のランスロットの「かつての姿」とは、海上のアエネイアス〔ギリシアおよびローマ神話に登場する半神の英雄。トロイア戦争におけるトロイア側の武将で、トロイア滅亡後はイタリア半島に逃れた。ローマ建国の祖とみなされている。ウェルギリウスの叙事詩の主人公としても有名〕のことである。

*

『幼年期のランスロット』のなかで、ランスロットはこう言う。

「男がただひとりの女《ひと》に依存することになれば、彼はもはや落ちていくしかない」

これがランスロットによる愛の定義である。唯一で、果てのない依存。ランスロットは兜に幟《のぼり》をくくり付けた最初の騎士であった。名を明かせぬ妃の愛人である限りにおいて、彼もまた身分を秘した騎士である。身分を秘した騎士である限りにおいて、グィネヴィア妃からの秘密の合図だけで我慢しなければならない。

それは太陰の英雄だ。

彼はその姿や居場所を常に変える。夜間の「合図」も常に変化する。

合図を求めて、彼は居場所を捨てる。

王女との関係を名もなきものにとどめ、それを死と言葉から護るために周期的に身を潜める英雄。

「騎士よ、後生だから御身の正体を教えては下さらぬか」、とガウェインは彼に懇願する。

「それはできません」

「お願い申す」

「殿よ、それは無理です。私が誰であるのか、決して明かせぬのです」

ガウェインに対してすら、ランスロットは答えるのだ。いいえ、私はみずからの名を明かしません。

彼にまつわるすべての物語――その物語とは、「黄金の槍」という意味をもつ、ランスロットというその名の素材《マチエール》を展開しているにすぎないのであるが――において、ランスロットは不意に姿を消す。『ランスロットの最後』もそうした結末を迎える。隠者の庵へと姿を消す（彼はそのとき五十五歳である）か、あるいはまた、牢獄に飲み込まれそこで幽閉されるか。いずれにせよ、彼は戸外にいることを止めるのである。黄金の槍は折れた。探求は終わりを告げた。アーサー王も死んだ。そして「黒いチャペル」に埋葬された。滝のような雨が視界を滲ませ、世界は薄暗く、大地は荒廃した、云々。

10　最初の言葉

もしも権力の背後に奪い合いがあるのなら、言葉の背後にはどんな叫びが潜んでいるのだろうか。

一二一五年にローマ人によってシチリア王国の主となったフェデーリコ二世は、一二二九年、エルサレムの王になった。

エルサレムの王は、十人の母親の子宮から出てきたばかりのぽってりとした嬰児を、あらかじめ猿ぐつわを噛ませていた十人の母親から奪い取った。

そして完全な沈黙に支配された場所へと十人の赤子たちを連れて行き、人類が最初に話した言葉を知ろうと試みた。というのも、自然を創りたもう前に「神の口に宿っていた言葉」が何であるかを知りたいと、エルサレム王は思ったからであった。

一週間の終わりに、エデンの園で神がアダムに教えた言葉は何であったのか。

完全なる沈黙のなかで授乳され、体を温められ、世話をされ、体を洗われた十人の赤子たちは、同じ完全な沈黙のなかで息絶えた。

そこで王は次のような結論に達した。すなわち人類の起源において言葉はなかった、自然に先んじて文化は存在しなかった、と。

人類の最初の言葉は、死の沈黙のなかにあったのだ。

11　落馬しない英雄

落馬しない者たちがいる。だが、それも望ましい運命とはおよそ言い難い。まるでコルク製の壁にピン留めされた蝶のように、長槍で刺された馬上のアルサケスの姿を、『死者の対話』〔シリア人サモサタのルキアノス（一二〇―八〇）による書物。フォントネルやフェヌロンなどの後世の作家に多大な影響を与えた〕の作者ルキアノスは描いている。カッパドキア人との最後の闘いの際に、アルサケスはアラス川のほとりで死んだ。その死の情景はこうだ。ひとりのトラキア人歩兵が大地に膝をのめり込ませ、槍を握って馬の胸先めがけて刺し貫いた。槍はちょうどアルサケスの性器を貫き、腰を貫通し、背中を貫いたが、飛び出した槍先の下で、人間と馬は一塊になって動かなかった。これこそ、記録に残された最初のケンタウロスの姿である。アルサケスは馬に跨がって死者の国へと赴いた最初の騎士であった。

12　クレーヴ夫人

クレーヴ公は馬から降りた。

ショーム通りの角で、彼は従僕に手綱を預けた。

そこはある晩、サン＝メグランと愛し合う妻の密会現場をクレーヴ公が取り押さえた場所だった。

その晩、背後から忍び寄る公の足音を愛人たちが聞くことはなかった。馬乗りになった裸のサン＝メグランをクレーヴ公が取り押さえ、その腕を後ろ手に縛り上げて、叫びながら従僕を呼んだ。従僕たちはサン＝メグランの四肢を掴んで、彼の身体を持ち上げた。そして、サン＝メグランの胴を持ち上げると、その性器をクレーヴ夫人の膣から引き離した。そして、ベッドの上で恐怖におののく妻に向かって、クレーヴ公は目を大きく見開くようにと叫んだ。彼女は目を大きく見開いた。クレーヴ公はサン＝メグランを窓から放り投げるよう命じた。窓から投げられた瞬間、裸のサン＝メグランは叫びわめいた。彼は宙を漂った。

そして落下した。

その瞬間、クレーヴ夫人は黙ったまま顔を両手で覆った。

落下から生き延びた場合にはナイフでサン＝メグランにとどめを刺すようクレーヴ公は家来に命じ、家来たちは通りまで降りて行った。クリソンの高官が所有する館の玄関は、事件の起こった屋敷に隣り合っていた。クリソンの高官とその従僕たちはその場面に遭遇した。われわれもまたその場面に遭遇する。読者はその場面に出くわす。幾度となく出くわすのである。物語の場面はすべて、それを見ていない人々の記憶に刻まれ、彼らはそれを見ることなくしてそれに遭遇し、その場面は夢のなかで反芻され、日々のなかで拡散する。パリのいたるところ、歩道や自転車用通路、袋小路、場末、荒れた工業地区や休業中の工場の裏庭を徘徊しながら、あるいはまた、通りで又売りするか今晩のおかずになるものを見つけようとして、舗道をこっそりと物色しながら買い物袋で一杯のキャディを押す、ばつの悪い様子をした老人たちのたむろするコンテナーの横を通って午後の間じゅう散歩しながら、わたしはいたるところ、血の染みこんだ古い舗石を探す。そして、いたるところにそれらを見出す。いたるところ、人は思い出のなかに足を踏み入れる。そして思い出に足を掬われ、思い出のなかに滑り落ちる。思い出のなかに落下する。そして思い出のなかにくずおれる。子どもたちは自分の指を口の中に入れる。彼らは面白がって、唾液で濡れた人差し指で、熱くくすんだトタンの雨樋に触れる。すると指の跡はたちまち陽光のなかで消える。こんなふうに、流血を招いた人々の歴史の中へと、血もまた消えてゆく。だが、歯は生え替わる。爪も伸びる。鉤爪《かぎづめ》もまた生えてくる。扉は開かれているのだ。「扉は開かれている」とはエピクテトス〔五五―一三五。古代ギリシアのストア派の哲学者〕の格言である。エピクテトスは紀元一世紀の終わりに、ある奴隷の奴隷としてローマに生きた。エピクテトスの格言が意味するのはこうだ。「好きなときに自死しなさい。呼吸し、駆け回り、飛び跳ねる力をあなたの身体がもつ限り、その身体に対して自然は扉を常に解き放っているのですから。苦しんでいるのなら、自死しなさい」

13　エピクテトス

結末にいたる展開が予測不可能であるという点において、まさに見事としかいいようのないエピクテトスの文章がある。その文章は、彼の著作集の第二巻第二十三章第十六節にある〔エピクテトスは自作を遺さなかったため、彼の弟子アッリアノスが記した師の『語録』を指すとおもわれる〕。犬が狩人よりも優れているように、鹿を追う犬よりも鹿が優れているように、馬が騎士よりも優れているように、楽器が音楽家よりも優れているように、臣民が王よりも優れているように、弟子が師よりも優れていることがある。

14　落馬者たち

一五七七年、アグリッパ・ドービニェ〔一五五二―一六三〇。フランスの詩人、風刺作家、歴史家。ルーヴル宮に監禁されていたアンリ・ド・ナヴァール（後のアンリ四世）に仕えた。ユグノー戦争のさなか、一五七七年から一五九〇年に書き継いだ長編詩『悲愴曲』が代表作〕は落馬した。三つの死体が彼に覆い被さっていた。死体の山の中のうちのひとつとして瀕死の状態で拾われ、荷馬車の荷台に乗せられた。突然、彼の上半身が起き上がるのをひとりの兵士が見た。死体の山からその身体が引きずりだされた。人々は彼の身体を洗い、傷口をきれいに消毒して包帯を巻き、ベッドまで運んで寝かせた。意識を取り戻したとき、アグリッパ・ドービニェは『悲愴曲』の冒頭詩句を「遺言として」大急ぎで町の役人に書き取らせた。

その後、相変わらずベッドに寝たきりのまま、『悲愴曲』の最初の百行を「断末魔のセクエンツィア」として書いたことを、彼はある手紙に記すことになるだろう。

そして詩篇全体を出版する際に、彼はLBDD.という謎の四文字を筆名として選んだ。それは「砂漠の贖罪の山羊」という意味だ。

わが身に降りかかった不幸の物語をアベラールが執筆し始めたのは、一一一八年の去勢事件の直後ではなかった。それは事件のさらに十二年後の、落馬事故を起こした一一二九年のことで、執筆はその翌年にまで及んだ。それはフランスではなく、ブルターニュ王国で起こった。ナントへ向かうため、リュイス半島にある聖ジルダ修道院を出発しようとしたとき、落馬して頭から真っ逆さまに落ちたのである。頭骨が脱臼した。呻き声があがる。彼の体は再び修道院に運ばれた。こうして、彼は『厄災の記』を書き始めたのである。

＊

キリスト紀元のはじめのある日、エルサレムの大祭司はダマスのシナゴーグに宛てた六通の手紙をサウルに託した。

ローマ市民で、ユダヤ教の急進主義的な聖職者であり、タルス出身の原理主義者でもあったサウルは、午前中ずっと馬を走らせた。

突然（ギリシア語では「不意に《エクサイプネス》」）、一条の光が天から降り注ぐ。煌々とした光に包まれ、彼は落馬する。

光の中心で愛馬のひづめに挟まれ、彼は仰向けの状態で横たわっていた。

彼はサウルの名を捨てて、パウロとなった。

＊

落馬がきっかけとなって、聖パウロ、アベラール、アグリッパ・ドービニェはものを書きはじめる。彼らが書きはじめたのは、少なくとも自分が死者の世界から戻ってきたかのような気がしたからだった。

それは、あらゆる男女が経験する恍惚の震えの瞬間、彼らの身体が恍惚状態の果てに仰向けに頽れる姿を想起させる。

のけぞり返るような状態は、巫女的《シャーマニック》な旅の始まりを示す。

それはまるで人生のただなかに開かれた、新たな誕生のようなものだ。

アグリッパ・ドービニェの場合には、まさに第二の誕生の経験だったと言える。そして、それは彼の名に刻み込まれてもいたのだ。彼の母カトリーヌ・ド・レスタンはラテン語とギリシア語に通じていた。一五五二年、彼を出産した直後に彼女は死んだ。動揺した父親はすぐさま、原初の苦しみを表す珍しい名をその息子に与えた。アグリッパとはアエグレ・パルトゥス、すなわち苦悩のうちに生み落とされた者という意味である。

15 パウロの誘拐《デ・ラプトゥ・パウリ》

『使徒行伝』第九章第八節。「そして地面から起き上がって目を大きく見開いたとき、パウロは無を見た」《スルレキト・パウルス・デ・テッラ・アペルティスク・オクリス》〔『使徒行伝』において、通常は「サウロは地から起き上がって目を開いてみたが、何も見えなかった」と訳されている〕

エックハルト〔一二六〇―一三二八。中世ドイツのキリスト教神学者で神秘主義者〕が書いたもっとも美しい垂訓は、「落馬し、神が無であることを見出したパウロについて」である。

過度の光の中の盲目状態のうちに、サウルは頭上に広がる神の無を凝視していた。

眩惑と飢え、欠乏以外に、この世に通じる入口はない。

孤独な王子もまた、ガンジス川のほとりの木の下で、正午に弟子たちに向かって語った。

「虚の存在の証拠のひとつは欠如である」

だが、実を言うと、使徒は視力を失ったのだった。

「だが、サウルが地面から起き上がったとき、いくら目を見開いても、彼には何も見えなかった」

「見開いたとき、無を見た」《アペルティス・オクリス・ニヒル・ウイデバト》の部分を、謙虚に「目を見開いたが何も見えなかった」と訳すべきなのだろう。従者たちは過度の光で盲いた使徒の手を取り、彼をダマスの町まで導かねばならなかった。それから三日間、彼は目が見えず、飲み食いもしなかった。三日目にアナニヤがやって来てサウロに按手《あんしゅ》した。

ここに至って『使徒行伝』の文章は、マイスター・エックハルトによるあの見事な解釈よりもずっと奇異なものとなる。「するとたちどころに彼の目から鱗のようなものが落ちた」

鱗が落ちるやいなや、彼は視力を取り戻し、視力を取り戻すやいなや、彼は新しい名前で生き始める。新しい名の中に彼は新たな光を見出し、新しい名で飲み、新しい名で食べ始めた。だからこそ、町の城門を避けて彼を脱出させるために、人々は夜、彼を籠のなかに入れてダマスの城壁に沿って降ろさせたのだ。

＊

使徒の両眼を覆い、使徒の瞼から地面に落ちたあの不可思議な「鱗」は、ラテン語ではスカマエ、ギリシア語ではレピデスと言う。

三つに重なった奇跡。彼は燦々たる光を見る。彼には何も見えない。新しい名のもとに彼は見る。まずは感覚が失われる。意識を喪失した後に新しい感覚を得る。新たな感覚とともに新しい生《ウィタ・ノヴァ》が始まる。

サウルはまず完全な闇の中にいる。それから突然、パウロは見えるようになる。

サウルは胎児。生まれたのはパウロ。

鱗の意味はそれだ。彼は魚だったのだ。

かつての世界ではわれわれは誰しも魚だった。唖然とするほど唐突に、われわれはその世界からあらわれ出る。

あらゆる神話は、それ以前に存在した状態を逆転させて見せることによって、現在の状態を説明する。

突然、何ものかによって、身体から魂が振り落とされる。

突然、ひとつの愛がわれわれの人生を狂わせる。

突然、予期せぬひとつの死が世界の秩序を、いや、とりわけ過去の秩序を転覆させる。というのも、時間は常に新しいからだ。

時はますます新しく、絶えることなく起源から直接溢れでる。

生き返ることを望む分だけ、誕生の苦悩を繰り返さねばならない。

この世界への入口でもあった誕生の外傷《トラウマ》は、再び生まれることを願う者が叩かなければならない唯一の扉でもある。

再生《ルネッサンス》はこのように人生で何度でも起こりうる。人生の流れを転覆させ、その経験を変貌させ、それまで辿ってきた道を外れ、旅の進路を変更することによって何度でも。

誕生から再生《ルネッサンス》へ、始まりが積み重ねられていく。

経験はますます純粋になる。

＊

「空と大地の間にある人間の生は、峡谷を渡る白馬すなわち雷光の如くである」と、荘子は見事に表現した。

ダマスへの道すがら天頂の太陽に目を眩まされた聖パウロの解釈はもっと単純だ。落馬させるものが時間であり、象徴化を挫くものが神である。

16　鉤槍

旗手の足を馬具の前輪《まえわ》から外し、からだ全体をひっかけて旗手を殺す道具のことを、人は鉤槍と呼ぶ。

17　ブラントーム、グルヴィル、モンテーニュ

ユグノー戦争のさなかの一五八四年、ひとりの歩兵が槍のようにして抱えていた鉤槍によって、ブラントームは闘いの最中に鞍から振り落とされた。重傷を負い、ペリゴールの居城に運ばれた彼は、塔の中二階で二年間、寝たきりになった。彼は単に前輪から落馬しただけではなかった。カトリック教徒とプロテスタントの間に勃発した戦争から身を引いただけでもなかった。それまで執念を燃やしていた個人的な復讐からも彼は遠ざけられてしまったのである。

落胆した彼は回想録を執筆し始めた。

一五八六年十二月、ようやく再び馬に乗れるようになると、彼はすぐさま馬を早駆けさせた。そしてサン＝ブリス城にいたカトリーヌ・ド・メディシスとアンリ・ド・ナヴァールのもとに馳せ参じた。

「殺すことも、愛することも、馬で駆けることも、生きることも」できないがゆえに、私は書いたのです。ブラントームはこう説明した。

*

『一六四〇年から一六九八年まで宮廷公務に携わったグルヴィル氏の回想録』より。「私は丘の岩壁で愛馬の鞍から落馬して右足を怪我したが、その不慮の事故がもたらした閑居のなかで私はこの回想録をしたためた。踝《くるぶし》の数カ所を切開した外科医たちは、傷薬を私に処方した。私は傷薬を飲んだが、そのせいで一六九六年末の健康状態は最悪で、今でも覚えているが、私の死後にすべきことを誰もが心づもりしているのだと信じさせるようないくつかの言葉を病床で聞いた。だが、勇気は私から去ってはいなかった。今度こそ私の人生は安寧なのだと期待できるような状態に今はあるはずなのだ。だから一七〇二年六月十五日、今日この日に、わが人生の一大事を語りたいと願う幾人もの才能ある人らの申し出を断ったのちに、この回想録を書き始める」

書くことは生きることではない、生き延びることなのだ。

書くことは、予期せぬ再生と、生き延びた者の欲望による要請である、とグルヴィルは明言している。死の可能性が身近に感じられた時点から、書く行為《エクリチュール》はすべて、死の彼方へと時間が拡張する忘我《エクスターズ》＝脱自の行為なのだ、とモンテーニュはさらに深い言葉で断言した。極限まで生きられた生に付け加わる新たな生。モンテーニュはそのときルクレティウスを引用する。「死の冷たさが静脈に染みこむ感覚を一度たりとも経験しない限り、何人も目覚める《エクスタト》ことはできない」

*

生きている限り、われわれが死を知ると主張することがたとえ不可能だとしても――と、『エセー』第二巻第六章でモンテーニュ〔一五三三―九二。ルネサンス期フランスを代表する人文主義者、哲学者、作家。代表作は『エセー（随想録）』〕は書いている――少なくともそれを試みることはできる。「二度目か三度目の騒擾《そうじょう》の際のある日、わが家から一里離れた場所に散歩に出た。まったく安全だと思い、退役も間近に迫っていたので、立派な馬具をつける必要を感じることもなく、さほど身の引き締まっていないおとなしい馬を選んだ。帰りの道すがら、悲しげな様子の一頭のたくましい軍用馬に乗った大柄で頑健な私の部下が、私のいる道に向かって全速力で馬を走らせてきて、そこにいた小柄な男と小さな馬にまるで巨像のような姿で襲いかかり、巨人のような激しさと重さで彼らを打ちのめした。私たち、つまり馬と私とを頭から地面めがけて投げつけたのである。その結果、打ち倒された馬は茫然と地面に横たわり、私はといえば、馬から十歩ほど先の場所で死んだようにして仰向けに体を横たえ、顔は皮膚が剥けて傷だらけの状態で、手に携えていた剣は十歩離れた場所に跳び、ベルトは粉々に砕け、感覚も動きもなく、一切の反応もない状態だった」

部下たちはミシェル・ド・モンテーニュを取り囲み、彼を蘇生させようと試みた。

二時間のあいだ試みたものの、徒労に終わった。

それでもついに、彼らは騎士の身体をまっすぐに助け起こした。

身体がまっすぐに起こされたとき、モンテーニュは「桶一杯分の、熱く混じりけのない大量の血」を口から吐き出した。

そして、彼は意識を取り戻した。「私は血まみれの自分を見出した。吐き出した血が胴衣のいたるところに染み込んでいた。心に浮かんだ最初の考えは、頭に銃弾を受けたのではないかということだった。確かに、時を同じくしてそのとき我々の周囲で幾度か発砲があった。私の命はもはやほんのわずかしか残されていないように思われた。それを手助けしてやるために、私は目を閉じて自分の外へと命を押し出そうとしていたのだと思う。物憂さに身を任せ、成り行きに身を委ねることに私は心地よさを感じた。思うに、それは瀕死の際に虚脱感でぐったりとした人々がみせる状態と同じなのだ。我々は彼らのそうした姿に同情する。ところで、いまや実際に自分自身で経験した後となっては、これまで自分が正しく判断していなかったという事実は疑いようもない。というのもまず、完全に気を失った状態にあっても、私は金具で止められた自分の胴衣を開こうと努力していたのだから。私の胸部は凝固した血液で圧迫されていた。しばしば我々自身の意図に反して痒いところへと手が向いてしまう時と同じように、私の手はみずから傷の方へと馳せ参じていた。第二に、妻のために馬を一頭連れてくるようにと命じたのはほかならぬ私自身であり、というのも、歩きづらい山地の道で馬が足を取られ、気を揉んでいる妻の姿が私には見えたのだ。実のところ、私の心は極めて穏やかで平穏だった。他人に対しても、また自分自身に対しても、苦しみを感じはしなかった。それは無気力状態であり、苦痛なき極限的な虚脱感だった。私はわが家と認めることなくしてわが家を見た。みなが私を横たわらせたとき、この休息がもたらした無限の喜びを噛みしめた。というのも、長くてひどく悪い道中、それぞれが順に二、三度は疲れ果てながらも、私を肩の上に乗せて運んでくれた憐れな人々によって、私は醜い姿で網に捕らえられていたのだから。たくさんの治療薬が差し出されたが、頭に瀕死の重傷を負ったのだと信じていたので、どれも飲まなかった。正直に言えば、それはまったく幸福な死であったのだ。なぜなら、言葉から遠ざかったことによって、何事をも判断する習慣からわが身を守り、身体に広がる倦怠感のせいで何も感じなくなっていたのだから。こんなにも心地よく、かくも甘美な方法で、こんなにもたやすく私は流れに身を任せていたので、そのとき感じた以上に軽やかな動きを、それまで私はほとんど味わったことがないほどだった」

このように、死と隣り合わせの忘我《エクスターズ》＝脱自によって、『エセー』の文章は幕をあける。そして、章が変わるごとに、新たな再生、すなわち意識の喪失と、それに続く生き延びることへの純粋な喜びの感情となって、この忘我《エクスターズ》のエクリチュールは繰り返される。

18　メニルモンタンでのルソー

それは馬ではなく、犬だった。ルソー〔一七一二―七八。ジュネーヴで生まれ、フランス語で活躍した哲学者、政治哲学者、作家。代表作は『人間不平等起源論』『エミール』『告白』など〕はメニルモンタンから南へ向かった。午後の終わりのことだ。彼は夕食を取るためにパリへと戻るところだった。そこへあの大型犬が道を塞ぎ、彼に襲いかかって突き倒した。獣の大きさへの恐怖も、不意に出現した動物の憤怒に対する危惧も、彼を後ろに突き飛ばした一撃による苦痛もルソーには感じられなかった。なぜなら、地面に落ちた瞬間に、彼は気を失ったのだから。

彼が意識を取り戻したときには夜になっていた。「私の身に起こった事故を語ろうとする三、四人の若い人々に私は取り囲まれていた」

ジャン＝ジャック・ルソーは血だらけだったが、信じがたいほどに幸福だった。ルソーにとって、それは忘我《エクスターズ》＝脱自以上のものだった。それは瞑想だった。「夜も更けてきた。空と幾つかの星、そしてわずかな緑を私は見た。この最初の瞬間の感覚は甘美なものだった。その甘美な感覚をとおしてしか、私はまだ自分自身を感じてはいなかった。この瞬間に私は生の中へと生れ落ち、今、目に映っているすべての事物を私自身の軽やかな存在が満たしているのだという気がした。この瞬間全体について、私は何ひとつ思い起こすことができない。私個人の存在についてなんら確固たる考えもなかったし、私に起こったことが何なのかも分からなかった。私が誰なのか、どこにいるのかも分からなかった。痛みも恐れも不安も感じなかった。その血が私のものであるなどとは思いもせず、まるで川の流れを見つめるように、自分の血が流れ出ていくのを私は見ていた。うっとりするような静けさが私の存在全体に行き渡るのを感じていたが、その感覚を思い出すたび、かつて経験したいかなる快楽の作用のなかにも、このときの感覚に比肩するものを見出せなかった」

恍惚状態にある魂の背景には同一性がない。

自己の記述《オートビオグラフィー》の背景には自己がいない。

読書の素地をなすのも同じ忘我の感情である。忘我がもたらすこの喜び。「他人に対しても、自分自身に対しても苦しみを感じはしなかった」、とモンテーニュは書いている。「私が誰なのか、どこにいるのかも分からなかった」、とルソーは書いた。

瀬死の人間は、受胎された子が受胎の起源を感じる以上に、命が奪われる瞬間を感じることはない。たとえ人間がみずからの最期を試すことができないとしても、それでも人は、みずからの死をめぐる想像力によってその生が導かれている唯一の動物なのだ。

たとえみずからの起源を知ることが不可能であれ、それでも人は妊娠をセクシュアリティへと関連づけ、時間を逆行して自分自身を遡ることによって、光と空気に満ちたその生を、かつて胎児だった身体が成長を経験した暗い子宮内の生へと結びつけることのできる唯一の動物である。ヒトとは、その生が性的な場面をめぐる想像力に取り憑かれた唯一の動物なのだ。

不可視の受胎と予測不可能な死が結合する場所、それが人間である。

だから、メニルモンタン通りでのルソーの転倒について、一七七六年十月二十四日、ロラン・ジェニーはこう見事に記した。「彼は起源へと落ちる」と。ジェニーはそこで、この世に向かって最初に目を開いたアダムに語らせた、あのビュフォンによる一節を引用している（『博物誌』第八巻）。「喜びと不安に満ちたこの瞬間を覚えている。そのとき、私は自分という特異な存在を初めて感じたのだ。私が何者なのかも、私がどこにいるのかも、どこから私が来たのかもわからなかった。私は瞳を開いた。なんという感覚の広がりだろう。光、天穹、大地の緑、水晶の水、あらゆるものが私の心を占め、私を生き生きとさせ、言いようのない歓喜の情を与えてくれる。こうしたすべての事物は私自身のなかにあって、私の一部をなしていたのだと私には最初、思われた」

*

死をかすめるたび、眩暈や嗜眠《しみん》、気絶や意識喪失に捕われるたびに、未体験の状況、たとえば空間のなかで初めて経験する感覚の喪失や、時間のさなかでの予測不可能性、魂のただなかで見出される意味の不在を再び経験しなおさなくてはならない。

再び生まれること、つまり息を吹き返す者、生まれ直す者、復活者《ルネッサン》になるためには、もう一度誕生を経験しなおさなくてはならない。

死が問題なのではない。突然あらわれでるためには、不意の出現を再び繰り返さねばならないということなのだ。

噴出そのものが問題なのだ。

落馬事故との間に結ばれたあの希有な関係について言うなら、たとえ二度にわたってモンテーニュが死の試み《エセー》に触れているとしても、人間に固有の体験はそれ以上に深いかたちで、誕生という「経験の不在」によって働きかけられているのである。

＊

もし人間にとって死ぬこと《ペリリ》が経験すること《エクスペリリ》でないとすれば、人はどうやってみずからの経験に触れることができるのだろう。

ヘーゲルは『精神現象学』の中で次のように書いた。「供犠において、犠牲を捧げる者は致命傷を負った動物にみずからを重ね合わせる。こうして、彼はみずからの姿を見つめながら死ぬのである。彼は自分があたかも死ぬかのように感じるが、それはひとつの喜劇なのだ」

ひとつの「喜劇」にしろ、あるいは笑劇《ルディブリウム》、嘲弄、仮面、舞踏、儀式にしろ、それはすべて、他者の死がもたらす見せ物に依存するひとつの「想像力」である。あらゆる見せ物は、欠如するふたつの場面（そこから生まれ出た人間には見えない場面と、そこからいなくなる人間の手を逃れ去ったばかりの場面）にその基礎を置いている。

モンテーニュの言い方に倣ってこの奇妙な「試み」、つまり草案のないこの「試み」、それを予測したり準備したりするために味見することの叶わないこの味覚、見習い期間なしのこの入会について、わたしは考察を試みたい。

私はこの書物——さまざまな書き出しや下書きから作られた、生まれ落ちたばかりのこの血まみれなぼろの塊——において、二度と繰り返されることの叶わぬこの「経験」、どんな実験も不可能なこの「経験」について考えてみたいのだ。

ひとりひとりの人生は、存在するための試みではない。それはたった一度限りの試みである。われわれの誕生は、極端に脆くて危うく、ただ一度限りの、孤独な、無限に始まる唯一のものである。それは唯一の経験なのだ。

生は死の「原典」を知らない。自分が与する「決定稿」について、生はなにひとつ知らずにいる。だが、われわれの手元には校正刷りや印刷物、下書きや草稿、冒頭部分、手書き原稿がある。

人は「ほぼひとつの出版物」を手にしている。「ほぼひとつの経験」を持っている。激しい恐怖と、それに次ぐパニックのことだ。目眩、麻痺状態。仮死状態のことでもある。また、陶酔がはるか先まで続いて身体が平衡を失うとき、あるいは魂が記憶を失うとき、あるいはまた、地面を這う子どものような状態に人がなるとき――そうしたときの陶酔でもある。それは卒中だ。それは緊急病棟での体験。麻酔。落馬の経験。錯乱。恍惚。昏睡。

だが、決して死ではない。その経験は欠落している。

欠落した起源のイメージと、欠落した最期の瞬間のイメージを区別することを私は提案したい。

欠落した起源のイメージに対して、原光景《ウアスツェーネ》というドイツ語名で呼び慣わされている、ある抗いがたい想像力が対置される。

欠如した死のイメージに対しては、冥府下り《ネキュイア》というギリシア語が想起する、ある抗いがたい想像力を対置することができる。

原光景《ウアスツェーネ》と同様、冥府下り《ネキュイア》も普遍的な所与である。

英雄や王、神、創造主による死や、死者の国への旅路という主題は、多くの神話や昔話、伝説や物語にみられる。

日本の神である伊弉諾《イザナギ》が冥界に下ったように、あるいはオルフェウスやオデュッセウス、イエスやダンテなどと同じく、ギルガメシュもまた地獄へと赴いた。

冥府下り《ネキュイア》の経験とはつまり、「その人は死んでいると同時に、まだ生きている」という経験だ。

19　ラ・パリス元帥の馬

悲哀の歌の最後のたった一文字のせいで、詩句の行全体が変わることがある。ラ・パリスはジョッフロワ・ド・シャラバンヌの長子であった〔シャラバンヌ・ド・ラ・パリス（一四七〇―一五二五）は、イタリア生まれのフランスの軍人。当時のフランス王（シャルル八世、ルイ十二世、フランソワ一世）に仕え、元帥になった人物〕。母親はマリー王妃が結婚したときの付添人を務めた。ラ・パリスの表情はすこぶる優しく、その体つきもすこぶる美しかったので、子どもの頃はルイ十一世の息子の寵愛を受けた。彼はまず助言者、次いで寵臣、次いで侍従、そして総隊長となった。ある日、フランス人たちはナポリ王国を奪回しに行った。彼らはアルプスの山越えを選んだ。そしてイタリアに着いた。ラ・パリス元帥が指揮を執っていた。ある晴れた朝のこと、晴れ上がった靄のなかに騎士の一団がいるのに彼らは気づいた。元帥はその一団を追撃しようと望んだ。だが、騎士たちを追撃しながら谷を下ったところで、元帥と部下たちは霧にとらえられてしまった。一五二五年二月二十五日のことで、時刻は午前八時だった。太陽が昇るにつれ、霧は晴れるどころか、かえって深まっていった。九時になっても霧は濃くなるばかりで、とうとう雪のようになった。ラ・パリスはどうにか軍隊を再編成したが、谷を去ろうとしたそのとき、彼の下で愛馬が死んだ。その瞬間に落馬し、背中から投げ出された元帥の身体を助け起こすには、ニコラ・ド・サン・パルという名の馬係が駆けつけねばならなかった。それほどまでに元帥の甲冑は重かったのである。ちょうど、腿を一本の矢が貫いていたため、ラ・パリスは立っていることができなかった。直ちに他の馬を探す必要があった。自分の馬を貸そうと叫んだピエール・ド・ビュイソンが元帥の方に馳せ参じようとしたものの、もはや手遅れだった。イタリア人の領主カスタルドが元帥をすでに捕らえていたのである。フランスの元帥がいるのを見た歩兵隊長のブザルトが、元帥を捕虜として受け取る権利を願い出たが、カスタルドがそれを拒否した。すると、ブザルトは火縄銃で狙いを定め、至近距離からラ・パリス元帥の胴鎧を撃った。銃の一撃によって背後の泥のなかに投げ出された元帥は、すぐさま息を引き取った。

＊

ラ・パリスの死後、彼の部隊は靄のなかで散り散りとなった。立ちこめる霧の中で、敵もまた四散する。アランソン侯と手下の部隊は遁走する。王であるフランソワ一世はミラベッロで戦いの最中だ。フランスの元帥の戦死を伝えられると、彼はただこう言った。

「不運なことだ」

槍の三突きで額に穴の空いたボニヴェルは、馬の首から滑って死んだ。馬はギャロップで駆け、主人をどこともつかない場所へと運んで行った。

偉大な馬番であったガリア・ド・サン・セヴランもまた、馬の鞍に乗ったままで息絶え、死にながら戦場を横切った。

フランス王の馬もまた、ついに倒れた。

フランソワ一世は履いていた尖ったプーレーヌ靴に足をとられ、テンサイの倉庫に逃げ込んだ。午前十一時だった。テンサイの山の中で王は発見された。そして捕虜となった。彼は呪われたプーレーヌ靴を脱いだ。そして半裸の姿でカスキーナ・レペンティタへと連行されたのである。

*

ブルボン公は和解文書に署名をし、カスタルドの手から元帥の死体を受け取った。そしてパヴィにある聖アウグスティヌス教会に遺体を安置した。職人たちはふた付きの棺桶を作った。ふたりの医者が遺体を「没薬《もつやく》とアロエ」漬けにした。兵士たちが棺桶をトレニャの教会まで運んだ。三月十九日、遺体に防腐処置の施されたラ・パリス元帥の葬儀が、喪服に身を包んだブルボン公によって執り行われた。そのとき、主人の遺体を墓まで運んでいくときに吟じる哀歌を作らせてほしいと、元帥の屋敷の者たちが願い出た。ブルボン公は彼らの願いを聞き入れた。そして元帥の秘書だったジャン・ド・パリという名の男に哀歌を書くように命じた。兵士に付き添われた葬列が山道を進んだ。弔いの旅は大きな悲しみに包まれ、一団はジャン・ド・パリが書いた哀歌を詠い続けた。哀歌はこのように始まる。

ああ、ラ・パリスは死んだ!

パヴィの手前で死んだのだ。

ああ、もし彼が死んでいなければ、
今でも人を嫉妬させるだろう。

疲労と揶揄、偶然、空気、アルプス山脈、それらが歌と混じり合った。

歌詞の一文字がひっくり返った。

「彼は嫉妬させるだろう（Il ferait encore envie.)」が「彼は今でも生きているだろう（Il serait encore en vie.)」になった。

葬列は四月三日、リヨンに到着し、聖ヨハネ大聖堂で新たに葬儀が行われた。お供の集団が再編され、葬列は再出発した。歌が再び始まり、最後の葬式は一五二五年四月九日にラパリスであげられたが、その葬儀に立ち会ったのは、地面を引きずる黒布に覆われたラ・パリス元帥の付き添い馬一頭だけだった。付き添い馬の後には兜と剣、黒い杖と拍車が続いた。

次いで、長子らが続いた。

みなが歌った。

ああ、もし彼が死んでいなければ、
彼は今でも生きているだろう。

20　音楽家の騎士

一頭の馬、ひとつの角笛、一本の剣、一本の松。それは七七八年の春のこと。フランスの歴史の黎明期のことだ。

一本の折れない剣を振り回すひとりの騎士の落馬から、わたしたちの歴史は始まる。

虚しく響くひとつの角笛から。

ロラン伯爵はオリファント〔中世の騎士が持っていた象牙の角笛。ロランは中世・ルネッサンス期文学において、シャルルマーニュ聖騎士の筆頭人物として登場する。『ロランの歌』の主人公としても有名〕を口にかざして、三度笛をならす。ますます強く吹き鳴らす。だが無駄だった。あまりにも強く吹き鳴らしたので、騎士の口は血で溢れた。

21　カルナックの海岸

カルナック〔ブルターニュ地方のコミューン。海岸は大西洋に面している〕の航路は、海へと沈みゆく死者たちの目録《リスト》である。移動する鳥たちは出立の場所ごとに集団を再編成するが、その鳥たちの旅立ちもひとつの歌なのだ。やにわに一斉に飛び立つ鳥たちは、まるで彼らにとって自明の方向を目指してゆくかのようにみえる。地上の果てに魂は寄り集まるのだから、空の彼方にある国へと一気に飛び立っていく鳥たちは魂なのだ。だから魂はみな、血に染まった西の空へとみずからの糧を求めて旅立つのである。カルナックにある湯治場旅館の食堂は塩田に面していた。毎朝、牧場を横切る前に、海岸に沿ったハリエニシダの道を散歩した。今、書き物をしながら、あのとき太陽の下で脚を空中に浮かせていた純白の小さな鷺たちの姿が鮮明に脳裏に蘇ってくる。風変わりな膝を深く曲げて脚を一度水に浸す前に、鳥たちは脚を完全に水から浮かせて、白っぽい沼の中を慎重に移動する。

海鳴りをあげるカラロス岬の岸辺沿いには、この世でもっとも美しい二本の傘松がある。エデンの園の樹木よりも美しい松。冬になると人気のなくなったサン・コロンバン村をわたしたちは横切った。そして足を早める。死者のせいではない。死者より最悪なもの、金持ちのせいだ。連中は、たった蠅が一匹飛んで来ただけ、もしくは壁の一隅に備え付けられたアラームの前でゆらゆら揺れながら巣を広げる蜘蛛が吐きだす糸のわずかな動きにすら敏感に反応して叫び始めようとするサイレンに高い金を払い、閉ざされた扉や下ろされた雨戸を所有する「不在の居住者」たちなのである。

＊

方位決定《オリエンテーション》は捕食者の視線から生まれた。それは両眼を同一点に集中させることを意味する。つまり、飢えや欲望の唯一の標的に向かって、筋肉を使ってふたつの視覚を引き寄せることなのだ。

そのとき、両眼視覚は身体全体を巻き込みながら、性急さと跳躍、捕捉、そして融合へとみずから姿を変える。

それはまた読書でもある。

獲物の位置決定と同時に、射程距離となった視線。

死に至る捕獲に先んじながら、突然起こる弛緩を求めてうずくまり、躍動する時間の一部となった身体。

欠乏のせいで徐々に激しく飢えを感じる動物が獲物を両眼で見据えようとするとき、位置決定と運動は時間的に別々であるように思われる。実を言えば、獲物と捕食者を隔てるこの距離が、時間を作り出すのである。

成し遂げられた死の現場から回帰したときに、言語となった時間が捕食の物語へと変貌するように、欲望する時間は獲物と捕食者の間で引き裂かれる。

捕食と語りは起源を同じくする。蜜蜂にとってもそうだ。報告者は補食者でもある。ブンブンとうなる蜜蜂の到来には、すでに記憶が密やかに存在しているのだ。

言語もそれと同じである。位置決定は時間的に運動に先んじるがゆえに、報告は位置決定を空間のなかで掘り下げる。彼方の東《オリエント》は常に、飢えを刺激するのと同じだけその欠如を痛感させる喪失物でもある。時間の膨張は、その場所の先にある東《オリエント》と、その場で引き起こされる運動の間で引き裂かれた緊張である（待ち伏せと捕獲のあいだの緊張）。休息の時間の内部で、移動の時間がプログラムされるときに生み出される時間のリズムが方位決定なのだ。ひとたび獲物が見出され、獲物が死に至らしめられると、猟師の彷徨は旅へと変化する。旅とはつまり、旅の物語のことだ。蜜蜂たちはみずからの旅を暗唱する。こうして、影の世界に留まって花を見ることすらない女王蜂に向かって、踊りながら語りかける手段を花々は見出したのである。

22 あなた方はいずこに行くのか《クオ・イテイス》？

「どこからおいでなさったのですか。どちらへいらっしゃるのですか」、と宿屋の主人は尋ねた。

ローマの騎士は答えなかった。

主人は腰を下ろすようにと騎士に手で合図した。

ローマの騎士は腰掛けなかった。

宿屋の主人は再び喋りはじめた。

「私どもの宿屋をお訪ねくださってありがとうございます。というのも、ますます孤独な気持ちになりまして。私どもがおりますのは地の果てでございます。ここでは誰かと一緒にいるなど、珍しいことなのです。あなたさまにお話ししたいと思うのを、どうかお許しください」

ローマの騎士は主人が差し出した一杯の熱いワインを受け取ったものの、口を開こうとはせず、立ったままでいた。主人は続けた。

「砂利道からあなたさまの馬のひづめの音が聞こえるまで、私は退屈しておりました。今、あなたさまの馬は干し草を食んでおりますし、あなたさまは私の目の前で一杯の熱いワインを飲んでおられる。パチパチと音をたてて燃えるあの火をご覧なさい。あなたさまもその雨よけマントを脱いで、暖炉のそばにお座りになりませんか。あなたさまのチュニカもゴール風の小マントもその方が早く乾くでしょう。炉床の腰掛けにお尻を乗せれば、きっと暖まることでしょう」

騎士はマントを脱がなかった。暖炉のある部屋にも入らなかった。主人に答えることもしなかった。

熱い碗を煉瓦の上に置くと、炉床の前に跪いて両手を伸ばした。

炎に舐められた彼の手は真っ白く浮かび上がり、ほとんど透き通るようだった。

しばらく時間が流れ、主人は再び騎士に尋ねた。

「あなたさまがどちらに参られるのか、それだけはお聞きしてもよろしいでしょうか」

だが、ローマの騎士は答えなかった。そして立ち上がった。石づくりの暖炉のマントルピースのそばに立ったまま、体毛でざらついた腿を手のひらで擦り続けた。

そして体をかがめて、白い煉瓦の上に置きっぱなしになっていた碗を取った。液体の表面に息を吐きかけながら、彼はワインを再び飲み始めた。そして飲み干した。彼は瞼を閉じた。

時が流れる。

大分時間が経ってから、宿屋の主人を見ることなく、開いた眼で火を凝視しながら騎士はこう呟いた。

「先ほど、そなたはわしがどこに行くのか尋ねたな」

「左様でございます」

「わしは寒かった」

「はい」

「とても寒かった」

「はい」

「わしが答えなかったのは、そなたにどう答えたらよいか分からなかったからじゃ」

「はあ」

ローマの騎士は低い声で話した。その声はくぐもっていた。話し相手を見ることもしなかった。彼は尋ねた。

「今度はわしがそなたに質問する番じゃ」

「お望みとあらば、どうぞ」、と宿屋の主人は答えた。

「生涯馬の鞍に乗っているからといって、騎士がどこかに行くと信じておられるのかな」

主人は答えなかった。

「どうなのじゃ」、主人の方を振り向きながら騎士は尋ねた。

「分かりかねます」、主人は答えた。

騎士は続けた。

「自分がどこに行くのかはっきりとは分からないが、今から十三年前に始めたこの旅について、わしが思うところをそなたに語ってやろう。わしは死と待ち合わせをしたのじゃ。しかしその待ち合わせの場所をわしは知らなかった。寒さに追い立てられると、鳥たちは遥か遠くまで移動する。冬になると人間たちも鳥たちの真似をすることがある。空の霧が背後を閉ざすのを鳥たちは好む。遥かな草原を早駆けするとき、霧が彼らの背後を閉ざすのを馬たちは好む。夜明けの海の中を遠ざかっていく船は、霧が背後を閉ざすのを好む。人間たちは、言葉の形をした霧が彼らの背後を閉ざすのを好む」

23 （猛獣《ラパックス》）

胸、臀部、たてがみ、性器——馬のもつすべては、人間の上半身や尻、頭蓋に生える髪や性器よりもずっと美しく、重みがあり、敏捷で、麗しい。

異論の余地なく、自分よりも美しいと人間が認めた唯一の動物こそ、おそらく馬なのだ。

悪夢という言葉は、夢を見る女性の乳房にのしかかる雌馬を意味していた〔フランス語の「悪夢」(cauchemar)は、「圧迫する」という意味のcauchierという語と、「夜の亡霊」という意味のmareという語が結合して生まれたとされる〕。自分の上にのしかかった巨漢が、恐ろしいまでに胸を苦しくさせる。空を駆けるギャロップの轟音、それが嵐である。わたしが思い浮かべるのは、天穹の果てから到来して襲いかかり、風景を飲み込んでしまうような、何物をも通さない真っ黒な大雲のことだ。

それはエヌカン〔一八四二—八七。ベルギーの劇作家で、多くの軽喜劇を書いた〕の描いた狂気である。

妖精の騎行。

突風をともなって突然降り出す雨は、すさまじい音を立てて地面を揺らす。農民たちには移り変わる天気が見えるのだろうか。少なくとも、馬上の騎士の顔を彼らが見ることはない。頭上を駆ける巨大な馬の音が彼らには聞こえる。彼らには雨がみえる。雨は、壁や石、舗石、屋根瓦、屋根の雨樋、木々の葉、沼地の水、池、湖、海のうえに描かれた描線のように、光を放ちながら跳ね返る。

*

セクシュアリティにおいては、それまで「知らなかった」ことを人はすぐさま「認識する」が、だからといって人がそれを「見る」わけではない。

なんの精査もせず、ある性器は見出したばかりの別の性器を求める。身体が快楽を求めるその場所を、瞳は凝視しない。セクシュアリティにおいては、時間は早回しとなり、生殖器は抱擁の内部に身を隠す。欲望はみずからが関与する性的場面全体を急速なリズムの中に巻き込む。そしてついには、実際に何かが感じられるよりも先に、魂を失望へと、身体を非興奮状態へと、そしてすべてを始原の深淵と悲惨の生々しいヴィジョンへと、欲望は冷酷に投げ入れるのである。

*

時間は自分も含めたすべてを呑み尽くす。いきなりすべてを捕らえ、全速力で逃げ去っていく。猟師によって空中へ放たれたばかりの投げ槍と同じくらい、時間を捉えるのは難しい。時間を存在のなかに呼び戻すことはできない。時間とは、捕らえがたく空間を駆け抜けた、荘子の白駒のようなものである〔「白駒の隙を過ぐるが如し」という『知北遊』の荘子の言葉を思わせる〕。

早い《ラピドゥス》、猛獣《ラパックス》、誘拐《ラプトゥス》は同じひとつの言葉である。比類なき敏捷さで人を運んで行くがゆえに、馬は死を象徴している。

馬たちは典型的な誘拐者《ラプトゥール》なのだ。

突然逃げ去ろうとはするものの、まずは嘶《いなな》きながら巨体を起こし、後ろ脚で立とうとする馬の姿は、原-動物《ウル・アニマル》の姿だ。原初の喪失、遁走、回帰なき出立、突然の転居、これこそが死よりもずっと以前に存在し、動かぬままに死んだある神の、その血まみれの身体が消費されるよりもずっと以前から存在していた時間の系譜である。

24 ランスへ赴いたモーム

ある日、アブラハムはオエステレルに尋ねた。

「馬上の人間よりも速いのは何か」

オエステレルは数珠をつまぐるのに気を取られていた。彼は顔を上げなかった。祈りを呟いていたのだ（神も悪魔も信じていないくせに、彼は常に祈りの言葉を呟いていた）。

「思い出だ」コンポート鉢と一冊の本、ヴェネチア製の鏡と三本の蝋燭に囲まれたテーブルの上で銅板を彫っていたモーム〔モームは十七世紀オランダ出身の架空の版画家で、二〇〇〇年に発表されたキニャールの小説『ローマのテラス』（*Terrasse à Rome*）の主人公〕が、そのとき呟いた。

上唇を震わせながら、「思い出」というこのたった一言を呟いたことに疲れ果てて、彼はしゃべるのを止めた。版画家が口を開くのはそれほど稀だったのだ。話をしようとするだけで、彼の心臓はいつも強く鼓動を打った。

アブラハムは版画家モームの方を向いた。三つの灯火に覆いかぶさるようにして前屈みになっている画家の醜い顔を彼は見た。

「モーム殿、どうして涙を流しておられるのか」、アブラハムは小声で尋ねた。

だが、モームは涙がこぼれるに任せた。

＊

「かつてブリュージュで知り合ったひとりの若い女の顔を夜、夢のなかで見ることがよくある」——蝋燭、コンポート鉢、鏡、ルーペ、そして磨き棒が並べられたテーブルで彫りものをしているモームの傍らに座っていたエステルに向かって、ある晩、エッチング師は告白した。そのせいで彼は夜中に目が覚める。夢がもたらした思いがけないイメージのせいで、顔は汗に覆われ、下腹部は完全に興奮状態にある自分の姿を真夜中に見出す、と。

時間や場所はおろか、生者の生や死者の死をも超えて甦るこうした顔は、彼に喜びだけを与えるわけではない。

顔の再来はときとして真の恐怖、息を詰まらせ人をパニックに陥れるような本物の恐怖を生み出す。

それを遠ざけんがために、思い出の世界で見出されるものを自分の内面から無理矢理引きずり出して描くことがモームにはあった。紙の上に固定したあとで、それから解放されるために。時としてその紙を焼いてしまうことすらあった。それを彼の人生から遠ざけるためだ。

「確かに最初は恐ろしいよ、イメージというやつは。君は正しい」、と彼はエステルに打ち明けた。「まるでそこにいるかのように父の姿を見ることが、僕にはよくある。父は僕に向かって大声で怒鳴っている。だから、僕も彼が逃げ出すように力を振り絞って叫び返す。そして膨張しきった湿っぽいペニスとともに目覚める。僕の胸は興奮し、汗に覆われている。腿にも汗が滴っている。だけど、僕の父はもうずいぶん前に死んでいるんだよ。なのに、そのときの僕の身体は、まるでこの世に生まれ出たときのようにぐっしょりしているのさ。先祖たちの顔は、時間と闇の奥から飛びかかり、僕たちに不意打ちを食らわせる。その表情はまったく古びてはいない。そのイメージは僕らを汗や尿や叫びで覆うけれども、結局のところそれは素晴らしいことなんだ。イメージを見つめるのは僕らの純粋な欲望なのだから」

25 シャルの略奪《デ・ラプチュ・シャル》

古代エトルリア人たちの死の神は、なぜ手に小さな槌を携えているのか。エトルリア語で槌のことをコラックスと呼んでいたためだ。コラックスとは、ギリシア語で鴉の意味だった。だから、死の神は、槌を打つ瞬間の槌の頭部を思わせる、鷲のような鉤鼻をしているのである。

その耳はといえば、ぴんと張った鹿の耳のように描かれている。極度に集中し、張りつめ、逆立ち、張った、野蛮で、活発で、そばだてられた耳だ。

その髭は老けかけている。茂みのようなその髪は、身体を直立させて空気の動きに乗じて這う蛇のようだ。

短いチュニカからはみ出した性器はまるで小さなクサリヘビである。

肌の色は濃い青だ。

野獣と竜の姿が重ね合わされたこの猛禽には、エトルリア語で「誘拐者」という異名が与えられている。

黄色く尖った歯を露わにしながら、苦悩が彼を笑わせる。

人はすぐに微笑みを愛するようになる。抗いがたいやり方で、人は微笑みを母親の唇から借り受けて、愛する人の唇の上に再現しようと望み、若い人の唇にそれを刻み込もうとする。ほとんど無意志的で本能的な、ある恐ろしい誘惑が受け継がれる。その誘惑はあらゆる暴力を時期尚早に食い止め、服従や隠された敵意、伏せられた瞳、食いしばる歯に置き換えようとする。

微笑みは口を閉じたままの状態に保つ。

笑いは顎を緩めさせる。そして歯が完全に露わになったとき、捕獲と死が始まるのである。

＊

エトルリアの死の神であるシャルは、左手に携えた巻物に死体の名とその続柄までをも記す。

槌を持った右手で、死神はまず死人の頭蓋を三度かるく叩く。そして殴打する。頭蓋を開いて脳みそを食べたあとで、腐敗の心配がなくなった頭蓋を保存する。このことから、エトルリア語の「槌《コラックス》」が、ローマの「像《イマーゴ》」よりも古いことがわかる。雷神である（少なくとも、ヨーロッパ北部ではそうみなされている）トト〔古代エジプトの知恵をつかさどる神〕も手に槌を携えているが、その意味はシャルのそれとは異なっている。ここでは、槌の打撃は鍛冶の神が打ち鳴らす雷である。神が空に打ちつける鋲は、運命を定める星となる。

＊

供犠の際に獣たちを殺戮する供犠者のハンマーのように、神の槌は人間を打ちのめす。

供犠とは、捕食者の手を免れた肉食動物に関わるものだ。

天上的なものはすべて肉食動物である。

だからこそ、神々は血まみれの犠牲者にだけ同意し、国家間にあらゆる戦争を引き起こすのである。

*

歴史全般を見ても、かつてある社会が神々に対して、蚊や小魚、ウイルス、ウミザリガニ、ヤリイカ、白コウイカ、カタツムリの響宴を供したことはなかった。

蜜蜂の儀式が蜜を作ることであるように、赤肉の供犠が人間の儀式なのだ。

食べるための殺戮を仮に狩猟と呼ぶなら、獣、すなわちかつての古の神が人間を殺したときの流儀で行われる殺戮が宗教である。

神殿はすべて屠殺場である。祭壇はすべて肉切り板で、どんな沈黙もじりじりと待ちこがれる罪深い飢えだ。

熱狂の叫びが引き起こす恐怖に満ちた突然の興奮は、集団の構成員たちを結集させ、共同でなされる消費を通じて、全体的な結合と高揚を作り出す。言葉に対して人が口を開くように、その興奮は血に染まった咀嚼行為に対して口を開き、溢れかえる血を集団で分け合い、深紅色をしたこの最高の分け前を分配することによって、集団の階層化を実現する。

26　メッティウス・クルティウスの馬

戦のさなかに人間が立てる騒音に怯えた馬が、人類史上かつて一頭いた。

戦時の人間に仕えるよりも、いっそ死ぬことをその馬は選んだ。

それがメッティウス・クルティウス〔ローマ建国に関する伝説に登場するサビニ人の隊長の名〕の馬にまつわる、古代ローマの伝説である。

いや、それはクルティウス泉の伝承だ。

メッティウス・クルティウスは湖沼で死んだが、それは愛馬が自死した際に、彼を落馬させたからだった。

一頭の馬が人間の岸辺を離れたいと切願したあの湖の眺め以上に、人の心を打つものはない。とはいえ、そこではすべてが侘しげだ。夏の盛りに岸辺に生える苔は、秋の羊歯のように赤い。湖に沿って流れる水は、他のどこの水よりもつれなく、澱んでいる。プラスチック製のボートの船体が追尾する波はなかなか立たない。まるでこの湖の空気には無限の重みがのしかかっていると言わんばかりに、異様にも沈黙そのものがそこでは感じられるのだ。水面四センチメートルの場所でひしめく蜉蝣たちは、彼らを呑み込まずに凝視している不動の無数の魚たちの大きく開いた口に向かって差し出されている。

＊

古代ローマの黎明期に、テュリウスに対して次のように明言したのは、あのメッティウス・クルティウスであった。

「選択肢は自由か隷属かではない。主人か奴隷かのどちらかだ」

それは純粋なフロイトであり、完璧なマルクスでもある。社会階級（古典主義）の発明はセルウィウス・トゥリウス王によるものと考えられている。まずふたつの階級が対立していた。第一の階級と第二の階級。これこそローマ的な暴力であった。

捕食者と獲物。

ローマにおける主人と奴隷。

そしてのちには、永遠と同時代。

27　陰鬱な物語

旧ブルゴーニュ公爵領内のトゥシーの村に、あるひとりの蹄鉄工が暮らしていた。彼は極貧だった。馬たちの蹄鉄を打ってはいたものの、馬を押さえておくための木枠があまりにも古びていたために、鍛冶をしていたある日、馬枠が彼の上に崩れ落ちた。貧しい鍛冶屋には馬枠を立て直す手段がなかった。彼は名字をラルースと言った。ラルースは一人息子をもうけ、ピエールと名づけた〔ピエール・ラルース（一八一七—七五）は、フランスの教育者で有名な百科事典の編纂者。現在も彼の名を冠した辞書・辞典が存在する〕。

ピエールは父以上に極貧となった。あまりに貧しかったので、一八四九年には、読書した書物から抜き書きした分類カードを売りさばかねばならなかった。

28　ケルンでのフロイト

フロイトは四匹の犬を飼っていた。（一匹目の）ルーン、ヨフィー、（二匹目の）ルーン、ユンボである。

*

ある鍛冶屋の家でフロイトは生まれた。より正確に言えば、それは鍛冶屋が羊毛業者から借りたアパートの二階の部屋で、溶鉄炉用暖炉と木製の馬枠、鶏舎、そして水肥の真上に位置していた。一八五六年五月六日、フロイトはそこで産声を上げた。十三日には割礼を受けた。彼はヴロツワフ〔ポーランド西部の都市〕へ逃れ、ライプチヒ〔ドイツザクセン州の都市〕へ逃れた。そして最後にウィーン市二区のマッツエスインゼル地区〔現在のレオポルドシュタット。一九二三年には住民の三五パーセントがユダヤ人であった〕にある、プラーター公園とインド産マロニエの並木道近くのユダヤ人ゲットー街にたどり着いた。

一八七三年五月一日、大学入学資格試験の準備をしていたフロイトの感嘆の眼差しの下、シシー皇妃とフランツ・ヨーゼフ一世が万国博覧会を除幕した。

一九〇八年八月、フロイトは休暇に出かける。一人旅だ。彼はイギリスに向かう。一八五九年以降そこに移住したふたりの兄、エマヌエルとフィリップに会うためだ。ところで、ケルンに到着するも、彼は街で道に迷ってしまう。駅のすぐ近くでふと頭を上げたとき、大聖堂の美しさに圧倒される。聖堂の巨大な扉を押すべきかためらう。だが、彼には思い切って扉を押すことができない。駅に戻りはしたものの、彼のうちに不安を引き起こしたその街をすぐさま去ろうとはしなかった。死者や逃亡者たち、そして一族の故人の思い出が心に蘇る。記憶はたちまち膨れあがる。夕暮れの熱気の中で、記憶がますます立ち昇ってくる。蘇ってきたのはある八月の記憶、一三四九年八月の記憶だ。キリスト教徒たちが群れをなしてユダヤ人街につめかけ、人家やミクワー〔ユダヤ教徒たちが使う水槽〕、シナゴーグ、救済院、図書館、墓場に放火した。ドイツでもっとも重要なユダヤ人共同体がたった一晩で消滅した。なぜフロイトはイェンゼン〔一八三七—一九一一。ドイツ人作家〕をあんなにも好んだのか〔フロイトはイェンゼンの小説『グラディーヴァ、あるポンペイの幻想小説』に感銘を受け、論文「W・イェンゼンの『グラディーヴァ』における妄想と夢」を一九〇六年に発表した〕。単に『グラディーヴァ』のせいではなかろう。それは一八六九年に大流行した『ケルンのユダヤ人』という、イェンゼンの別の小説のせいなのだ。フロイトは次のように書いている。私は列車の時刻表を調べた。ところが、躊躇っている間に列車を乗り継ぎ損ねてしまった。最初、私はケルンで一晩過ごすべきだと考えた。この決断は憐憫の情にかられてのことだった。というのも、わが家の言い伝えによると、私の祖先はかつて迫害を逃れるためにこの街を去ったのだから。だが、私は考えを改めた。まさに彼らがそうしたように、そこから逃げ去るべきなのだと自分に言い聞かせた。私はロッテルダム行きの別の列車に乗ることに決めた。そうすれば真夜中にロッテルダムに着くはずだ。そしてデン・ハーグでレンブラントのあの名画たちを見ることとしよう。

29　馬枠

一九一四年の戦争のあいだ、鋼製の丸眼鏡の奥の小さな瞳の祖父は、塹壕の中で、銃剣の脇に座ってラテン語で日記をつけた。

祖父はジヴェ〔フランス北東部にあるアルデンヌ県のコミューン〕の出身だった。

ひとつの原子力施設が部落を荒廃させ、それを次なる原子爆弾へと変えるべく部落を完全に都市化する前、ジヴェから数キロ離れた一族ゆかりの村ショーで、わたしたちは休暇を過ごした。

＊

ローマにおいて馬枠、すなわちトリパリウムは、蹄鉄を打つ際に馬を括り付けておくためか、懲罰を待つ奴隷を縛り付けておくために使われた「三つ杭の道具」を指していた。そののち、もっぱら奴隷の拷問に使われたこの道具は、人を隷属させ、骨が折れる辛い仕事全般を表す言葉になった。

＊

ショーの小さな村の鍛冶屋はフランスおじさんと呼ばれていた。フランスおじさんというこのあだ名は、森の反対側、つまり国境の向こう側、ムーズ川の対岸に住むベルギーおじさんと呼ばれていた彼の双子の兄弟に由来していた。

互いの不在がそれぞれの名を維持していたように、それぞれがそれぞれの国で鍛冶屋をつとめていた。ショーでは、通りの舗石に直に設置された木製の馬枠と鍛冶場があり、そこは同時に煙草倉庫でもあり、切手屋でもあった。

まだ文字が読めなかったよちよち歩きの頃、読書の世界に引きこもるという素晴らしい考えをいまだ持たず、終わりのない旅物語に糧を与えてくれる、読書という旅路にみずからの同一性をゆだねようなどとは思いもしなかったあの頃（五歳のことだ）、巨大な獣が体躯を揺すって嘶いているあいだ、フランスおじさんが馬のひづめの角をゆっくりと熱するのを、わたしは飽きもせず、大通りの溝脇の石に腰掛けて眺めていた。

強烈なにおいと相まって、ビール問屋だった従兄弟の飼っていた二頭の大きな白馬と周辺農家の農耕馬たちの巨大な体躯が与える恐怖の感情を、わたしは愛していた。

巨大で頑丈で落ち着き払った様子のアルデンヌ地方の輓馬《ばんば》たちが好きだった。草原やムーズ川沿いの葦の原にいる子馬たちを見るのも好きだった。駄馬たちが物憂げに耕地を馬鍬でならし、小さな荷車や干し草を載せた車、あるいは車輪のついたワゴンに繋がれたまま、自動車やクラクションや叫び声にもまったく動じることなく、道の真ん中を通ってゆっくり家路へと向かい、ショーとジヴェ、そしてフェショーとオーブリヴの採石場をつなぐ境界線に沿って連なるわが家の農場に向かって静かに戻ってくるのを見るのも好きだった。

長く黒ずんだペンチを使って、フランスおじさんは一日じゅう、湯気を立て、火床から取り出されたばかりの真っ白な馬蹄に力強く鋲を打ち込んでいた。

*

わたしは剥き出しの膝に両手を置いて、大きな馬枠の向かいに何時間もしゃがみ込んでいた。それがどんな種類であれ、わたしにとっての仕事とは、なによりもまず、後脚を蹴って逆らおうとする馬がはまり込む木製の「足場」を意味している。

フランスおじさんは、鉄も、鉈鎌も、長柄鎌も、馬具も、犂の刃も、鈴も鍛えた。錠も直した。

銃の類いについても、おじさんはうまく直していた。

*

すべてが消え去り、多くのものが消えてなくなりとうとう一筋の線だけになってしまっても、年老いたわたしはそれでもまだ鍛冶場に向かってうずくまっている。鉄床を打つ槌から響きわたる、信じがたいほどに明瞭で、乾いた、輝くような音が私には聞こえる。生き物の灼かれた肉の匂いに包まれて、大きな後脚を跳ね上げながら馬枠の内部で嘶く馬たちの叫び声が聞こえる。わたしは思い出す、いや単に想像しているだけかもしれないが、馬を馬枠の内部に後退させるために蹄鉄工が使う輪は、たしか鼻ねじ棒と呼ばれていた。馬脚を支え続けたために ほとんど真っ黒になった、分厚い革製の前掛けが見える。同じ革製の架台も見える。その革製の架台のうえに、蹄鉄工はしっかりとひづめを固定させていた。彼はまずひづめを削り、深く彫ってから擦る。それから火の準備だ。そして、鉄床のうえで鉄を丸形にしながら、完全なひづめの形になるまで鉄を鍛える。そして鉄が赤くなるまで熱する。それから、「様子見に」、馬の足裏に一気に鉄を当てる。それは足裏のテストだった。すると馬の足角全体が煙を上げ始める。それから鉄を炉床に戻す。そして再び鉄床で彫り整える。鉄を水にくぐらせる。さらに煙が上がる。そして最後に蹄鉄工は馬の方へと戻ってくる。彼は働きっぱなしだった。馬枠に馬がいないとき、あるいは木屑だらけのスカフェルラティ煙草や薄い緑色や黄色の切手や、叔父たちのためのゴロワーズ煙草の青い箱を売っていないときには、農夫たちの手押し車の車輪や、ビール問屋の叔父たちの運搬用二輪車の車輪、わたしの兄弟の自転車の車輪を直していた。

30　馬のたてがみ

寓話では、ダモクレス〔紀元前四世紀、シラクサの僭主ディオニュシオスの廷臣であったとされる人物で、ここで語られる「ダモクレスの剣」の主要人物〕は僭主ディオニュシオスの金のベッドに横たわっている。シラクサのすべての食物と同じく、滋味豊かな食べ物をダモクレスは味わう。彼を取り巻く奴隷や召使いたちはみな裸で、想像するだけですぐさまあらゆる願望を悦楽へと叶えようと待ち構えている。だが、ディオニュシオスの命によって、一本の剣が馬のたてがみの毛一本に繋がれてダモクレスの頭上に吊るされている。

＊

シチリアに来たカラヴァッジオ〔一五七一―一六一〇。バロック期のイタリアの画家。「テネブリスト」や「呪われた画家」と言われた。代表作は『病めるバッカス』『愛の勝利』〕は、ディオニュシオスの牢獄を訪れたいとヴィンチェンゾ・ミラベッラに頼み込んだ。ラトミーに到着すると、ふたりは馬から降りてロープを垂らし、深淵の底へ降りた。どんな音も反響する音響室のようなこの洞窟を一六〇八年に「ディオニュシオスの耳」と命名したのは、ほかならぬカラヴァッジオその人だ。その洞窟にディオニュシオスはかつてプラトンを幽閉したのだった。

*

ある日、彼のダイモンがソクラテスに言った。「一頭の馬の背中に乗った虻になれ」ダイモンが発した意味深な言葉を不条理な方法で事後的に翻訳したのは、もちろんソクラテス本人だった。彼はその言葉の意味を次のように信じたのである。「都市《シテ》の街かどの哲学者になれ。市民たちの脳みそを鑿の一振りのように刺激するのだ。そしておまえの町の名声のために死になさい」ところが、彼のダイモンはただ次のように言いたいだけだったのだ。「一頭の馬の背中に乗った虻になれ」

*

『知恵について《デ・サピエンティア》』第二巻でクザーヌス〔一四〇一—六四。ドイツの哲学者、神学者、数学者〕は書いている。「人間たちよ、あなたがたは馬と呼ばれるべきなのだ。あなたがたひとりひとりは、生来は自由だった一頭の馬のような《クワシ・エクウス》もので、馬使いによって木の口籠《くつこ》で馬槽に繋がれ《カピストロ・アリガトウス》、目の前に差し出されたもの以外を食べようともしない。

あなたがたの知性は、
書物を書いた他の人間たち、あなたがたが読んだ他の人間たちの権威に縛り付けられ、
馴染みのない食べ物によって他人に養われ《パブロ・アリエノ》、
その食べ物は小さな丘の山腹で育った秣でもなく、
流水を供給する草原の形となった水でもなく、
草原を照らす日の光でもなく、
草原を夜露で濡らし、その力を癒す夜でもない。

たとえ、それらが神のみもとで人間が話す言葉の、不意の理解しがたい出現以上に不可思議はでないにせよ、
その食べ物は書物よりもなお一層理解の及ばないものたちなのだ。
なぜなら、季節がめくるめくその場所、
谷や荒野が広がるその場所、
海が浸食するその場所、
空の下で山々が屹立するその場所で、
教えておくれ、なぜある日、叫び声や歌声が生まれたのかを」

31 （アペレス）

アペレス〔プリニウスの『博物誌』で言及されている古代ギリシアの有名な画家〕。

ある日、アペレスは一頭の馬の頭部を描くのを断念した。仕切り壁にスポンジを投げつけた。そして、「やにわに《エクサイプネス》」彼は馬を描いた。

セクストゥスは書いている。「同じ唐突さで、まるで偶然のように、動揺の欠如が判断の停止状態に続いた。そこにはなんの関係性もみられなかった」

フロイト。「同じく、突然に愛されることで、徴候はある日消滅する」

同じように、二月のある日、聖アントワーヌ病院で血を吐きつつ、スポンジを投げつけたわたしは、今、自分が生きているこの最後の王国の形象《フォルム》を見出した。その王国は、時間をまたぎ越えながら、溝の中に足を突っ込んで、馬が涙を流している崩れ落ちんばかりの古い馬枠を吟味している。

＊

人は予見不可能なものに向かって、それがあたかも自分の祖国であるかのようにして立ち戻らなければならない。

予見不可能で、それ以外のなにものでもないものに。

予見不可能なものとは時間であり、暗がり、精子のほとばしり、原初の場所、大地、陽光、思いがけない自然の美しさ、爆発する天空の果てでもある。

ぶっつけ本番。

人が探し求め、飢えを満たす対象こそ、こうした（根本的である以上に）予見不可能なものたちなのだ。

それらは天使たちでもある。

後脚を跳ね上げる馬たち、跳びかかろうとする虎たち、

輝く海面の上を飛ぶイルカたち、

いきなり噛み付くサメたち、

天頂からやにわに襲いかかる鷲たちや稲妻、愛、波、嵐、

雪景色の下から現れ出る春、

これらは「非人間的で」予見不可能なものたちの例である（少なくとも、自然あるいは物質《マチエール》の中にある自然、つまり、宇宙の無から溢れ出る物質《マチエール》の中の自然にみられる、前人間的な生の予知不可能性に属するものたち）。

コナラの木の頂きに一瞬で落ち、木々を燃え上がらせる雷は、叫び歌いながら生まれ落ちて、突然に呼吸をはじめる子どもと似ている。

32　パエトン

パエトン〔ギリシア神話の人物で、太陽神アポロンの息子。アポロンの息子であることを証明するために、操縦が難しい太陽の戦車を操縦しようとするがうまくゆかず、暴走した戦車は大地に大災害をもたらした〕は太陽の馬たちを御していた。

天空の中心で不動の天体が描き出す野獣たちの姿を見て不意に恐怖に捉えられた少年は、思わず手綱を離してしまう。彼が御していた二輪馬車が転倒する。

彼は落下する。

だが、彼の身体が大地に叩きつけられることはなかった。「右耳のあたりで、雷電を構えながら《デクストラ・リブラトゥム・フルメン・アウレ》」、彼の父は息子の身体が地面に達するまえに、彼を雷で打ったのである。

＊

人は死ぬまで意味の外にいる。

スピノザは『エチカ』第二部第十八章でこう書いた。「砂の中に馬の足跡を見たある兵士は、すぐさま馬の思考から騎士の思考へ、そこから戦争の思考云々……へと移ろいゆく。一方、砂の中に馬の足跡を見たのが農夫なら、すぐさま彼は犂と耕地、播種、刈り入れ云々……のことを思うだろう」（*Miles visis in arena equi vestigiis statim ex cogitatione equi in cogitationem equitis et inde in cogitationem belli etc. incidet. At rusticus equi, aratri, agri etc.*）

スピノザの「云々……」がわたしは好きだ。それは無限を物語っている。

33　一六二一年、一八七七年、一八八九年のニーチェの馬

ニーチェは書いた。「一頭の馬がきみを運んでいく、それが隠喩《メタファー》である」言語能力をもたず激しく泣き叫ぶだけの者を、際限なくしゃべり続ける名義人へと変貌させた転移に続いて、石から石へ、顔から顔へ、言葉から言葉へ、テクストからテクストへ、イメージからイメージへと、まるで夢の中のように言語のただ中を全速力で駆け抜ける馬たちが隠喩《メタファー》を定義する。

＊

ジェノヴァでニーチェを転倒させたのは、アントニオ・ジュリオ・ブリグノーレが乗った馬の瞳だった。一八七七年、パラッツォ・ロッソを出たニーチェはすぐさまそれをノートに書きとめた。

一六二一年、ヴァン・ダイクはその瞳を描いた。

ヴァン・ダイクの描いた馬の瞳は「自尊心に満ち」ていて、その姿は当時、鬱状態の最中にあった彼を「たちまち回復させた」とだけ、ニーチェは記した。

それから十一年後の一八八八年四月、トリノのカルロ・アルベルト通り六番地にニーチェは部屋を借りた。外に出ると、彼は広場を横切り、側道を通って、ポー川の河岸を辿った。

一八八九年一月三日、カルロ・アルベルト広場の泉の前で、飼い主に激しく叩かれて、屈辱を受けている老馬をニーチェは見た。老馬はあまりにも悲嘆にくれた様子で彼を見つめたので、ニーチェは馬のもとに駆け寄り、抱きしめ、そして永遠に正気を失った。

＊

辱められた馬を抱きしめることは何を意味するのか。それは、飼いならしの状態を嘆くことだ。

スパルトイへの賛辞のなかでシモニデス〔起源前五世紀頃に活躍した古代ギリシアの抒情詩人〕は次のように書いた。「市民とは群れ《アゲライ》の形で飼いならされる馬《ヒッポイ》たちのことである。ゆえに街《ポリス》を猛獣使いと呼ぶべきなのだ」

＊

西洋世界の価値転覆という表現で言わんとしたことを、ニーチェはある日こう要約した。貴族的ともいえるギリシア的な価値（強者は美しい、高貴さは善である、ディオニソスは切り裂き、生のまま食らう、幸運な者は神々から愛される）にたいして、ローマ帝国では徐々にユダヤ的かつキリスト教的な価値が取って代わったのだ（弱者は感動させる、貧者はよきこと、神は奴隷の十字架を好む、苦しむ者は天国に召される）、と。

実を言うと、この「転覆」の命題はキリスト教よりもはるか以前に遡る。

倒置は本来の関係を偽装することすらしない。というのも、倒置はその関係を再生産するからだ。言語活動とはこうした反射のことである。言語はすぐさま対立を生じさせる。

語られるや否や、それは逆さになる。

きみに役立つものは、私にも役立つ（水撒き人が水を撒かれる、捕食者が喰われる）。

*

倒置は動物的な思考にすでにみられる。どんな捕食者も獲物になることを恐れる。夢はありとあらゆる状況を出鱈目に演出する。

*

パウシアス〔紀元前四世紀のギリシアの画家〕は絵画史における最初の貧乏画家——自由への渇望にとらわれた貧乏画家——である。

アリストファネス〔紀元前四四六頃—三八五頃 古代アテナイの喜劇詩人〕は彼のことをこう言っていた。「絵を描けないくらいなら絶食のほうが彼にはましだった」（文章を倒置することもできる。つまり、彼は絶食状態まで絵を描いた、と）

パウシアスはとりわけ「埃の中で転げ回る馬」というタイトルの絵で名を馳せていた。

その作品は信じがたいほどのレアリスムで制作された。

だが、パウシアスは単に絵を逆さに向けたにすぎない、とルキアノス〔一二〇—一八〇。シリア人の風刺作家で、ギリシア語で執筆した作品を残した〕は書いた。

プルタルコス〔四六—一二七。帝政ローマ期のギリシア人著述家で、『対比列伝』を著した〕は『倫理論集《モラリア》』第五巻でこう書いた。「パウシアスは絵を打ちのめした（背後にのけぞらせた）」(*Pausôn katestrepse ton pinaka*)、と。

画家のアトリエの壁に逆向きに架けられたこの絵のエピソードは、もちろん伝説である。同じ逸話は絵画史全体をとおしてみられる。カンディンスキーやジャコモ・バッラ〔一八七一―一九五八。イタリア未来派の画家〕、クレー〔一八七九―一九四〇。バウハウス運動などにも影響を与えたスイスの画家〕、モンドリアン〔一八七二―一九九四。オランダ出身の抽象画家〕、マレーヴィチ〔一八七八―一九三五。ウクライナ、ロシア、ソ連の画家で、未来派を昇華させた「シュプレマティズム」（絶対主義）を提唱し、ロシア構成主義に影響を与えた〕の伝記にもほとんど同じエピソードが語り継がれているのに人は気づく。

＊

補食に関わる緊張関係は常に不安定だ。捕食者の視点と獲物の視点は循環し、交換され、限りなく反転する。額と額、体と体、枝角と枝角を突き合わせ、あるいは虐殺対虐殺、正面同士、顎と顎の関係においては、どちらが食べる側でどちらが食べられる者になるかは分からない。

どちらが蠱惑者となり、どちらが蠱惑される者になるのか、
どちらが命題《テーゼ》で、どちらが反対命題《アンチテーゼ》なのか、
どちらが跳びかかって貪り食い、どちらが地面に押し付けられて呑み込まれるのか、
この悲劇的なアポリア、この異様な不安は、人類に限定されたものではない。肉食動物に特徴的なものですらない。この基盤は前人間的なものだ。

神秘的な音の方角へと耳が向かうとき、あるいは恐怖か苦しみで瞳が曇るときの、丘の高みで不意に動きを止める鹿の視線を見るがいい。

34　落馬したギュンナー

ギュンナーは家族に別れを告げて鞍にまたがった。アイスランドの領主たちが放った追っ手から彼を救い出し、ノルウェーまで運んでくれるはずの船にゆっくり近づいた。だが、とつぜん馬がつまずき、ギュンナーは地面に振り落とされる。

気がつくと彼は燕麦の野原に座り込んでいた。彼は周囲を見渡す。丘が見える。収穫物に覆われた丘の斜面を眺める。遠くに自分の建てた農場が見えるのに彼は気づく。

彼は腰を上げる。不意に動きを止めると、田園の中に立ったままゆっくりと振り返る。空は真っ青だ。遠くには海が見える。

フィヨルドの向こうには火山が見える。

彼は呟く。

「早死にするのもよかろう。もうすぐ死ぬことになってもよいではないか。私はこの美しさの中にとどまっていたい」

35　（ゲルマニア）

ニーチェはいつも湖を渡ってやって来た。船が接岸すると、宿屋の主人の手を握って、ホテルの正面にある灰色の木製の浮き橋に降り立った。船室の横には二本のエゾマツが聳えていた。彼はそこでひとり暮らしていた。書き物をするために。妹のエリーザベト（フリッツは彼女のことをリースヒェンと呼んでいた）は夫に付き添って南アメリカに渡っていた。ベルンハルト・フェルスター〔一八四三―八九。ドイツの反ユダヤ主義の扇動家。ギムナジウムの教師だったが、一八八六年、純粋アーリア人社会を建設するため、同志とともにパラグアイに入植した。しかし、パラグアイの風土や気候などの条件が重なって、ゲルマニアの理想は潰えた。ニーチェの妹エリーザベトはフェルスターの妻となった〕とリースヒェン夫妻は「人類の再生」を目指して、パラグアイでドイツ人のための環境保護植民地を創設していたのである。彼らは豊かな未来に包まれたその団体に「ゲルマニア」という名を与えた。スイスのグラウビュンデン州のジルス・マリアに独り残されたフリードリヒ・ニーチェは、そこで『道徳の系譜』を執筆した。それからニースに向かった。最後にヴェネチアに到着した。『ワグナーの場合』がドイツで刊行され、大成功をおさめた。そこで彼はトリノに身を落ち着けた。彼が受け取った妹からの最後の手紙は、一八八八年九月六日に書かれてパラグアイから郵送されていたが、それは一八八八年十月十五日の彼の誕生日当日に届いた。十一月以降、ニーチェは幸福だった。成功の陶酔感が少しずつ歓喜の情と混ざり合い彼を精神錯乱へと導いていた。その年の終わりに、彼は友人全員に「狂気の手紙」を書き送った。一八八九年一月九日、オーヴァーベックが迎えにやって来て彼をトリノからバーゼルまで連れて戻った。そこで、恍惚状態の文献学教授をその母親に引き渡した。一八九七年に母親が死ぬと、エリーザベト・ニーチェ＝フェルスターはひとりで兄の面倒を見ることとなり、引っ越しを決意する。ふたりはともにワイマールに身を落ち着け、そこで彼は一九〇〇年に死んだが、その九カ月前にはウィーンとライプチヒでフロイトが『夢判断』を刊行していた。

36　セユスの馬

セユスが所有した馬は、どうやら背中に乗せた者すべてに不幸をもたらしたようだ。クネイウス、セユス、ドラベッラ、カッシウス、マルクス・アントニウス――その馬に乗った者全員が死んだ。

フランスでは、シャルル九世、アンリ三世、アンリ四世、ルイ十三世時代に活躍した年代史家たちが、マルグリット・ド・ヴァロワについて「彼女はセユスの馬だった」と語った。抱擁を交わした翌日に、彼女の愛人たちはみな非業の死を遂げたのだ。

マルティーグは喉を掻き切られた。ラ・モルは斬首された。ビュシー・ダンボワーズは暗殺された。

帝国初期にローマ人たちが「セユスの馬」と呼んだものは、十九世紀のアメリカ人たちが「ファム・ファタル」と呼んだものだった。

＊

ルイーズ・ド・ヴィトリですら、「セユスの馬」だと書き立てられた。しかしながら、彼女の愛人たちを次々と襲った死は、マルグリット・ド・ヴァロワの抱擁が引き起こした死ほどには突然ではなかった。ギーズ公、シャルル・デュミエール、ランドー伯爵らは、彼女を深く愛した後に心を痛め、次第に衰えてゆき、最後には息を引き取った。

人生の終わりに、過ぎし日々を振り返りながら、ルイーズ・ド・ヴィトリは不安に襲われて起き上がり、ベッドの中で不意に身体をこわばらせた。

耳をそばだてて周囲に聞き耳を立てる彼女の姿は、まるで一種の歌に聞き入っているかのようだった。そして、顔を右の方へ激しく向けると、彼女の告解を聞いていた聖職者を一瞬のあいだ見つめ、彼に尋ねた。

「愛は死にも値する罪なのでしょうか」

ペロン枢機卿は答えた。

「いいえ。でなければ、あなたはもうとっくに死んでいるでしょうから」

37　詭謀すること

八月十九日、シャレ伯爵は斧の三十八振りによって処刑された。

シャレが死ぬと、シュヴルーズ公爵夫人はすぐさまラ・ロシュフーコー〔一六一三—八〇。フランス古典主義時代を代表する作家、モラリスト。代表作は『箴言集』〕に身を捧げた。

ラ・ロシュフーコー公爵とは誰か。もっとも偉大なフランス人作家だ。

もっとも偉大なフランス人作家とは誰か。妖精メリュジーヌ直系の人物のことだ。

＊

「詭謀家」、これがジャック・エスプリ、王宮、学術院がシュヴルーズ公爵夫人に与えた異名である。

夜陰を突き進む馬車の中で、興奮に不意を突かれたラ・ロシュフーコーは、唐突に自問する。

「あの詭謀家は、今度は何を企んでいるのか」

すると、シュヴルーズ公爵夫人はラ・ロシュフーコー公爵の顔を両手で抱え、彼の傷口に優しく接吻し、ゆっくりと彼の唇までその唇をすべらせるのだった。

*

ラ・ロシュフーコー公爵の手をシュヴルーズ公爵夫人が握ったとき、詭謀家は野獣《フェルス》になった、とジャック・エスプリは語った。

ふたりはみずからの馬を疾駆させていたのである。

*

樹林の中でふたりはまだ馬を走らせていた。

泉水の前に着くと、馬から降りた。

ふたりはそぞろ歩き、やがて木々と木陰のある場所に着いた。それはクジエール公園だった。女の姿をした混沌と呼ばれたその女《ひと》を、侯爵は胸に抱きしめた。

*

ルキリウス〔紀元前一八〇年から一四八年頃に生まれ、紀元前一〇二年頃に没したとされる古代ローマの詩人で、風刺詩の創始者とされる。『風刺詩集』の作者〕にとってセネカがいたように、ラ・ロシュフーコーにはエスプリがいた。

エスプリはこう書いた。「鰭脚《ききゃく》類〔アザラシやオットセイ、アシカなどヒレをもつ動物〕には殴打しか存在しない」（古フランス語によるこの古い諺が言わんとするのは、「悦びは人目を忍んでしかあり得ない」という事実である）

「詭謀する」とは、偽名で旅することだ。

夜陰に乗じて馬を駆けること。

鎧戸をけっして開かないこと。

ハンカチを口にくわえて抱擁すること。

＊

詭謀するとは、旅籠の火床の光や教会の燭台を慌ただしく離れることだ。

テーブルに残された食べ物の痕跡を一口毎に消し去りながら、声を出さずにひとり寝室で食事すること。

息を切らせ、心臓が高鳴る状態のまま、上質のワインを一口ずつ飲むこと。

馬車の扉の上方に固定された革の揚げ窓を引くこと。

＊

詭謀するとは、ジヴェの土地でパイプ煙草に点火するのを恐れること、つまり煤の出る炎だけ残すことであり、壁ぎわの薄暗い隅で読書することであり、強烈に感じることであり、誰かに邪魔されないかと案じながら急いで用を足すことである。

それは、禁じられた場所で禁じられた女《ひと》を欲することである。

それは姦通。

それは禁じられたものに自分の舌を浸すこと。

その女《ひと》の性器に触れ、それを引きちぎって外側へと投げ出さんばかりに強く引っぱること。

*

詭謀するとは、恐れること、恐れを愛し、四顧すること。

それは読書以上の経験である。

それは、自分のために書かれているわけではない文字をすべて解読し、それを自分のための暗号に置き換えてから、さらなる予測不可能な冒険を準備し、暗唱するやいなやすぐさま秘密のメッセージを破り、文字の切れ端を丸くまるめて一気に呑み込むことである。

38（アンリ・ミショーのポリシー）

暴君殺しの思想は希少である。秩序への拒否や統辞法的配置の転覆、さらには推論的論証からの逸脱によって秩序に応答するような思想はごくわずかしかない。思考や思考をなすもの、思考を中断するもの、あるいは従属が依存するものすべてに対して、思想は逆らうことができなければならない。エチエンヌ・ド・ラ・ボエシー〔一五三〇―六三。フランスの人文主義者で詩人。『エセー』の作者モンテーニュの友人でもあった〕の著作は、結局、モンテーニュによって出版すらされなかった。モンテーニュにはその勇気がなかったのだ。彼には友情も欠けていた。幼少時のわたしはなぜ食べることを拒否し、話すことを拒否し、質問に答えるのを嫌がり、命令というよりはむしろ命令に訴える脅しに屈することを拒否したのだろうか。服従するくらいなら死にたいと、なぜ願ったのだろうか。

＊

彼が書いたもっとも美しい寓話の一編で、パエドルス〔紀元前一世紀頃に活躍したとされるトラキア出身の寓話作家〕は次のように語っている。農場のテラスで飛び跳ねていた一頭の子山羊が、眼下にいる片足を怪我した狼に向かって罵倒を浴びせかけた。

頭上に降りかかる侮辱と嘲笑の雨の下で、ついに狼は視線を上げた。

狼は小さな子山羊に向かってただこう言った。「おい、オレを嘲笑しているのはお前じゃない。お前の場所《トポス》だよ！」（つまり、お前の地位なのさ）

＊

第二次世界大戦の間にフランス警察と関わりをもったすべての家庭と同様、わたしの家族もまた、警察が果たす使命に対して節度と不安の入り混じった理解を示していた。異端審問にどっぷりと根を降ろしてきたがゆえに、フランス国家警察の歴史は完璧な恐怖を抱かせるものであるという事実は、多少なりとも読書を愛し、高等教育を受けた者にならすぐに分かるはずだ。

スピノザは指輪の爪に警戒心《カウテ》という銘を彫らせた。

わが家に銘があったなら、それは「国鉄を警戒せよ。パリ市交通公団を警戒せよ。門を叩く警官を警戒せよ。『保安』や『共和党員』たちの同席を警戒せよ。パンタンの先、ロワシーの手前にあるドランシーを常に思え」、というスローガンだったろう〔ドランシーはパリ市から十キロほど北西に位置するコミューンの名で、第二次世界大戦中にはナチスによって収容所が建設され、おもにユダヤ人やジプシーたちが収容されていた〕。

＊

国家の機能に与するあらゆる任務を果たす人間のことを役人と呼ぶ。役人たちのおかげで国は国家として機能することができる。「国家《エタ》」というフランス語は、現在でもなお「現状のままで《スタトゥ・クオ》」という表現で使用される、ラテン語の地位《スタトゥス》＝状態に由来する。だが、完全に空間的かつ決定的な印象を与えるこのスタトゥ・クオという定型表現、すなわち境界線によって確定され、国境警備隊によって守られ、警官や税関が境界に配備されたかのようなこの定型表現は、本来、「以前と同じ状態で《スタトゥ・クオ・アンテ》」という、完全に時間的な表現に由来する。役人の任務とはゆえに、「将来」の状態が「以前」の状態と同じであるように、国家を機能させることなのである。

＊

導かれる定理。

地上において、世界の状態とは恥ずべきものであり、「現状のままで《スタトゥ・クオ》」もまた、さもしい言葉である。

＊

タキトゥス〔五五―一二〇。帝政ローマ期の政治家で歴史家。『年代記』の作者〕の言葉「醜き悲惨、全人の汚物、偉人の午睡」

＊

戦争に向けた努力への熱心な貢献、全体の生存のための個の犠牲に対する賛美、闘争の理由づけに関わる旺盛なシミュレーション、憎悪すなわち感覚、すなわち方向づけ、すなわち未来という興奮剤――、以上が司法官や哲学者、司祭、歴史家、政治家、要するに「国家」に属する万人の肩に降りかかる務めである。志願しなさい。自己犠牲を払いなさい。希望をもつための理由を持ちなさい。あなた自身の死を弁護し、あなたの犠牲に根拠を与え、あなた自身の消滅を論証しなさい。

＊

アンリ・ミショー〔一八八九―一九八四。ベルギー出身の作家、詩人で画家〕による全般的なポリシー。馴染まないこと。国家から脱同一化すること。脱馴化すること。脱人間化すること。

ミショーのスローガン。どこにいようが、可能な限り外の空気を吸いにゆくこと。勝手に逃げること。

39　ペトラルカ

一三〇五年初頭、モロッコ沿岸で買った雌馬に乗って、ペトラルカ〔一三〇四―七四。イタリアの詩人で人文主義者。代表作はラウラという女性に捧げられた恋愛詩集『カンツォニエーレ』〕の母はアルノー川の浅瀬を渡っていた。馬は水を惧れた。産着にくるまれた赤子を抱きかかえていた従僕が落馬した。馬は泳いで岸辺までたどり着き、水から出て体軀を震わせたが、従僕と赤子は川の逆流に呑み込まれた。彼らの姿を見た者はいなかった。

ぶくぶくと砕ける気泡と渦以外、何ひとつ川面に浮かび上がってこなかった。

漁船にいた船乗りたちが駆けつけた。彼らはアルノー川に飛び込んだ。そして、薄暗い影のなかで旋回していた赤子と従僕をつかまえ、水から引き揚げ、岸辺まで運び、生温い泥でできた柔らかな埃のなかにふたりの身体を横たわらせた。

こうして、ルネッサンス期のもっとも偉大で秀抜な文人は、一生涯、難船したオデュッセウスのようにして生きた。

*

いたるところにイタケを探すオデュッセウス。

カルタゴの砂岸に難破したアエネイス。

その生涯を旅というかたちで高める運命を背負った亡命者、あるいは流浪の人。

常なる旅人《ペレグリヌス・ウビクエ》。永遠の旅人。

ボルセナで再び落馬したペトラルカは、歩けなくなるほどの重傷を再び左足に負い、馬車でローマまで運ばれた。そして、ひとたび肘掛け椅子に乗せられて寝室に運ばれ、ベッドに横たわって病床に就くや、当時フィレンチェにいたボッカチオと文通を始めた。

傷が完全に恢復することはなかった。彼はずっと跛のままだった。ずっと書き続けた。書き、跛をひいた。馬を駆け、暗い水の中に消え、書き、そして跛をひいた。

*

生涯を通じて、彼は変わることなくこう繰り返した。往時の影を宿す火山口の下、天国と地獄の二重の口が開くあの壮麗なナポリ湾に臨むナポリ共和国で暮らしたかった、と。

ヨーロッパ中を馬で彷徨し、生涯の大半をフランスのある丘の斜面に建つ一軒家で過ごし、蒼く湿った林の中の小さなヒヤシンスの花畑の上を歩いたこのオデュッセウスにとっては、ナポリこそがイタケだった。

それから五百年後、そこから数キロメートル離れた場所で、サド〔一七四〇―一八一四。フランス革命期の作家。放蕩の廉でバスチーユに十一年間も投獄された。代表作は『悪徳の栄え』〕は祖先であるペトラルカと同じことを思った。彼は書いている。「世界でもっとも美しく、抜きんでて罪作りなあの湾で、情に厚い火山たちとともに暮らしたい」

40 ラ・ボエシー

太陽の光に目を眩まされ、もっとも屈辱的な依存への隷属状態で、われわれは空気中に突如として生まれ出る。

自由は人間の本質に属さない。

世話、清潔さ、介助、食べもの、そして庇護を求めて泣く子どもに対して、原初の苦しみが生き続けることを強いる。つまり、受胎時にはいかなる形での自立もなかった者に対して、原初の苦しみが無関係な諸々を押しつけるということだ。家族や従順、恐れ、共通言語、宗教、飼育、着衣の習慣、恣意的な教育、文化の伝承、国家への従属のことだ。こうした奇妙な「援助」一切は、子どもを感情のただなかへと陥れるが、その感情は真新しい父親に対する愛憎綯い交ざったものとして、そして光の中へと押し出しながら自分を遺棄した起源としての母親に対して生じたものである。それは敬意と傷の痛みが綯い交ぜの思いであり、他者を欲すると同時に他者から欲せられたいという願望でもあり、奪わず掴み取ることでもあり、殺さずして執拗に追い求めることでもあり、みなの欲望を欲望することでもあり、気づかれないように殺すことでもあり、すべてを盗み取ることでもある。

原初のつながり、つまり他者に対する犯罪の夢をともに祝福する罪悪感というつながりが、人々を結びつける。「父」への愛は政治と呼ばれる。父殺しは歴史という名だ。個人の魂は罪悪感に帰せられる（母を愛し、父を殺し、あらゆる野獣を貪り、動物や魚、鳥、果実、木に張った根にいたるまで自然をすべて貪り尽くし、遺産をくすねたという罪悪感）。互いに一歩も譲ることのないひとりひとりの運命は、われわれ全員の間で繰り広げられる終わりなき衝突となる。家族で、カップルで、グループで、みなが引き裂き合い、互いに引き裂き合いながらさらに対立する。隣接する国家間の絶え間なき争い、異なる性別間の永遠の闘い、ついには内面化され、自己の内部で不安と近接することになる内戦。

＊

十二頭の馬が嘶く。ひとりの老人と若者が立ちすくむ。この辻は永遠である。照りつける陽光の中、どの馬もひづめを空に舞わせて前足で地面を蹴る。正午だ。昼の神が天頂で手綱を弛める。息子は父親の通行を拒否する。それはあらゆる幼年期であり、この世の歴史でもある〔有名な『オイディプス王』の一場面で、オイディプスは顔を知らぬ実父に道を譲ろうとはせず、ついには父殺しを果たす〕。

＊

『自発的隷従論』のなかで、エチエンヌ・ド・ラ・ボエシーはこう書いた。「人間はなぜ自由を欲する力をもたないのかが、私には分からない」

なぜ人は自由を欲する力をもたないのだろうか。なぜなら、間近にせまる死が、誕生以来ずっと主体を脅かし続けているからである。つまり、孤独のままに遺棄され、ひとりでは死ぬほかない状態に置か

料金受取人払郵便

小石川局承認

5632

差出有効期間
平成31年4月
24日まで
(切手不要)

郵便はがき

112-8790

083

東京都文京区小石川2-7-5
ファミール小石川1F

水声社 行

御氏名(ふりがな)	性別 男・女	年齢 才
御住所(郵便番号)		
御職業	御専攻	
御購読の新聞・雑誌等		
御買上書店名	書店	県 市 区　町

読　者　カ　ー　ド

この度は小社刊行書籍をお買い求めいただきありがとうございました。この読者カードは、小社刊行の関係書籍のご案内等の資料として活用させていただきますので、よろしくお願い致します。

お求めの本のタイトル

お求めの動機

1. 新聞・雑誌等の広告をみて（掲載紙誌名　　　　　　　　　）
2. 書評を読んで（掲載紙誌名　　　　　　　　　）
3. 書店で実物をみて　　　　4. 人にすすめられて
5. ダイレクトメールを読んで　　　　6. その他（　　　　　　　）

本書についてのご感想（内容、造本等）、今後の小社刊行物についてのご希望、編集部へのご意見、その他

小社の本はお近くの書店でご注文下さい。お近くに書店がない場合は、以下の要領で直接小社にお申し込み下さい。

◎

直接購入は前金制です。電話かFaxで在庫の有無と荷造送料をご確認の上、本の定価と送料の合計額を郵便振替で小社にお送り下さい。ご注文の本は振替到着から一週間前後でお客様のお手元にお届けします。

TEL：03（3818）6040　FAX：03（3818）2437

れて以来ずっと、という意味だ。

*

唇に言葉が宿ったとき、つまりは社会の黎明期から、人間は嘘つきの殺人者たちの群れだった、とフロイトは考えていた。

共同体に平和がもたらされるのは、諸陣営で繰り広げられる死の闘争が均衡を保ったときだけだ。そのとき、最高度に緊張した弦が歌い出す。弟が兄に殴りかかる。兄弟をして兄弟に突撃させる《フラテル・イン・フラトレム・ルアト》がよい。もしふたつの党派のどちらかが優位に立たなければ、もし殺戮に終止符を打つことができると誰も主張しなければ、国家は繁栄する。

常に遮断幕として機能する完璧な嘘、これこそ人類が相も変わらず描写する社会の働きである。

サド。無神論とは、社会がみずからに与える表象が粉砕した状態である。

彼は三十年間幽閉された。

ブランキは三十五年間幽閉された。

彼らはみな、自分ではごくわずかの間しか享受することのできなかった自由への奇妙な殉教者である。もう少しだけ偽善家で、もう少しだけ結果主義者だったら、あるいは、もうほんのわずか美徳と勇気が欠けていたなら、ペストを避けるように簡単に避け得たはずのある事態の、はっきり言って無意味な、ゆえに神秘的な犠牲者が彼らなのだ。

奇妙にも、みずから志願した犠牲者。

一五四八年、市民による不服従を理論化したとき、エチエンヌ・ド・ラ・ボエシーはこう書いた。

「権力を揺るがせなさい、とさえ私はあなたがたに言いません。ただ権力を支持しないでほしい、とだけお願いしているのです」

　まずは、あなたがたの敵に投票するのをおやめなさい。みずからに主人を与えるのをおやめなさい。あなたがたを監視する監視者に金を支払うのをおやめなさい。あなた自身が近々その犠牲者となるような武器と金を、あなたがたの労働によって君主に捧げるのをおやめなさい。あなたから財産を剥ぎ取ろうと要求する者たちに、あなたの財産目録を差し出すのをおやめなさい。ある数人のため、あるいはたったひとりの人ために打ち立てられた供犠や焚刑を準備する隊列に、なぜあなた自身が加わろうとするのですか。殺人者のお気に入りの共犯者や絶望の忠実な友になることに、なぜそんなに執着するのですか。獣《けだもの》たちはあなたが承諾するものを認めないでしょう。仕えるのはもうおやめなさい。

*

　壁に手をついて体を屈めてから、貧者たちのなかでもっとも貧しい男――食べるための小鉢も飲むための椀も持たず、掌を丸めたくぼみでただ水を飲んでいる男――にアレクサンダー大王は話しかけた。

「お前の欲しいものをなんなりと申すがよい」

　ディオゲネス〔ギリシアの植民地であったシノーペに生まれた犬儒学派の哲学者〕は顔を上げて皇帝に言った（つまり、個人が権力に対して答えた）。

「私の太陽から離れてくれ」

41　自由の音

自由の音が存在する。

夏のイスキアの空の下、カプリ島の向かいのパラソル状になったカサマツの木の下にできた黒くて壮麗な影の中で、枝の先で裂けて不意に開いた松毬《まつぼっくり》の音。

42　オウィディウス

擬人形象化はまだ完遂していない。

人類を人類の餌食として措定しない限り、人間を定義することは不可能だ。

「人間とは何か」という人文主義的な問いかけは、死の危険を露わにする。

自分たちの定義——宗教的、生物学的、社会的、哲学的、科学的、言語的、性的な定義——に合わない人間を絶滅しないという誓いを立てた瞬間から、人間は理解不可能なものとしてとどまらざるを得ない。

オウィディウス〔紀元前四三—紀元一七。古代ローマの詩人。代表作は『変身譚』〕。「有限ならざるもの、つまりそれ自身も無限の変容である自然のただなかで、無限の変容過程にあるひとつの種に属するものとして、人間はみなされねばならない」

43　政治参加についての一般理論

エリーザベト・ニーチェ゠フェルスターは、すでに一八八〇年から、政治的態度を明確に表明した女性だった。彼女は断固たる気概で夫とともにパラグアイに「ゲルマニア」という名の植民地施設を創設したが、それは種を改良し、あらゆる人間を超人間へと変容させることを目的としていた。

一九三三年、エリーザベト・ニーチェ゠フェルスターはドイツ首相宅のサロンを通り抜けていた。古びた杖に寄りかかって身体を揺らしながら、彼女はアドルフ・ヒトラーに近づいた。

彼の前まで来ると、彼女は突然、それまで自分の身体を支えていた古い杖を首相に向かって差し出した。首相は後ずさりした。

「首相殿、私の兄フリードリヒが田舎歩きに使っていたこのステッキをあなたさまに献呈できますことは、私にとってこのうえない名誉でございます」

＊

ルイ十三世の時代、志願兵とは金で雇われた殺し屋を指していた。

*

志願兵《アンガジエ》は一時金《ガージュ》で雇われ、兵隊《ソルダ》は俸給《ソルド》で雇われる。

兵隊とは、第一に兵籍登録者、つまりラティフンディウムと呼ばれた領地を耕すために雇われた古代ローマ時代の奴隷と同じように、目録リストに記載された者であった。

それはまた、最初の所有者によって一文字が刻印された（家畜を囲い、交尾させ、売りさばいては別の新しい柵の後ろに閉じ込め、殺害し、肉を切断し、焼き、食べる目的で刻印された）新石器時代の家畜の群れと同じである。

*

役をこなす役人とは逆に、職を辞す辞職申請者は、それまで生活の糧を得ていた集団内で割り当てられた社会的使命から身を引く。

保証を失った彼らは棒給《ソルド》なしの身になり、志願兵であることをにわかに止める。

俸給を失った彼らは、なんの役も負わなくなる。

社会を離れた彼らは、非社会的になる。

「睡眠は非社会化をもっとも促すものだ」、とフェレンツィ〔シャンドール・フェレンツィ（一八七三―一九三三）は、ハンガリーの精神分析家〕は書いた。

覚醒状態をやめて、人は岸辺を離れる。

いずれにせよ、われわれは毎日たったひとりで、夜の胸の中へ、夢と欲望へと立ち戻らなければならないのだ。

フロイトは書いている。「悦楽は非社会的なものだ。射精をするたびに、社会的欲求は希薄になる。快楽の数が増すほど個人主義が進む。性的な禁忌は集団的権威への服従を促す」

フロイトは大胆にもこう書いたのだ。日常的な性的充足は子どもを矯正不能に陥れる、と。

*

文人たち——あらゆる事物を文字に解体し、あらゆる関係を断片化する者という意味で、彼らはそう呼ばれているのだが——とは道を断つ者でもある。
彼らはあらゆる糸をハサミで切断する。彼らを引き留めるために人が何をしようとも、閉じ込められた古い猟園の城塞をよじ登る。兵舎の壁の上に這い上がる。そして再び野蛮になる。彼らは猫に似ている。わずかな物音にも身を丸め、わずかな痛みにも反応し、空に揺れるかすかな蜘蛛の糸の動きにも、流れる雲にも、飛び回る一匹の蜜蜂にも、落下する一葉にすら驚いて跳躍し、鉄道も空港も有料高速道路も無視して、滑りやすく傾いた屋根のスレートや畑の脇の泥だらけの溝、靄のかかった川の湿った岸を通り過ぎる、敏捷で、臆病で、放浪者で、客間よりも樋を好む猫たちに。

*

ランスロットは言う。

「馬を準備してくれ」

「なぜでございますか」

「なぜかと言うに、私の身体が一刻も早くここを去ろうとしているのを感じるからだ」

彼の焦燥を一言でいえば、「ここを発つ」ということだ。

時間を空間に変えること。

子どものころ、わたしはモールパ教会の司祭館の庭の奥にある、百年戦争時代に遡る半ば廃墟と化した塔の下に引き籠もるのが常だった。スグリの木々に守られ、埃っぽい布製の肘掛け椅子に腰掛けて、ピンクと白の生地で作られた表紙の、曾祖父の蒐集品である本を読んでいた。それから、わたしは身体を起こして、鋼板を繋いだ物置の屋根に這い上がり、司祭館と庭を隔てる石塀の上に腰を下ろしたのだった。司祭館というのは、一八七〇年の戦死者を悼む記念碑の置かれた小教会のことで、その記念碑には、一九一四年の塹壕で果てた兵士たちの名が加筆されていた。その石塀はわたしを遠くへと運ぶ馬のような存在だった。素晴らしい冒険への好奇心に魂は膨らみ、次の槍試合のために一番美しい甲冑に身を包んだ円卓の騎士のひとりさながら、わたしは上半身をこわばらせて体を垂直に保っていた。わたしは自分の人生を夢想した。その五年後、セーヴル公園にある、ギュスターヴ・カーンによって設計された太鼓橋の向こうで、わたしは似たような壁の上に馬乗りになって跨がった。その壁とは、かつてポンパドゥール夫人の逢瀬を隠匿した壁であったが、いまではすっかり木蔦に覆われ、密生する油っぽい緑色の埃臭い葉のせいで、木蔦はくすんでべとべとした悲しげな事物へと姿を変えてしまい、フランネル製の半ズボンから下の剥き出しの腿にとってはより不快な感じがした。欲望のさなかによくあるように、わたしはこうして馬上で微動だにせず、自分自身の人生を突き進んでいたのだった。

44　読書すること

ヴェーダの世界のこと、
馬の姿をした太陽が、真昼に
しばしの水飲みのために止まったとき、
手綱がゆるんだ。
天で、しばしのあいだ、馬が車から外れる。
ときには時間も繋駕から解かれる。
読書とは繋駕から解かれることだ。
太陽が輝き始めるよりはるか以前に、時間が天の彼方で爆発した。
時間は流れ続ける。
そして、太陽が輝いたのは、瞳など持たなかったはるか以前のことだ。
太陽は輝き続ける。

この場面には語るべき逸話がない。

あるのは相も変わらぬあの突然の凝視、
不動で、
寡黙な、
光のただなかでの、
ふたつの体による凝視
そしてその片方が落下する。

＊　＊

45　時間の馬

『ウパニシャッド』〔サンスクリット語で記された二百ほどのヴェーダ関連の書物の総称で、一般には『奥義書』と訳されている。ウパニシャッド思想の中心は、ブラフマン（宇宙我）とアートマン（個人我）の本質的一致（梵我一如）である〕、第一章。「馬は時間のイメージであり、歳月はその体躯、天はその背中、暁は夜から抜け出た、髪の逆立ったその頭だ」

『リグ・ヴェーダ』〔古代インドの聖典であるヴェーダのひとつ〕、第十九章。「なぜなら、『天を照らす時間《とき》』には『最初の神に先んじたその名』が凝縮されているからである」

黄金色に光る褐色がかったたてがみのように、打ち震えながら燃え上がるあの火が宿る宇宙には、終わりがない。

あるとき、ほんのわずかの物質《マチエール》に盲滅法に働きかけた生命体にとって、あらかじめ決められたプログラムなどなかった。生命はただその物質《マチエール》を断続的に変容させただけだ。

あらかじめの計画の欠如、計画を立てることの不可能性、予見不可能性、これらは衝撃を孕んだ時間の基底部をなしている。

それは雷のように落下する。鷹のように襲いかかる。予言を覆す。真の思考はすべて、言語に隷属し、夢に浸され、飢えに導かれ、欲望によって狂わされた、奇妙な魂の住人を落馬させる。

＊

プラトン。アポリアの意味は、どこで障害にぶつかるかわからなくなるということ（どう進むべきかが、頭の中でわからなくなってしまうこと）だ。魂の中の小さな天使がその場で立ちすくむ。万策尽きてしまう。だから、ギリシア語ではアポリアが未経験《アペイリア》となった。困惑は無限に広がる。

＊

性交においては、騎行はひとつのイメージ以上のものである。乗馬における騎行は、それ自体がひとつの比喩である。騸《エクウス・カバルッス》馬が家畜となるよりも前に、愛の《エクウス・エロティクス》馬の姿はすでに人間の描いた洞窟画や夢に存在していた。

＊

「騎行」が終わったとき、時間は裸の恋人たちを仰向けに、あるいはベッドの中へと落馬させる。恍惚状態のうちに一瞬、時間は恋人たちの身体を持ち上げるものの、身体の中で夢がふっと消え去ってしまうように、不意にふたりから逃げ去る。

恋人の一方の性器は萎縮する。

もう一方の黒ずんだ唇は干からびる。

互いの腕は後ろに放り出されたまま、欲望の疲労のなかでふたりはひとつの身体であることをやめる。

彼らの身体にとって欲望はもはや可能でないばかりか、魂にとってと同様、もはや理解不可能なものとなる。

＊

恋人たちが騎行するとき、ふたりは別世界を早駆ける。

彼らは時間を融解し、それにともなって歓喜が訪れる。

ふたりの心奥から発散される幸福だけが唯一、愛を落馬させることができるのだ。

それはやって来る。時間は快楽となり、世界の裏側からやって来る。それは、恋人たちの肉体の底にある何かを通ってやって来る。そして姿を現すのである。

それはやって来るものの、ひとたびそれがやって来てここにいるとき、それはやって来るべきものが単にやって来たというだけで、それを待つ人もいない。

快楽とは、それが期待された分だけ不意に訪れるものなのだ。

仮に終わらせようとして焦る欲望を「加速させる」のが悦楽であるのなら、時間とは、空間の先端に現れ出る何かのリズムを狂わせようとして加速するスピードを意味するだろう。

＊

性交の瞬間にふたつの身体が接合する抱擁においては、おのおの同一性のただなかで男女の魂が危機的状況を経験する。ふたりはそれぞれ心が引き裂かれるような、得も言われぬ、どうしようもない気持ちになる。それは、あらゆる解剖学的な特異性が消え去ってしまうほどの、それこそが正真正銘の対話ともいえる、言語的な共有の内部では共有しがたい動物的な共有なのである。完全に交換可能な対話の関係性のなかで、言語的共有は「わたし」と「きみ」を対置させるが、再生産を煽る欲望においては、一方の性器ともう一方の性器は交換可能ではない。

どちらもが互いにしがみつく。両者ともに興奮状態が続くことを願う。そして、両者ともにその興奮が止むことを願う。悦楽の爆発的な瞬間のうちにひとつになり、抱き合い、接合し、相手に達するために焦燥することを両者ともに願う。もちろん、けりをつけるためにすべてをやってのけるとはいっても、その終わりがもの悲しく、弛緩し、萎縮した、不快なものになることを望むわけではない。にもかかわらず、終わりが悦楽であることを願いながらも、実際に恋人たちが引き起こすのは信じがたいほどの弛緩状態であり、彼らの前に広がるのはあの無気力状態なのである。

オルガスムに達しようとして歓喜の逆を望むのだから、その悦楽は苦しみを生み、ふたりは叫び声をあげながら苦しみの中に落ちる。

抱擁は時間の起こす発作である。

一方は極端に慌てふためき、もう一方は可能なかぎり時間を引き延ばそうとする。

一方は、夢の中のように、衝撃の一瞬のうちに見ることを望む。もう一方は、まるで幸福が砂に埋もれてゆくように、緩やかな波間に沈みたいと願う（昼の静寂の中を速歩で進む馬が踏みしめていた、あのダマスへ続く砂道のように。その砂上であるひとつの身体が転倒し、目が見えなくなったのだった）。

*

性的な不均衡はとても奇妙な鞍枠である。

奇妙な鞍枠である理由は、ふたりが欲望を享受しないか、あるいはオルガスムに達することを望んだ瞬間に、直接対峙し合うふたつの身体部位を使って、抱擁そのものがふたつの肉体を引き離すからである。

この経験はふたりでなされるものだ（つまりは真のふたりであるひとつによって。というのも、男と女は言語のように同上《イデム》ではなく、彼らの肉体のほぼ中心にあるあの「奇妙な鞍枠」が真に示すように、ふたつの他《アルテル》なのだから）。

ここで、ひとつの時間的様相、持続しないとはいえ、一瞬よりもさらに広大で充実したその時間的様相に言及しよう。

一、その後に続く時間の中には無限はないという感覚。二、有限は蠱惑的であるという感覚。

＊

さらにわたしは第三の点を強調したい。人類の歴史を再現するためにひとつの書物から別の書物へ、仕切りから仕切りへ、断片から断片へ、本から本へ、場面から場面へ、イメージからイメージへと展開しながらわたしが描こうと試みた、根源的で人間的なこの経験の内部に、いまだ現在など存在した試しがない。この事実は次のふたつの時間的様態によって証明される。まず、「それが続くことをわたしは欲する」は、直説法現在の時間様相には属さない。さらに、「それが続くことをわたしは望んでいた」は、現在の中の非現在の非無限性しか規定しない。

それは「本質《ト・ティ・エン・エンナイ》」〔アリストテレスの『形而上学』において、「本質とは何か」を問う言葉〕。

それは、行為の現実性の内部で「いまだ過去の状態で移動し続けている過去」のことだ。

それをより具体的に東洋の流儀で言えば、悦楽の過去把持である欲望の未来把持が存在するということだ。

中国の道教の隠士たちとインドのタントラに携わる裸の男たちは、ノエシス的でエロティックな事柄に対する禁欲に関わる試練こそがもっとも苦しく、もっとも崇高であると述べた。

　君主制に続いて植民地主義を標榜し、そして工業国となったヨーロッパにおけるマゾヒストたちも、同じことを言う。

　言い伝えによると、踊り子だったひとりの女がアリストテレスに馬乗りになったという。彼女の名はカンパスペと言った。彼女は彼に轡《くつわ》を嵌めた。古代ギリシアで形而上学を創始した哲学者は、こんなふうに欲望をかき立てたのであった。

　存在の奥底に眠り、アリストテレスの奇妙な「不動の動者」の中にすら存在する神秘的な不定過去。悲劇的な時間性が愛だ。

　前進が前進せず、減効が時間切れにならず、圧力が減圧しないために、性的抱擁が至る魅力的な終わり（有限性）に固有の数回にわたる痙攣が、人間的なリトミックを「形成する」。二拍、三拍、四拍、あるいは五拍のリズム、それこそがリズムとなった快感である。この快感について、もしそれが現在でないというのなら、それは、「ひとつの」時とはいえない。人間は「ひとつの」時間を知るわけではないからだ。人の身体を生み出した者たちは、「一度の」射精をしただけではない。彼の身体を生み出した者たちは、「ひとつの」身体をなすわけでもない。起源は「ひとつの」ビック・バンを体験したわけではなく、起源とは、爆発する前の爆発物が数限りなく溢れ出していた、ある緩慢な内破によるものである。

　変容の時間を表現し、あらゆる変化の指示対象となるこの時間的経験について、古代ローマ人たちは「快感《ウォルプタス》とは生の嫌悪《タエディウム・ウイタエ》である」という、まったく奇妙な表現で規定した。つまり、オルガスムは生の嫌悪ということだ。それは蠱惑から解き放たれることを意味する。生の再生産は、それが実現した瞬間にみずからの鎖を解き、死の顔を露わにする。生はそのとき、最大の喜びのさなかにみずからを嫌悪するのであるが、その喜びが生を再び鎖に繋ぎ、今度は九つの月の満ち欠けの果てに時間の内部に現れ出る別の身体の姿となって、生に再び活力を与える。先んじた死者の名前を引き継ぐために。快楽の内部で生まれたこの痛みの中から、欲望の興奮不可能性であり、魂の眠りでもある意気消沈《トリステイア》が生まれる。意気消沈《トリステイア》は夢や、夢の中ですぐさま欲望を追慕する未練、そして、身体的というよりはむしろ肉体的な回復の徴としての生殖器の興奮状態を再び可能にするような、快楽の幻覚でもある。

だが、指数的でしかない以上、この郷愁もあらためて神秘的なものとなる。つまり、かつての緊張状態を想起する哀惜が意味するのは、現在の対極でしかない。みずからを再生産する生の快楽を生の嫌悪へと転じたローマ人のアポリアを理解し、みずからの嫌悪を求める欲望の関与を説明するために、そして、身体の欲望への再降伏、この再服従を開陳するためには、次のことを述べる必要があろう。すなわち、ある往古が興奮の欠如として悦楽にのりうつる、という事実を。その欠如とは、欲求《オレクシス》の待機に特有の興奮である。現れ出る行為は、遺棄や黄昏、秋や死よりも、みずからを愛する。欲求不満《フラストレーション》が魂を作り出すとすれば、それは原初の喪失が魂の基底部をなし、性的な生の内部で誕生の痛みをつねに蘇らせるからである。不意に満足に達すると、もはや来るべきものはなくなってしまう。手が届く場所に悦楽もなく、利用できる意志的なイメージもなく、予期せぬ幻覚もなくなって、身体全体が「生きること」を止める。身体全体が落馬し、方向を見失う。

満足した瞬間、身体全体は過去にある。

「前歴なきもの」に属する何かが、絶望を味わう。悦楽が性器を去勢する。原初的なものはそのとき完全に消失する。性なる夜の底から一瞬、純粋な往古が姿を消すのである。

それは単に勃起状態の喪失ではない。そのとき、失われたものがあらゆる場を占めるのだ。
誕生の際に失われ、抱擁の終わりに再び完璧に失われたものこそが、唐突な男性の快楽をあらわす表現として不器用に名指された、「突然の生起《エクサイプネス》」というあの奇妙《スピト》な表現の真の意味なのである。

＊

忘我《エクスターズ》＝脱自の状況とは、すなわち死の状況。

それは後弓反張だ。

カラヴァッジオによって生み出された、聖パウロの改宗を描いたあの驚嘆すべき姿（夜の像が生まれた前史以降、ヨーロッパの歴史において、あの不可思議な夜のイメージのもっとも偉大な画家がカラヴァッジオであった）は、まさにそれを知らしめている。カラヴァッジオが描いた場面は、動物たちを襲い、翻弄する夢が持っている、夜の威力に満ちている。

その場面は同時代の人々を困惑させたものの、すぐさまみなを魅了した。

誰もが、カラヴァッジオが描いたもののうちに、みずからがずっと探し求めていたものを一瞬にして見出したのである。

＊

頭部と胴体を激しくのけぞらせ、腕は頭部のさらに後ろに投げだされた姿勢によって特徴づけられる後弓反張は、三つの世界を再分割する。失神状態《トランス》、テタニー、そしてヒステリーだ。それはシャーマンたちの三つの世界でもある。パイソンは死ぬ時にトランス状態のシャーマンのような姿になる。というのも、失神状態《トランス》のシャーマンが見せる後頭部の攣縮が、パイソンの死の特徴と共通だからだ。

それは認知に関わる感情がみせる、見事な後弓転倒なのだ。

犬がタイル床へ、猫がソファーの上へ、快楽に身を任せようとする男女がベッドの中へと頽れるときの、動物学的な転倒。肉体を開いてみずからを挿入に捧げるときの受動的な体位。闖入へと捧げられた体位が、人類のはるか以前に生まれた神経的な反り返りではないのは確かではない。やにわに転倒し、自分の身を差し出そうとする馬の姿に、草原で突然遭遇することがある。一体何に身を捧げているのだろう。これといって何でもないものに。草や砂やアザミの花、あるいは砂利の上を駆ける彼らの背中にそっと触れる頭上の太陽、あるいは吹き抜ける風に。

46（オルフェウス）

冥府から地上へと戻ったオルフェウスたちのように、光の下で蘇った欲望の果てに叫び声を上げたあと、この世界で再び息を吹き返し、後ろ髪を引かれつつもやっと捨てた別世界での生への哀惜に沈みながら、突然、再び完全に孤独の存在となって、われわれは生きる。

「再び」が核をなす。

われわれは「再び」生きる。

みずからの不可解さのあまりに、認知（再び知ること）は再び見るものをなにひとつとして認知しない。

ある日、認知はみずからを純粋な発見として認める。

別の性器は「知識」の対象とみなされる。とはいっても、それはその性器が別の性器によって知られうる、という意味ではまったくないけれども。

どんなにそれに近づいていても、指の下でそれがどれほど露わになろうとも、不安気で注意深い視線の下でそれがどんなに検分されようとも、別の性器は到達不可能な現実であり続ける。性器が外的な対象《オブジエ》である以上、それに魅惑される別の性器をもつ人の内的経験に到達できないし、だからこそ、幻想や夢の中にまで不可能な侵入が際限なく広がるのである。

物憂げなその騎士は窓に身体を寄せて、去りゆく王妃の姿を見つめている。バランスを崩して突然、彼は窓から落下する。だが、ガウェインがあわや彼の身体を引き留める。

そして、新たな生が始まる。

「再び」が回帰する。

ランスロットやアベラール、パウロ、ペトラルカ、モンテーニュ、ブラントーム、ドービニェ等々――、落馬したとき、一度は死へと身を滑らせたという感情を抱いたものの、にわかに別世界から戻ってきたように感じた。彼らはこの世に戻ってきたのだ。その手は何かを掴んでいる。作家とは二度生きる人間である。

47　蟷螂

後弓反張は、攻撃を受けた蟷螂が死を模したときの姿をあらわしている。

腹部は上方へと反り返る。胸部には痙攣が走る。羽根は音をならしてこすれ合う。それまで閉じられていた、腕の付け根にあるふたつの義眼が開かれるが、かっと見開いたこれら義眼は、黒く縁取りされた白い円形の斑点でしかない。

事実、失神状態《トランス》にある男女についても、「彼らの翅鞘が上向きに揺れている」と言うことができるだろう。

横腹と背中に向かって胸部の反り返った、まるで人間の足のような蟷螂の脚が、ものの見えない偽りの視覚に光をもたらそうとする。

48　雄弁術師アエリウスの後弓反張

アポロン祭の祝日（一四四年七月十三日）、彼は船でオスティアに着いた。そして、昼と夜の長さが同じ時期（一四四年九月二十二日）にパヴラを去った。航行は荒れた。ガレー船は用心のためシチリアの沿岸に沿って航海した。ケファロニア島に着く前に最初の後弓反張が起こった。エーゲ海に着いたときには、彼の身体が後ろに反ったのではなく、船が暴風の中でひっくり返りそうになった、とアエリウスは書いている。そして、十四日間も続いた最後の嵐の末に、ようやくミレトスの町が見えたときには、この偉大な古代雄弁術師は、もはや両足を伸ばすことも、歩くことも、足を地面につけて四つん這いで進むことすらできなくなっていた。奴隷たちが床に伏せた彼を運んだが、彼の腕は垂れたまま、指は反り返って爪が剥き出しになっていた。アエリウスはそのとき、自分が少し聾になっていることに気づいた。そんなふうに身体をひきつらせ、仰向けに横たわったまま、彼はゆっくりと旅程を続けた。その姿勢で読書をすることは不可能だった。そこで、彼は付き添いのゴール人奴隷のひとりに代読させたが、その奴隷は一語ごとに主人の耳元で叫ばねばならなかった。

冬の初め、彼はスミルナの町にいた。医者やギムナシオンの教師、夢占い師、そして預言者たちが彼を取り囲んでいた。アエリウスを蝕んでいるように思われた無数の病のうちで、何が本当の原因なのかを人々は探しあぐねていた。彼はあらゆる病の持ち主とされ、結局はたいした処方もされず、ただメレスの温泉療法を薦められた。

イシスの女祭司が聖なる鳶を彼の元へと差し向けたのはそのときだった。この予言は彼の療養中に起こった。彼の耳は大分よくなっていた。温泉の熱い岩のうえで、アエリウスはまたもや後弓反張の発作に襲われた。だから、鳥たちの恐ろしい奇声がはっきり耳に届いたとはいえ、聖なる鳶が空を飛んでゆく姿をアエリウスが目にすることはなかった。彼は聖なる鳶の背後に隠された予兆を見逃しただけでなく、この幻視に続いた夜に見た夢を解釈することも怠った。それどころか、彼はその出来事を忘れてしまったのである。そのことで自分を強く咎めたアエリウスは、日記をつけ始めた。メレスの温泉場での出来事以来、目覚めたときに記憶に残っている夢を、アエリウスはひとつ残らず口述させた。ロワール川北部ルート地方出の若いゴール人奴隷を杖で叩きながら、いまだ夢の衝撃さめやらぬまま、アエリウスは、柘植板の粘土板のうえにその夢を速記させていた。彼は神官の館に泊まっていた。

日記には、アスクレペイオン〔医学の神アスクレピオスを奉った神殿。古代ギリシア・ローマ時代には数カ所にあったと言われている〕の聖域内にあった同じ施設に寝泊まりしていた療養の友たちの名が記されていた（彼が好んだのは友というよりもむしろ、夢魔たちだったが）。哲学者ロザンドロス、元老院サルウィウス・ユリアヌス、元老院セダトゥス、感じのよい哲学者エバレストス、詩人ビビュリュス、そしてロデス出身のヘルモクラテスである。

みなが互いの夢を教え合い、それらを——アエリウスが書き取らせた表現によれば——まるで貴重なマメの皮をむくように仔細に検討した。

十一月の末は魔法のようだった。神が立て続けに五つの違う姿で現れたのである。泥風呂に彼が浸かっていたとき、陽光のなかをどんどん大きくなる鉛玉のような埃の塊として。食事中に蘇った、熟れすぎたイチジクの匂いに結びついた幼年時代の恐ろしい思い出として。豚を食べたあとに額にできた熱のはなとして。解きほぐせない文字合せに似た複雑な言葉遊びとして。ほとんど歌のようなおくびとして。この頃、彼の精神は疲れ果てていた。アスクレピオス神があらゆる場所で、あらゆる機会に、昼夜を問わず顕現し、彼に最良の治療を示し、惜しげなく助言を与えたばかりか、テレスフォルス神〔医学の神アスクレピオスの息子〕の来訪をも彼は受けたからである。その後はセラピス神〔古代ヘレニズム期のエジプトの習合的な神〕の番だった。ある日、ペイディアスの石像の姿でアテナ神が彼を訪れたが、動かぬ彫像のその姿は彼の眼差しの下であからさまに敵意をあらわしていた。別の日には、ヘルメス神がプラトンの姿で現れたが、そのときアエリウスが本物のプラトンと勘違いしなかったのは単に幸運だったと言うしかない。次いで、デモステネスがリシアス〔ギリシアの法廷弁論代作者。デモステネスも同じくギリシアの政治家で弁論家〕の姿で現れた。ハドリアヌス帝の姿をしたソフォクレスがそれに続いた。アエリウスは記している。こんなふうにして生きるのはもはや、生きるというよりもむしろ、苦しくて終わりのない夢を語るようだ、と。腫瘍や息苦しさ、吐血、顔面の麻痺、首の硬直、手の関節のリウマチ、大理石の舗石や色とりどりの小石の上、ときにはシリア産の絨毯の上に彼の身体を仰向きに叩きつける後弓反張――、そうした発作の一覧を彼は日々書き残した。失神状態《トランス》でアポロンの神殿に入場する女司祭さながらに、私の身体はひきつりによって仰向けに硬直しただけでなく、脊椎の歪曲のせいで、友人らは私を風に吹きつけられた帆船の帆だと思っていた、と彼は記している。私以上に弓なりのひどい後弓反張を、神官も信者も夢魔ですら見たことはあるまい、とも彼は書いている。そして、しばらくして彼はついに死ぬ。われわれみなと同様に、彼は最後の息を――後弓反張の姿勢で――引き取った。その姿はまるで、一四五六年にエンゲラン・カルトン〔一四一二―六六。中世末期のフランスの画家で装飾師〕が描いた『死せるキリスト』のようであった。それはまた、一九八六年にマリエ＝ダヴィ通りのアパルトマンの廊下の床で身体を歪曲させたまま横たわって息を引き取った、わたしの祖母のようでもあった。大好きだった祖母、この書物を書き続ける力を与えつづけてくれているあの祖母の姿に。

49　デリラ

『盲にされたサムソン』は、一六三六年、レンブラントによって描かれた〔デリラは『旧約聖書』に登場するペリシテ人の女性でサムソンの妻。サムソンを裏切って、彼の力の秘密をペリシテ人に密告した。『旧約聖書』によると、部屋に隠れていたペリシテ人たちの夜襲を受けたサムソンは、力の源である髪を切られ、目を抉られた。レンブラントはその場面を描いた〕。そこでは、洞窟から抜け出ようとする聖書の英雄が、あたかも洞窟の端にとどまっているかのような印象を受ける。描かれているのは、光の際へと一斉に向かう複数の身体が折り重なってできた、ひとつの大きな運動である。実のところ、それは恐ろしい誕生の場面なのだ。あるいは、一枚の絵画になった三十年戦争。卑劣にも背後から掴みかかったひとりの兵士によって、サムソンは仰向けに後弓反張の姿勢で倒される。彼の前にはターバンを頭に巻いたペリシテ人の王子が、トルコ風に膨らんだズボンをはいて、目いっぱい弓なりになったサムソンの腰と同じくらいに撓んだ矛槍でサムソンを威嚇する。光り輝く甲冑を身につけた第三の兵士は、短剣をサムソンの目に突き刺し、眼球を抉りだそうとしている。第四の兵士はサムソンの手首をすでにガザの石臼の鎖に繋いでいるが、その石臼によってついにはサムソンの剛力も支配されることになる。五人目の兵士は、画面の上方で剣を振り回しているが、その剣はほとんど不要——というのも、英雄を捕らえるためにもう十分な数の兵士たちがいるのだから――であるとはいえ、それは兵士たちの飽くなき欲望を示しているといえる。そして、画面の左端（ヨーロッパでは文章は左から右方向へと読まれる）にある脇机の上には、金のワインピッチャーで固定された、密告の代償である千百シケルの入った青い巾着がみえる。

デリラはまさに光の方へと逃げようとしている。

身体全体が光の開口部分にあるのは彼女だけだ。

神へと捧げられた七つの編み込みのある、金髪と赤毛の重い髪の房が彼女の左手に握られているが、その髪にはそれまで一度もかみそりが当てられたことがなく、そこには今まで誰も抗えなかった英雄の男性的な力が潜んでいた。

両刃を開いたままの鋏がデリラの右手で光っている。

*

聖ペテロが涙を流す場面は『士師記』第十六章にすでに記されている。

以下が聖ペテロの涙の場面である。「鶏が二度鳴く前に、おまえはわたしを三度否認するであろう」

以上が、神が彼に表した内容《エクスプレシス・ウエルビス》である。使徒は暗い中庭にいる。彼は松明を眺めている。彼は涙を流す。『新約聖書』のペテロの場面に着想を与えたのは、『旧約聖書』でデリラがサムソンににじり寄るあの場面である。デリラは突然、叫びはじめる。そしてサムソンにこう言う。

「あなたに私を愛していることを証明することなどできましょうか。どうやってそれを私に信じろというのですか。あなたは私に三度も嘘をついたのというのに」（*Quomodo dicis quod amas me ? Per tres vices mentitus es mihi.*）

するとサムソンは涙を流す。そして愛する女の顔を引き寄せる。女の叫びに彼は屈する。そして若い娘の唇に接吻する。そして彼の剛力の秘密を彼女に明かす。

「俺の力の秘密は髪の毛だ。一度もかみそりが当てられていないこの髪だ」

そのとき、デリラはランプの脇の豪奢なベッドにもたれかかっている。彼女は母親の愛人の頬を両手でやさしく包む。彼の頭を下腹の上に載せる。そしてあたかも膝の上で子どもを眠らせるように、彼を眠らせる。

サムソンの頭が膝の上《スペル・ゲヌア・スア》に埋もれるようにして置かれたとき、若い女は彼の七房の毛をそっと腿のうえに広げた〔『旧約聖書』の『士師記』第十三章―十六章を参照〕。

そして彼が眠りに落ちるのを待った。

彼が眠り込むのを待った。

彼の吐息が胸元から静かに上がり始めたとき、戦士たちに部屋に入るようにと、彼女は指で合図する。

そして、女の膝のうえで寝息を立てて眠り続けている男の頭から七房の髪が切り落とされるあいだ、彼女は報酬として与えられるはずの千百シケルで何を買おうかと思案する。

*

光の中に立つデリラの背後にはランプがあり、その炎は彼女が手に持つ鋏を照らし出している。

それは、ペテロにとっての、凍った指を差し示す火鉢の炎だ。

われわれもまた、この世で一番光るもので自分たちを照らす。明るさという点においては、それは鋏の刃や中庭の真ん中に置かれた火鉢、天井から吊された電球の連なりや空を照らす太陽をはるかに凌駕する。

沸々たる憎悪という火矢兵器を使って、われわれはみずからを照らし出すのだから。

妬みとは、ユダが「最期の夜」の中で持っていたランタンのようなもの。

ジークムント・フロイトは五十歳になってから物語を書き始めた。ある日、兄弟たちが集まった。彼らは互いに言い合った。

「俺たちの父親を殺すっていうのはどうだい？」

そこで、彼らは父親を殺した。そして父親を食べた。彼らはそれを美味しいと感じた。そこで父の骨の髄まで吸った。脳みそ全体をうやうやしく吸い込んだ。時が流れた。飽満感も薄れた。

不思議なことに、彼らは下顎に痛みを感じた。

説明不可能なやり方で「悔恨」が彼らの顔の下部をとらえたのだ。その場所はほぼ、かつて「父」を噛んだ歯が挟み込まれては突き出された箇所、その歯が並んでいる場所だった。

50（肉食動物）

「自分の口元を死に近づけた最初の人間のなんと勇敢なことか！」、とプルタルコスは書いた。傷だらけの肉を引き裂き、獲物の肉体を支えていた骨を象牙のような歯で砕き、骨の髄液をすすった最初の人間に宿るその美徳たるや！　先ほどまで嘶き、吠え、声を震わせて鳴き、うなり、吠えていた獣の四肢を体内に取り込んだそのとき、獣たちの思い出や姿、その苦しみ、眼差し、血液――これらは彼の胸を昂ぶらせはしなかっただろうか。

いや、胸が「昂ぶった」のではない。

心臓が高鳴っただけだ。

恐怖は人類を興奮させる。

恐怖の光景はそれが見せつけるものから単に人々の目を逸らせないだけでない。人は恐怖心をかきたてる儀式化された光景へと群れをなして馳せ参じ、その光景を見た人々の足はリズムを取り、群れ集うひとつの国家となる。

いかなる拷問具であっても、それを編み出した拷問者の好奇心を根こそぎ消滅させるほどに強力な喜びをかつてもたらしたことはなく、したがって拷問者は新たな苦しみを想像し、それをノートに書きつけ、その拷問具による死者の数をあらたに書き記す。

数千年にわたる数百万もの犠牲者たちのなかで、一目散に逃げることを考えた人々は稀であった。というのも、彼らは自分たちを待ち受けるものになんら疑惑をもたなかったからである。彼らを虐待する暴力によって催眠術にかけられた犠牲者たちは、絶えざる苦しみのあまりその場で叫び声を上げる。この暴力こそ、禁止を解かれた死の欲望である。黒々とした血やウイルスを撒き散らし、他の獣たち――獣にとって捕食とは単に飢えを満たすための獲物にすぎず、単に飢えているだけであるからすぐにそれを満たすことができる――に対抗するホモ種固有の熱情が、殺し合いと呼ばれるものである。地球を覆う一億もの画面が、いまや蠱惑を生み出す新たな器官となって、犠牲や儀式、そして巡礼の群れや足踏みする大衆に取って代わった。最終的な定住化がなされたのだ。つまり、不動と化した大虐殺が。その見世物は、たとえその恐怖が引き起こす快感を完全に鎮めることはできないとしても、流れる血をまじまじと見つめる見物人を少なくともその場に繋ぎ止めておくことはできる。見物人は彼を魅惑するものを獲物とするが、その獲物というのは住所や身分証明書や口座カードを持った人間であり、そうした人々が、ナンバリングされた犠牲者となり、さらには、あらゆるたかりや盗みの犠牲となりうる、座ったまま固まってしまった肉体へと変えられてしまうのだ。これほどまでに凝り固まった憎悪は恐怖へと変貌する。自分の地所に閉じ込められたままの、欲望の唯一の友であるこの恐怖は、不安として再処理される。この不安は権力に保護を求めるのであるが、それは激しい恐怖を回避しようとして、恐怖のなかでみずからその権利を権力に委譲することを意味する。つまり、あたかもそれが自分自身の権利ではないかのように、服従や瀕死の自由、肉体の束縛、社会的怠慢という形で権力に譲り渡したのだ。今世紀初頭以降、民主主義が政治と呼ぶものは、単に前世紀の残虐行為を忘れただけではなく、さらには民主主義の基本でもあり、民主主義存続のために民主主義を反乱にまで導く任を負った異議申立て行為を重罪裁判に移管するという過ちをまさに犯している。

51　ハンナ・アレントの連鎖式

ある社会の文明が高度であればあるほど、その文明がとどめる記憶も古いものとなる。社会が残した歴史の痕跡が多様な分だけ、その社会が展開する象徴的な世界も豊かで変化に富んだものとなる。象徴的世界が豊かで予測不可能であればあるほど、そこで新たな事物を考案する人々の独創性と、未来を見抜く能力は増す。働く人間が技術革新を積み重ね、ますます洗練された道具を広めれば広めるほど、みずからの心の奥に秘められた私的な空間へとひとたび解き放たれた個人は、自分の手では作ることのできなかったものに対して敏感になってゆく。

ただ与えられるものすべてに心惹かれるようになる。

自然に心動かされるようになる。

野生に魅了されてゆく。

心の箍を外そうとする残酷さが彼らを呼び寄せ、彼らに取り憑き、彼らを陶酔させるようになる。

52（種の道徳的性向）

野生状態へと回帰する家畜のことを、人は野生帰りと呼ぶ。

＊

人類の道徳的性向という表現は何を意味するのだろうか。動物界の絶滅か。奴隷制の発明か。磔刑か。労働の発明か。戦か。ポーランドの収容所か。シベリアの収容所か。ルワンダの墓穴か。それともカンボジアの金属の棚だろうか。

53　沈黙の核

原始人たちが烏合の衆となったのは、そもそもにおいて彼らの繋がりの重心をなしていたものが、まさに彼らにとって乗り越え難い恐怖の対象だったからだ。人間たちをかつて追い立てた野獣たちの姿を真似て、今度は彼ら自身が追い立てる側となり、こうして狩った野獣たちに対して彼らが与えた暴力的な死の記憶が、最初は夢の中で、ついで形象《イメージ》として、最後には言語の形で彼らのもとに回帰し、そして、意識の中心が形成されるまでのあいだ、彼らの魂を最少の「蘇るイメージ」や神経の自動循環作用、あるいは飢えの極限で感じられる「後悔の念」に従属させていた。

それが「沈黙の核」となった。

それは最初、（彼らを給養する）危険な核だった。

そして、そのはるか後に（彼らを再生産する）性的な核となった。

生まれ出ようとする胎生動物の身体がみな通過する女性器の穴にも似た、野獣に喰われた屍体を取り巻くこの重々しい沈黙の領域について、ジョルジュ・バタイユは触れている。

ノアの外套が覆い隠しているのは、勃起した彼の性器（社会的再生産）である。だが、ハム族の外套が覆い隠すのは狩人のニムロデ（全面的な狩り）だ。

紀元前八万年から紀元前一万年のあいだの太古の人間世界は、この全面的な狩りによって定義づけられる。それは人類の歴史のなかでも群を抜いて長い時代だ。一般に前史と呼ばれるものは、極度に長い時間をかけて行われた巨大生物の絶滅の歴史である。それが人間社会にとって真の「沈黙の核」を形成する。流血を前にした沈黙の核。言語の躍進を可能にした死の間隙。性的な恐怖の入り混じった肉食動物の笑い（性的恐怖のなかでそれは再生産される）。擬態的な咀嚼が露わにする、幻惑された飢えの核。それはディオニュソス的な歌である。

＊

肉体を弓なりにさせる約束のうちに歓喜は生まれ、はやくも歓喜の一部をそこから奪い取る。頽れる獲物と、獲物頽れるその様子を見て上下の歯を開く者によって作り出される光景が、快楽を約束する。頽れること、そして生まれることは、舞踏の萌芽となる。

微笑みを呼び寄せる笑いをわたしはさほど評価しない。

どんな笑いももっとも弱き者に対する憎しみをあらわにする。

カルトチェート産の彫像に見られるような薄っぺらな唇のことを、人は「キケロの唇」と呼んだ。鞍を固定する輪を引っ掛ける鉤槍のように、そしてその結果引き起こされる落馬の動きのように反り上がった唇。唇は咀嚼を続け、見えない世界へとゆっくり導いてゆく。

＊

われわれはそもそも、蛇たちの餌食でしかない小さな胎生動物だった。その後、捕捉能力の備わった小さな手をもつ森の住人となったが、その姿は半直立姿勢で常におどおどし、何が起こっても常に不安そうに後ろ足で震えている立体視方動物のごとき存在、野禽や鳥たちの格好の獲物のような存在だった。やがて大陸が北方へと押し流されると、霊長類たちはみな南方へと移動した。定住類だと決めつけられている植物たちが実際には移動しながら太陽を追い求めたのと同じように、彼らもまた太陽を追いかけた。ほぼヒトとなった動物たちは、本能的な要素の微塵もない疑わしい群衆性によって特徴付けられたが、彼らの本能はといえば、誕生後の赤子の頃に習得された叫びや呼吸、パニックの際の警戒や不安のサインだけに集中し、また、子が生き延びてくれることを案じながら、わが子への絶対的な影響力を享受する母たちの、ときに情愛深くときにたしなめるような声の抑揚を学ぶことに費やされた。

生き延びるためになされた行動のただなかに、最初の世界が回帰する。誰しもが自分の殻に閉じこもり、他人を避け、同類の人間はおろか、ときとして愛情さえも犠牲にして、無情な孤独者へと戻る。

人間同士の結びつきが始まった時代から、社会構造は一方で隠者たち（シャーマン、狂人、独身者、若者、遠出の狩人たち）、他方で老人、すなわち大抵の場合は男性によって支配され——とはいえ、常に主権を握るのは女性なのだが——、再生産を目的とする家族というグループに二極化される。

社会的な時間については、再生が活気づかせる春型の小さな細胞たちの拡散と、死の脅威に晒された冬型の大きな群れの再結集へと二極化される。

第二次世界大戦中、強制収容所に送られた人々が残した極限状態での暮らしの記憶についてわたしは思いをめぐらせる。この極限の岸辺にわたし自身も生まれ、書物を書いた。廃墟の中でわたしは生き延びようとした。そして、悲惨から生まれたそうした形見を、失われた太古の社会の慣習に結びつけた（イクス族たちの失われた慣習に）。旧石器時代の人々の冬のあいだの暮らしをわたしは想像してみる。

彼らによる冬越えの努力は、老いを迎えるためでもなく、豊かさを得るためでもなく、誕生以前の平穏へと回帰したいという夢のためですらなかった。復讐のためでもなかった。次の年をなんとか迎えることへの期待ですらなかった。

彼らが求めたのはただ、生きて夜を迎えることだった。

そして夢の中では、大宴会の間じゅう口いっぱいに満たされること、次の春まで生きながらえること、睡眠の訪れがもたらすぬくもりを感じること、木々の葉が奇跡のように新芽をあらわすのに出くわし、漿果を摘み、骨の破片や尖った小石で獣たちを襲撃して殺すことを、彼らは夢想した。

＊

生まれたとき、すなわち乳児の段階からすでに、肉体は反坐の罪を恐れる。この恐怖は前人間的なものだ。夢を見る動物はおしなべてこの恐怖を夢に見る。噛み付かれた者が噛みつき返す。殺された者が殺す。排泄物の下に埋められる。こうした間動物的で万国共通の恐怖は、主観性による境界線をものともしない。

54　ロデスの女小作人

一七七七年、ロデスの市政官書記は、ある女小作人の裁判に関する記録を残した。彼女の弟がその兄を殺害したのだ。女小作人は銃の発砲音を聞いた。そのすぐあと、彼女が夫と部屋にいると、弟が入口の扉を開けて入ってきた。以下が、女小作人の供述を記した書記の言葉そのままを写し取ったものである。

「レイモンはやってきて腰を下ろした。臭い飯を食うべき奴がいる、と彼女の夫は彼に言った。ああ、と彼は答えた。好機を伺い待っていた奴がいた、と彼女の夫は彼に言った。レイモンは答えなかった。縛り首に遭う奴がいる、と彼女の夫は彼に言った。すると、銃で殺されるほうがましだとレイモンは言った。銃などないほうがよいと彼女はレイモンに言った。もし銃がなかったら、さっき起こったことは起こらなかっただろう、とレイモンは答えた」

ロデスの書記に対するレイモンの姉の供述は、わたしにとってひとつの模範に思われる。

この文章の様式は次の点においてわたしを引きつける。一、語りは語られた内容を直ちに擁護しようとはしていない。二、語りを受け持つ側の誰ひとりとして、対話者を直接に非難していない。別の言い方をすれば、ロデスの女小作人によると、ことばは、一、否定とイメージで現実を包み込み、二、当事者それぞれの身体の内奥部に秘められた非言語的な内袋《ポケット》を破裂させることを避ける。それはことばの状態にある羞恥である。反心理描写的文体の模範でもある。たとえば、古代アイスランド人たちの昔のサーガを読んだときに、こうした御しがたくも見事な修辞の痕跡に出会うことがある。ローマ暦に書かれた逸話の中から、そうした修辞の断片が掘り出されることもある。能によって叙情的な謎へと変化し、こんにちでは舞踏がそのイメージを踏襲するよりも前には、古代日本人たちの昔話がそれらを凝縮した形で転写していた。しかし、無上の喜びとともに味わった読書――目眩をおぼえるほどにわたしはそうした読書に没入していたのであるが――のすべてを省みても、また、それらの書物がわたしの蔵書の最重要部分をなしていることには変わりないとはいえども、ロデスの女小作人が彼女の名で残したあのただひとつの文章以上に心揺さぶるものにわたしはこれまで出会ったことはない。「銃などないほうがよいと彼女は彼に言った」それ自身もまた伝聞である対話を、書記は簡潔に伝えている。この書記はまるでエミリー・ブロンテの『嵐が丘』に登場する女中のようだ。リュコプロン〔紀元前四世紀に活躍したギリシアの詩人。キニャールは彼の代表作である『アレクサンドラ』を翻訳している〕の『カッサンドラ』の牢番のようでもある。その役どころとは、常軌を逸した場面を理解可能な場面へと変える第三者のそれである。代官から尋問を受けた女小作人は、できる限り夫に語らせる。しかし、突如として彼女は苦しみに耐えられなくなる。だって彼女の兄弟の話なのだから。彼の夫にとっては義弟にすぎないとしても、それは彼女の実の弟、しかも兄を殺した弟なのだ。そして突然、彼女は感情を爆発させる。銃などないほうがよかったのに、と彼女は叫ぶ。弟のレイモンによって頭部に打ち込まれた銃弾に倒れて兄が死んだばかりだというのに、女小作人はまるで夢うつつのように、こうした言葉を発したのである。あらゆる自然言語――定温動物においては、それは飢えによる幻覚が産み出す夢から直接派生した――は虚構世界を豊かにする。たとえ声高に発せられたことばが現実的効果をもつとしても、非現実を演出するのがことばなのだ。不意に表出する文《フレーズ》の小さな断片という形であらわれるこうした現実のまがい物《エアザッツ》は、予測不可能で無限の結果をもたらす。ロデスの女小作人の例が示すのは、羞恥以上のなにか、慎重さ以上のなにか、用心以上のなにかだ。それは簡潔さよりもさらに重要ななにかである。彼女のことばは、魂の基底をなしている非現実の創造に関わる秘密をはからずも暴露する。

＊

一七七七年、ロデスの裁判所書記の前で女小作人がみずからの名のもとに残した唯一のことばの根底には、自己の内面を晒けだすことへの拒絶以上のなにかがあるとすら、わたしには思われる。それは信念だと言えるだろう。市政書記に対してなされた供述のように語るべく女小作人を仕向けたものの正体は、自分の感情をことばに託すべきではないという信念であり、魂にとってことばは悪いものという信念だったように思われる。小さな岸辺や破壊された波止場、木苺やハッカ草に覆われた引船用の小道、亀裂の走った樋、波が残した漂流物、崩れ落ちた車道、危険な廃墟――これらによって形作られたわたしのささやかな最後の王国の最後から二巻目となるであろう本編で扱いたいと願うのは、まさにこの信念についてなのだ〔作家本人によると、本作執筆時には『秘められた生』(『最後の王国』第八巻)によって、連作を終える予定だったという。現在、『最後の王国』は全十四巻本として構想されている〕。この信念が意味するのは、ことばは魂にとって生来のものではないという真実であり、したがってそれを常にことばに想起させる必要があるという確信でもある。

伝達不可能な核心部が存在する。だから判断は留保されるべきであり、心理主義は壁で覆うべきであり、誇張表現は排除されるべきであり、涙は呑み込まれるべきであり、論証は禁じられるべきなのだ。

自己の深奥部はいかなる代償を払ってでも露わにされてはならない。ある神話によると、自分が感じたことをことばに託そうとすらしなかったイヌイットの狩人がいたということだ。ひとりきりのときですら、彼は自分の感情をみずからに語らなかったという。英雄たちもまた同じように、自分だけに語りかけるための秘密のことばを考案し、言語の精霊に知られることなく自分だけに真実を打ち明けた。ところで、そのイヌイットの狩人の名はニュッカーピアテカックという。氷と雪の中でわたしはこの神話の残滓を見つけるべきなのだろう。その神話をキャプテン・クックから奪い返すべきなのだろう。あらゆる言語に見出されるこのずれについて、わたしはさらに深く考察すべきなのだ。共同体的ではないものが不思議にも保存されたということ自体、誕生に遅れて言語が習得されるという事実がもたらした素晴らしい外的な帰結でもある。完全な夜としてみなされる内的な生。二歳になるまで経験していた、ことばに依らない内面の生き生きとした活動として、この生は近親者の監視の目から遠くとどまらねばならない。さらに言えば、夜のあいだ静かに夢見るすべての生物にとって、家族のことばを習得する前から存在していた居場所であるかつての沈黙の内部に、その生は是非ともとどまるべきなのだ。そのとき、魂は、自分以外の何人たりともそこに足を踏み入れることのできないひとつの世界となるだろう。みなに共通のことばを使うかぎり、自分自身ですらそこには入れないだろう。話す行為が身体を興奮に導くのであれば、自分の秘密をことばにすら漏らしてはいけないのだ。開拓不可能な野生が存在し、唯一、この野生だけが話す人々の世界で生き残った者たちを生き延びさせることができる。幼年期が終わる頃、それについて語ることを学んだ事物の存在を身体は信じ始めるばかりか、みずからの迫害者をも愛し始める。蜘蛛が川岸から呼び求められるように、鳥は空気に呼びかけられ、夢想者は夜のイメージに呼びかけられ、存在しない銃は死によって招き寄せられるが、その死の懐では何ものも存在しない。

55　ヨゼフについて

人間社会の機能をめぐる定義は『モーセ五書』第二巻で与えられた。それはヨゼフの兄弟たちが一斉に放つ「さあ、やつを殺してしまおう！」という叫び声だ。

典礼の最中に読み上げられる文章の中で、この場面を要約するのはどんな言葉だろうか。それは「西洋《オクシダン》」という言葉である。

聖ヒエロニムス訳による『創世記』の文章を以下に挙げよう。聖ヒエロニムスは、パレスチナの砂漠にある洞窟のなかで、たったひとりでヘブライ語とギリシア語から聖書を翻訳した人物だ。

ある男が山で放浪する男に出会った。彼は男に尋ねた。

「お前は何を探しているのか」

「兄弟たちだ」

兄弟たちの情愛を求めていたその男は名をヨゼフと言った。さて、その兄弟たちは遠くからやって来るヨゼフを見た。彼らはヨゼフの死を計画し、仲間内で次のように言っていた。

「さあ、やつを殺してしまおう《オッキダムス・エウム》！」

＊

「さあ、やつを殺してしまおう！」この「心の叫び」はキリスト教者たちのあの素晴らしい『福音書』にも見出され、物語の中心部を構成している。

『新約聖書』において、この叫びは神自身に対して発せられる。

紀元三〇年四月、エルサレムの年長者で構成される評議会列席のもと、人を夢中にさせるあの公開処刑をいままさに執行しようとするローマ人兵士たちの眼前で、嘲笑の的として見せしめるためか、迫害者たちの判断によってユダヤ人たちの王の姿にさせられたイエスに向かって、かつてのヨゼフの兄弟たちの叫び声を繰り返すことで、カイアファは社会を定義してみせたのである。カイアファは重々しくこう宣言した。「全人民の破滅を救うためにひとりの人間が死ぬのはよいことだ」ヨハネはギリシア語で以下のように記した。*Hena anthrôpon apothanein hyper tou laou.* ヒエロニムスはこうラテン語に訳している。*Unum hominem mori pro populo.* カイアファのおかげで、古代ローマ人の「お前が与えるために私は与える《ド・ウト・デス》」（贈与とは、「お前が私に与えるために私がお前に与える」ことだ）と「全員を代表する一人《ウヌス・プロ・トート》」（犠牲とはすなわち「みなの代わりとなる一人」のことだ）という格言が、社会を結束させる死に供されるスケープゴードの儀式に唐突に付け加わったのである。それはキリスト教主義であり、同時に反ユダヤ主義でもあった。

そのとき、西洋の運命を決定付けた「死を！」という叫びを聞いた民もまた、恐るべきことに「死を！」という叫び声をあげたのである。

56

（星宿《シデラ》）

夜の空にのぼる星たちは
ときとしてわれわれの恐れから身を遠ざけ、
地上から離れてゆく。

57　ブリザック攻略

橋の近辺での襲撃の際、マスケット銃の一撃を受けて一頭の馬が倒れた。すると戦闘中の騎士たちの意表を突いて、骸骨のように痩せ細った男や女たちが、危険も砲弾も散弾も戦闘もかえりみず、突然に穴の中から現れ出た。連中は空腹のあまり剥き出しになった馬の肉に飛びつき、誰も彼もがナイフでその肉を切り取った。まだ熱を発散している生きたままの馬に歯で食らいつき、血の滴る骨を雪のなかに投げ捨てると、みな一斉に逃げ去った（一六四〇年、ブリザック攻略）。

*

ジャック・ロンドン〔一八七六―一九一六。アメリカの小説家。代表作は『野生の呼び声』〕はその小説をすべて、食われることへの恐怖という人間の根源的な経験に関わるテーマから始めている。

野獣たちは人間を食料として凝視する。崇高とは言えないまでも美味には違いないひとつの種をわれわれは形成しているのである。

野獣、すなわち古代の神々にとって、人間は滋味豊かなものとみなされていた。

ロンドンの描く英雄たち（その英雄とは、犬や狼、または人間だったりするのだが）にとって、社会は常に死者たちの群れとして理解されていた。

サドの伴侶や仲間たちは、バーデン近郊の黒い森《シュバルツヴァルト》で羽を休める鷲たちにとってはご馳走にみえた。

自然学者たちによると、イヌ科動物の群れにおいては、序列内の地位は決して確定的でないということだ。服従や馴致よりも、最強者の支配を受け入れることが集団を成立させるのである。狼と同様、犬にとっても隷従は自発的であるとともに、恐怖によって統治されるあらゆる体制と同じく、隷従は不安を引き起こし、興奮させ、幸福をもたらす。

58　腐肉を漁る動物たちの群れ

ヒトの血統は時間の中で一度きり、そして地球上の一箇所だけにかつて現れたのではないように思われる。いくつもの可能性が試され、現実に出現し、現実の中に消えていった。他の可能性がそれらに取って代わった。個々の個体の偶発性は種全体にとっての偶発性でもある。人類以前に存在した種々の動物たちによる共存は数千年間続いた。ホモ属の血統は、延命と性交という二重の偶然を他に遅れて掌握した。自分自身も無防備な獲物でありながら、微塵も本能からではなく、単に模倣と自己馴致によってのみ徐々に捕食動物化していった人間たちは、ますます「ホモ属」から遠ざかりながら、世界の中を進んでいった。ヒトの定住化が急激に進んだと言われたのと同じ分だけ、進行は緩慢なものであった。その前進運動は世代ごとにおよそ五十キロの速度だったと考えられる。死にかけのシラミがみせるような恐るべき緩慢さで、ヒトは大地を覆っていった。道具を使う唯一の動物であり、あらゆる種類の肉や漿果、猟獣、魚、鳥を住み処に持ち帰る唯一の動物であり、また、母たちや、子や妻や娘、老人たちの耳元で囁くための言葉や冒険譚をいろりまで持ち帰る唯一の動物であった人間にとって、道のりが長かったのは当然のこと、さらに語りの反復や噛み下し、後戻りなどによって倍の長さに間延びし、あるいはまた、伝聞や物語、筋の通った循環的な夢物語へと変化するにつれてさらに倍の長さに伸びゆくその旅は、必竟ゆっくりしたものでしかありえなかった。

みずから狩った獲物を持ち帰る人間は、みずからの「経験」を持ち帰る者でもあった。彼は言葉による物語の担い手でもあったが、それはわが身を死の危険に晒し続けることによって得られた物語だった。これが「経験」という言葉の秘められた意味、すなわち死から逃れるという意味である。

＊

人間とは何か。殺戮のための鞭、殺された者を運ぶための古びた袋（一種の皮袋）、死者の処刑の場面を生存者（死者を食らう者）に伝えるための言語。

イク族のことばでアバン・アナゼは「古代人の先祖」という意味である。神話では古代人たちの先祖はこう言った。

「神は人間に鞭と飢えを与えた」

鞭はナクットと言い、神はディディグワリと言う。遠い場所に引き籠もった者、消え去った者、触れることのできない者という意味だ。

神は存在しない。喪失者（人が貪り食った者）しかいないのだ。

ことばを使うことは、喪失者に祈りを捧げること。

日に一度、二度、あるいは三度の食事はすべて、切歯や犬歯、顎によって噛み殺された死者の回帰を共有する。回帰した死者をふたたび噛み裂き、歪曲し、口にするのだ。食事は死によって作られる。

そうであるから、肉体は誰よりも古い皮袋から生まれ出た皮袋であるという事実と同じく、殺された者はすべて肉体の深淵へと消えゆくのである。

＊

二百万年前、われわれの先祖は彼らの手の大きさほどの動物しか狩らなかった。百万年前、われわれの先祖は彼らよりも大きな動物たちを数人で狩った。われわれ自身は草食類であるが、その特性に続いて、狩り、供儀、戦争の順に、大型食肉類の料理皿が加わった。狩りの集団は二十人ほどから成る群れを形成する。およそ二十の集団が集まると種族や方言が形成される。

これらの言語的社会は、狩りと饗宴というふたつの時間から成る。

正面から訪れる死と、序列化された共有。

沈黙と、それに次ぐ報告。

分離と結合。

殺戮者たちの集団と、雌との婚姻。

基本となる獲物の狩り立ては自然で性的である。それはふたつの要素を基本とする。要素の分裂は「悪化」をもたらし、言語や慣習の中で二重化されることで硬化する。ここで猟師たちを「捕食の捕食者」と仮に定義してみよう。するとそこから、模倣された残酷な死（肉食動物たちの死の光景は、漿果を拾い集める者、火打ち石を拾う者、死んだ獲物の奇食者、喪失物を呑み込む者、つまり人間によって模倣された）という人間的昇華の定義が導かれる。

＊

棒を携えた最初の人間たちは、現前のただなかを進む環境と一体だった。明日のことを考える余裕などなかった。それほどまでに飢えていたのだ。往古は融和的な魂のなかに湧き続け、その後、自分たちよりも古参の死者をその体内に摂取することとなった。

続いて、明日と新石器時代人が出現した。環境は世界と大地に分裂した。「明日」（この日の後にやって来るべき別の一日）という概念は、紀元前一万年に現れた。季節の変化とその備蓄状態から、一年の概念が生まれた。死んだばかりの過ぎ去った一年の間に保存された種子を土中に埋めることで、生き生きとした次の一年の種が蒔かれたのだ。旧石器時代には、環境（生物）は群れとなった家族の主体だった。紀元前一万年頃になると、ヒトは他の捕食動物から離脱し、現象としての存在（つまりあらゆる他の生物）に対峙する主体となった。ヒトの群れとロゴス、過去、系譜学の間に関係が築かれた。農業は前年のもっとも美しい果実を埋葬することをその生業とした。失われたものの埋葬を生業としたのである。墓に対して人は同じことをする。人間によって飼いならされた家畜も同じことをする。群れのなかでもっとも力が漲ったもっとも美しい者を犠牲とし（喪失し）、それを回帰へと差し出すのである。クロースがチレニア海に捧げられる。父であるアブラハムは息子であるイサクの髪を後ろに引っ張り、彼の喉元を露わにする。燧石のナイフが、自分自身の最良の部分に振りかざされるのだ。キュベレは死んだ息子を胸に抱く。アガウエーは息子――ペンテウス王――を引き裂き、キタイロンの丘で生きたまま貪り食う。唯一の存在である神たちですら、息子の姿をしたみずからの命を死へと差し出すのである。

＊

人類の起源以前、ヒトは自分と動物たちを混同していた。彼らは動物の仲間であり、彼らの側にいた。そして、あらゆる種類の囮を使って動物たちに話しかけ、口笛を吹き、歌い、踊り、あらゆる種の動物を模倣し、真似することによって得られたあらゆる種類の動物の皮の衣を纏った動物になった。人類が得た最初の専門技術はシャーマンだったが、シャーマンは人がかつて動物だった過去を想起し、人類の起源でもある獲物の奪い合いをする大型野獣のもとへ旅することを試みたのだった。シャーマンは猟師たちに他の野獣たちの言葉や特有の節回し、喜びの表現、合図、足取り、計略、習慣、物語、盗み、誘拐、そして狩りの仕方を教えた。

いたるところですべてが殺戮を示していた。

たとえ殺戮の裏で死に至らしめられたひとりの人間の姿を罪悪感が本能的に見出そうと努めても、その殺戮自体は見出されぬままにとどまる。

それはつまるところ父なるものの殺戮であって、人間の親殺しではないからである。

ここで問題となっている殺戮とは、肉食動物から人間が学び、肉食動物へと差し向けられた殺戮のことだ。

残虐さの抑止は、人間性において「そこから目を逸らす」という結果をもたらした。

師を虐殺する弟子たち。

狩猟社会における激しい罪悪感を定式化するのはたやすい。人類が味わう恐怖とは、捕食関係が逆になった恐るべき狩りのさなかで、野獣が狩人に襲いかかるのではないかという恐怖である。

そうであるから、地獄という世界共通の発明は、防御不可能で丸腰のわれわれひとりひとりの身体に襲いかかる野獣の、その大きく開かれた口をさらに大きく引き伸ばした姿にすぎない。

59　帰りの道すがら

物語《コンテ》るとは物語をふたたび語る《コント＝ルディール》ことであると、かつてクロード・レヴィ＝ストロース〔一九〇八―二〇〇九。フランスの民族学者、社会人類学者。構造主義の祖とされる〕は主張した。来た道を逆にたどることが、ふたたび語る＝反対に言う《コントル＝ディール》行為となる。ところで、逆にたどる道とは帰途のことだ。人間的なものの中心に残滓として残されたのは、前日の狩りを逆にたどる行為である。思考は過去へと捧げられる。まず、思考は過去の残滓の内部で幻覚を起こし、先立つ日を目安としてそれに続く日を方向付け、命名行為によって世界を活気づかせ、世界に意味を与える。神話はどれも、ある極を集団化し、ことばの構造が生み出す別の極にそれを対置させる第三者的な役割を担う。どの神話もその内部ですべてを対立させる。死の場面を制し、獲物を連れ帰る瞬間を軸として、神話のことばはただ単に反転しているだけだ。ありのままに語られる神話など存在しないし、捕食者が獲物を殺しているあいだに語られるような狩りも存在しない。現在形で語られる物語など存在したためしがない。みずから体験した事柄を過去形で（捕食行為の事後的な時間で）語る物語の中の生存者こそが捕食者なのだ。死の遂行だけが、一方で捕食者だった者、もう一方で獲物だった者を指し示すことができる。捕食者はみずからが勝利者であり生存者であることに驚く。獲物はといえば、驚きを越えた驚愕の過剰の中で、死にうちのめされる。

＊

内－包《コン＝プランドル》するとは、複数で抱《プランドル》くという意味だ。そういえば、複数での捕食行為は猟犬の群れをなすことに等しい。このように、仮に内包が殺戮でしかなく、恐怖を抱かせる獣の輪郭の差異にしか知覚が反応しないのなら、捕食行為はすべて死の譲渡であり、語り手はみな死者の国からの帰還者であり、語りはすべて過去時制（帰還を果たしたからこそ、行きの道程について語ることができるという意味での帰還）を課すことになるだろう。後ろを振り返って大鳥を「見つめる」小鹿の眼差しが「回帰」をあらわすように。排泄物を返り見るバイソン。死を返り見る狩人。エウリュディケを返り見るオルフェウス。巣に戻った蜜蜂が巣の前で踊りながら、花冠や花、藪の方向やその距離、あるいは道筋を伝えるように。シャーマンが旅をするように、魔力を持つ鳥がこの世に戻り、小枝に止まって、第三の王国である第二の世界への旅を語るように。道程を反復して語る道程。旅路の長さが示す時間にしたがって、天空は毎年同じ道筋をたどり直す。あらゆる神話は、すでに起こった待降節を予知する。狩りを語る猟師は、死によって復活を遂げた生き生きとした現在へと彼を導いた死の場面の冒頭から語り始める。語りの背後に身を隠す語り手に課された役割は、過去を生み出すことによって、流れゆく時間の運動を活性化することである。その根底をなすのは激烈な死だ。喪失物や嚥下されたもの、不在者を幻覚によって蘇らせる夢と同じように、そして、もはやそこにはない事物を指示する言葉と同じように、物語が直接法で語られることは決してなく（持ち帰った獲物とともに報告される行為に対して、物語は同時代ではありえない）、それを語る言語のなかにその起源を見出すこともない。それは翻訳の秘密でもある。同質の言語間、あるいは外国語同士、他種族的な言語間での翻訳が可能なのは、最初に「翻訳する《トラ・デユイール》＝通過させる」行為があるからにほかならない。ある言語が別の言語を探し求めるようにして、未来の狩人は他の獲物を探し求める。（死、嚥下、消化、排出などの）「移動／翻訳《トラデユクテイオ》」、「恍惚／運搬《トランスポール》」、「運搬／隠喩《メタ・フオラ》」、「譲渡／転移《トランス・フエール》」――、神話は物語内容を運んでゆくが、それは帰還に先立つ殺戮に結びついた獲物（運搬されるもの）を猟師が肩に担いで来るのと同じである。というのも、猟師の集団への帰還を可能にするのはほかならぬ獲物の殺戮であり、集団は持ち帰られた獲物を切り刻み、肉片を分配し、祝宴を催すのだから。人を示す中国の漢字は矢を象っている。かつて一緒になって他の生き物に突然な死をもたらした瞬間から、時間の矢と捕食行為の矢はともにある。

60　禿鷲《ウルトゥル》

人類史に残る最初の人間は、体をのけぞらせて死んでいく、頭部が猛禽の姿をしていた。その足元から一本の棒がすっくと立ち、猛禽の爪がその棒にしがみついている。

マズダー神〔ゾロアスター教の最高神〕の沈黙の塔《ダフマ》は鳥葬を意味するが、恐竜時代に端を発し、野禽が天上から送られた小さな創造物とみなされていた人類以前の時代にさかのぼるがゆえに、鳥葬は死者を扱うもっとも古い儀式だったのだ。

生者と死者を隔てるこの分断は、大地と天を分かつ鳥の嘴によって自然のただなかで行われた。生存者は近親者の遺体を木の枝に吊るした。遺体は山の頂に晒された。あるいは石塔の上に安置された。遺体の骨から肉を奪う鳥たちの好きにさせておくこともあった。鳥たちによって屍体が持ち去られ、羽の一撃によって崇高な虚空のなかに連れ去られることもあった。

古代日本人とシベリア民族に特有の、時間を操る採り物棒は、鴉を操る採り物棒の形であらわされる。この黒い鳥は死者《イマーゴ》になった最初の人間のそばに現れ、死者の顔を覆い尽くした。死の使いでもあった鳥は死者を脳みそから啄ばみ始め、魂を運ぶ使者となって、漆黒の空の後景に光り輝く星座の元へ魂を運んでいった。この世でもっとも美しい書物において、自分の亡骸を一本の木の枝に吊るしてほしいと荘子は命じている。数時間で肉は剥ぎ取られ、関節のまだ連結した骨だけが残される。こうして、厳密な意味での文化的葬儀が始まったのだ。

沈黙の塔での鳥葬をイラン全土でシャーが禁じたのは、一九六〇年のことである。

＊

キップリング〔一八六五—一九三六。イギリス統治下のボンベイで生まれた小説家、詩人、児童文学作家で、代表作は『ジャングル・ブック』〕はボンベイに住んでいた鐘つくりの一族の出だった。彼は沈黙の塔の下で生まれた。ボンベイの塔はテラスを備えたとても高い塔で、鳥たちが屍体をきれいにしやすいようにと、人間の遺体が段階順に安置されていた。鳥たちは食い尽くされた人間の魂をできる限り地上（人間の住んでいた場所）から遠く、天（そこでは、鳥たちのなかでひときわ大きく、目に見えない存在である神々が、鳥の姿として想像されていた）にもっとも近い場所へと運んでいった。鳥たちは腐敗という終末論的な汚れから人間を救ったのだ。大型哺乳動物の捕食行為からも人間を守った。虚空が無限に広がる青の空間へと「魂たち」を運ぶことができるのは唯一、空の生物だけなのだ。鳥たちは人間の魂から抜け出た生気を循環利用し、地上の谷や山の上に浮かぶ雲を押し流す風の力へと変える。こうして、鳥たちは太陽の熱い火の中に、生のきらめきを投げ入れたのである。

＊

ある日、幼いキップリングが庭で遊んでいたとき、一羽の禿鷲が子どもの手を嘴から離し、それが彼のそばに落下した。

記憶に蘇る幼年期の最初の思い出であるこの出来事を記すにつけ、今もなお激しい恐怖の感覚に襲われる、とキップリングは書いている。

野禽は墓である。

彼らは真のセイレーンだ。

彼らは目から啄みはじめる。

目が食い尽くされると、その嘴と首は眼窩へと伸びる。その順番はこうだ。最初に視覚が食べられる。次いで、われわれの思考が食べられる。最後に、われわれの情念の住処だった柔らかで生温かく、いまだ脈を打ち続けている臓腑が喰われる。

他の哺乳類とわれわれ、すなわち人間たちが鳥たちと競って奪い合うことになる、より食べごたえのある肉と筋肉の部位が問題となるのはその後だ。

この獲物の分配が供儀を規定する。

髪、骨、歯、羽毛、毛皮、三つの世界のうちのどこを見ても、それらを埋葬する動物はいない。われわれ人間はそれらを埋葬する。われわれはそれらを身に纏う。

動物たちの仲間に入ることを願ってそうするのだ。

われわれが化けなかった動物などかつて存在しただろうか。

それを身に纏う行為は、想起する行為につながる。動物たちはわれわれが被る帽子、ふんどし、首巻き、履物、外套、横笛、呼び子、さいころ、ナイフ、ベルト、ブレスレット、顔の下の見事な首飾り、顔の周りの耳輪、顔の上の冠になった。

＊

禿鷲《ウルトウル》（この語から禿鷲《ヴオトウール》というフランス語が生まれた）というラテン語の言葉は、死者の顔《ウルトウス》を食らう鳥を指していた。

禿鷲《ウルトウル》は引っ張りながら奪う《ウエッレレ》という動詞から派生した。

ヒゲワシは、その頭上を飛翔する人間からみれば巨大な鳥である。その両翼は全長二・五メートルにも及ぶ。鋭利な舌でほんの小さな骨の髄までも取り出すこともできる。一番大きい骨は岩に打ちつけて砕いて食べる。

アイスキュロスは紀元前四五〇年に没した。ギリシアの最初の悲劇作家の禿げ頭の上に、一匹のヒゲワシが亀を落としたのだ。

「ヒゲワシがアイスキュロスを殺した」、とプリニウスは記している（大プリニウスが言おうとしたのは、ワシは偉大な悲劇作家の禿げ頭を岩と勘違いし、それで亀をたじろがせようと図ったという事実である）。

*

野禽の攻撃が十秒以上続くことはほとんどない。

野禽類においては、迅速さがなによりも勝っている。

地上世界では、ふたつの時間が明確な形で連結されている。円のように旋回しながら待つ時間、そして直線のように襲いかかる時間。

野禽とは、緩慢さと迅速さの間の差異が作り出した動物である。待機と出来事の差が円《キルクルス》と線《リネア》の差となった。野禽の模倣は投げ槍を生み出したが、それは直線に力を付加することを意味していた。次いで、投げ槍は回帰を夢想し、ブーメランを生んだ。そしてついに、槍を運ぶ空間を支えとする、矢という素晴らしい発明がなされた。

＊

禿鷲は人間にとっての神だった。それはまだ人類が鳥のようによちよちと乾いた泥の中を歩き、黒い鴉の傍で腐肉を漁っていた頃のことだ。

狼たちがまだ人間の飼い犬になっていなかった時代、禿鷲たちは神々の犬だった（というのも、われわれにはたくさんの主人がいるのだから。あるとき、アジア東部に生息する狼の社会が人間に近づいた。狩猟の手伝いをさせるべく、狼たちは人間を徐々に狩りへと誘い、獲物を囲んで攻め立てる術を人間たちに伝授した）。

＊

飛翔する禿鷲《ウルトゥウル》の姿は、読書の原型にもなった。

彼らはただ単に最初の線を引くというだけではなく、人間の頭上はるか上空に最初の句点も記す。人は禿鷲の飛翔を目で追う。そして、野禽たちが空を飛翔しながら示す地点まで移動する。野禽が空中で旋回する地点のちょうど真下に、野獣によって倒されたか、不慮の出来事によって地面に叩きつけられて死んでいる獣の残骸（痕跡、遺骨）を人間たちは見つける。残骸はすでに野禽によって首を折られ、脳みそを空にされ、臓腑をつつかれた後だ。現場に着いた人間は獲物を競い、集まってきた他のハイエナたちや雌ライオン、トラ、ネズミ、オオカミ、キツネらから獲物を奪おうとする。動物たちはまるで寓話の中でのように集まってくるが、寓話はその時代の残滓なのだ。

最初の記号は、この地点の真下にできる円によって形づくられる。

野禽、肉食動物、腐肉を漁る動物、これらはそれぞれ「盗んだ者」、「跳びかかった者」、「通り過ぎた者」である。

*

供儀に先立つ供儀が存在する。

階級制に先立つ階級制が存在する。

腐肉漁りを放棄するに際しては課題がもちあがった。というのも、原始の人間たちにとって微塵も本能に属さず、肉食動物の模倣にすぎない積極的な狩猟への移行は、多くの準備を要し、激しい恐怖をともなったからだ。神話や昔話、年代史や伝説に登場する禿鷲の娘に対する呼びかけは、過去への呼びかけを意味している。だからセイレーンたちは往古を歌い、彼女らが往古を歌うとき、ギリシア語ではデウロ、ラテン語ではヒクと言ったのだ。フランス語では「ここ」と訳すことができる。それは、腐った死骸が位置する「ここ」、天を起点として野禽が歌う最初の記号としての「ここ」を意味していた。

死が真下にある地点とは、死が真っ逆さまに落ちていく地点のことだ。

原始の人間たちは昼間の空の下、腐肉を漁る禿鷲を追った。まるで夜空を移動しながら彼らの歩みを導き、そのゆっくりとした足取りに方向性を与え、隊列の駱駝たちを東方へと誘うひとつの星をじっと目で追い続けた東方三博士のように。

落下した獲物を示すことによって最初の共同体的な饗宴が行われることを、野禽は肉食動物たちに合図して知らせたのだった。

このように、空から地上に垂直に投射された点を起点として空間にできた最初の大きな円の周囲に、人間たちが集まった。それは、壁を打ち立て、空との垂直線を地上に書き写す以前に作られた最初の神殿でもある。それはまた天上の最初のダンス、つまり、年次の時間の昼夜をとおしてなされるゆるやかなリズムの星々のダンスよりも前に存在し、さらには、天上への星たちの出現を乞い求めて、星のダンスを真似ながらも、それよりはずっと熱情的で重々しいリズムで踊る人間たちのダンスよりも前に存在した、天上の最初のダンスでもあった。

常に上空にいる、記号の運び手であるこの動物は、不可視の事物を表象すると同時に、魅力的な死骸の目印でもあり、死者たちの証人でもあり、先祖たちの痕跡であり、神々の符牒でもあった。

人間ひとりひとりの存在に先立つあの場面に先行する者たちの、目に見えぬ代弁者。

創世記における創造主。

「預言者＝王《レクス＝アウグル》」は空を分割する者のことだ。禿鷲たちが通り過ぎた空の頁の上を、曲がった杖で右から左（東から西）へと記していく。できあがった「区画／頁《パギナ》」は「聖域《テンプルム》」と名づけられた（そしてこの国の名は長方形だ）。ロムルスは王であり占い師でもある。二重の役を担う英雄は誰しも、旅をし、みずからの分身と出会うシャーマンである。鳥と鳥匠はともに歩む。

「禿鷲と人間は似た者同士」だとイク族は語る。

「禿鷲か狼か」とローマ人たちは言っていた。それらは彼らにとっての神だった。

骰子遊びで三つのエースといえば、ローマでは地獄の徴だった。この骰子は「犬か禿鷲か《カネス・アウト・ウルトゥリイ》」と呼ばれた。

*

腐肉漁りへと馳せ参じるために、ある場所の高みから死の兆候を監視することを、ラテン語では観測する《スペキュレ》＝思弁すると言っていた。

空間のはるか彼方で旋回しながら監視し、望みのものを狙うのは太陽だ。東から西へと移動する太陽は、それを凝視する視覚にとっての祖先である。

時間の基層と、時間を組織する言語の背後にあるのは、動物的な誰何の状態、静かに監視する辛抱強い見張りの状態である。

そのとき、まるで弓なりになって跳びかかろうとする往古《ジャ・ア・ディス》のように、時間がふたたび空間を吸い込み、監視者を呑み込む。

*

アレキサンドリアの大きな博物館でのこと、紀元前五千年の女神像を台車に乗せて運ぼうとしたときに、像が壊れてしまった。蝋でぴかぴかに磨かれた床の上で台車の車輪が軋んだのである。すると突然、床にビー玉の飛び散る音が鳴り響いた。博物館の床一面に嘴が散り広がった。粘土でできた女神像の両乳房の内部は、禿鷲の嘴でいっぱいだったのだ。

61　砂漠のヘラクレス

エジプトにたどり着いたとき、ヘラクレスは英雄である自分が犠牲者であることに気づいた。鷹たちの眼差しとライオンたちの監視の下で砂漠の砂丘をさまよう彼は、もはや英雄ではなく、獲物だったのだ。

人間における本質的な攻撃性を仮定する必要はないはずだ。

先史時代以前はおろか、先史時代をも通じて常に動物たちに追い立てられ、貪り食われていたという事実に由来する原初の外傷が、長い時間をかけてヒトの脳内に堆積し、ヒトが肉食へと移行したことでその後さらに拡大した脳の中に堆積した。

次の食事の餌としてわれわれを狙う、餓えた野獣の執拗で取り憑かれたような、飼いならすことも鎮めることもできず、しつこくて扱い難いその姿が引き起こした恐怖のなかに、暴力の神聖化の起源が見出される。

歴史的時代が始まったのは、大型捕食動物を絶滅させたのちに、野獣たちを大量に殺戮し、残りの野獣を聖域の楽園に囲い、野獣を服従させて囲いの中で飼いならし、数において野獣を凌駕した瞬間だったが、その瞬間から人間たちは美や文明、策略、恐怖を教えてくれた野生種に対して以上に、人間同士で互いに恐れ合うようになった。

62 （グリム）

グリム兄弟の兄は次のように書いている。「三種類のことばが世界を共有している。犬たちの吠えることば。鳥たちが歌うことば。蛙たちの鳴くことばである」

犬が吠え立てることばからは、社会の主要な喜びは戦いであることを理解しなければならない。なぜなら犬が吠えたてるのは敵に向かってだからだ。

鳥たちが歌うものからは、ヒト科動物にとっての時間が禿鷲から学んだ腐肉漁りから始まったことを理解しなければならない。なぜなら鳥が歌うのは死だからだ。

高原か荒地の茂みに隠れた沼地の暑い夏の夜に蛙たちが鳴く声からは、飢えが満たされたとき、身体は悦楽の中で報酬を得ようとし、悦楽をとおしてみずからの影法師を再生産するという事実を理解しなければならない。

堪能した身体の奥からこみ上げてくる欲望に向かって、夜のさなか蛙たちは鳴く。唇には死んだ獲物の血痕がまだ残っているにもかかわらず、訪れる眠りの中で獲物がふたたび生の世界へと戻って来ることを魂は早くも夢想する。

63　ルーンのメニュー

　フロイトが飼っていた最後のチャウチャウ犬はルーンという名だった。自分の飼い犬が主人に近づくのを拒否した暁には、自殺の覚悟を決める時であることが彼にはわかっていた。それほどまでに彼の死臭がきついということだからだ。彼を蝕む癌が口から悪臭を放っていた。大好きだった人の口から漂う匂いを犬は避け始めた。それは九月一日、ドイツがポーランドを侵略した日のことだった。マックス・シューア医師の助けを借りてフロイトは自死した。医師は続けざまに三本のモルヒネを注射したのである。フロイトの埋葬後、アンナ・フロイトとパウラ・フィヒテルは故人の犬をまるで本物の神であるかのように扱った。毎朝、朝食の後に、ふたりの女性はルーンのメニューを真っ先に考えた。

64　アルティーグのブロワ夫妻

一九五九年二月一日、ブロワ夫妻は市役所に行き、愛犬フェリックス——実際、フェリックスは幸運であると同時に素晴らしい犬だった——を一族の納骨所に埋葬する許可を願い出た。アルティーグ〔フランス南西ジロンド県にある町〕の市長は、彼らの好きにするようにと答えた。だから彼らの望み通り、ブロワ夫妻は犬を墓に埋葬した。アルティーグの町の住民たちは抗議した。自分たちの一族の故人を犬の墓の隣に埋葬するなど、死者の尊厳に反する屈辱だという理由で、住民たちは苦情を申し出たのである。フェリックスを掘り起こすことを拒絶したため、ブロワ夫妻はリブルヌの違警罪裁判所に召喚された。墓地への犬の埋葬を許可した市は違法行為を犯したと国務院は断じた。国道が整備されるたびに掘り起こし作業を行っている地方考古学団体は、ケルト人墓地を掘り起こし、人間や馬、戦車、剣、槍、盾、犬、そしてかつての姫君たちを発掘した。

*

ローマ人たちの地獄では、一匹の犬がその入口に立っている。

一度も存在しなかった過去がある。

兆候が起こるたび、先立つ王国がありのままの姿で兆候の周りに姿を現す。

決してわれわれ自身には見えず、とはいえ何にもましてわれわれに関わるひとつの場面が存在するだけだ。

それはわれわれの身体でもある。

先行する場面はわれわれがいる場所にあり、われわれの身体と顔がその場面の唯一の遺物である。

一人称の時間は存在しない。ある他者、ふたりの他者、ひとつの傷、ひとつの外部、幼年期、迫害がつねにその場を占拠している。

一人称の不在の場所をこの世では隠さねばならない。その場所はばたんばたんと鳴る一枚の回転扉にすぎないのだけれど。

＊

権力とは何か。社会あるいは国家がいつ何時でも個人を社会の縁まで追いやり、その人物を非人間、非国家、非主体として宣言し、個人から伝記と顔を奪い、死か無の中へ投げ捨てる可能性のことである。

＊

犬に用心なさい《カウエ・カネム》。

用心《カウテ》。

用心なさい。

いたるところで脅す犬に用心なさい。繰り返し用心なさい。つまりよく見つめるのです。そして恐れなさい。

*

「用心」、それは一九六〇年代の日本における「裸の僧侶たちの行進」に付けられた名だった。それは「アウシュヴィッツ・ヒロシマの行進」とも呼ばれていた。

*

「彼、と私は言う――私にはもう『私』と言う覚悟がつかない。何もない、恐怖以外には」、とスティーヴンソン〔一八五〇―九四。スコットランド生まれの冒険小説家、詩人。代表作は『ジキル博士とハイド氏』『宝島』〕は記した。

He, I say——I cannot say I. Nothing lived in him but fear.

自己の内奥では何も生き続けてはいない、あるのは助けもないままに激しい飢え、すなわち空っぽの身体に身を委ねなければならなかった誕生の苦しみだけだ。

スティーヴンソンのいう「彼」とは神のことだ。

そのとき、人々は尋ねた。

「主はいずこに《ウビ・ドミネ》?」

すると神――名づけ得ぬ者、言葉に尽くせぬ者――は彼らにこう答えた。

「禿鷲たちが集う場所に」

『聖書』では、神自身がこう述べている。「徴《シグヌム》は鷲たちが集まる場所にある《コングレガブントゥル・アクイラエ》」

自己の中心とは何か。無だ。飢えの示す空虚だ。自己の内奥で飢えが穿つ空虚の周りに、空虚を覆う袋の姿にも似た自己が寄せ集め作られる。

自分自身ではない何者かに対するわたしの要求は、自己の内奥にあってわたしの場所を奪う空虚を前提としている。

犬は月に向かって吠える。

犬は死骸を前に吠え立てるが、その死骸は少しずつ形を失い、空の無へと吸い込まれていく。

菜食主義者の猿であれば、飢えの中で空腹に苛まれるあまり興味を示すであろう、抗い難く魅力的な天上の死骸。

サルに似た動物は、狼やジャッカル、コヨーテ、ハイエナ、犬たちの狩りの友になる。

その動物はみずからの内面の人間性を見出すどころか、捕食の捕食となったのだ。

夜空に向かって遠吠えを上げながら、月のかけらを少しづつ貪り食う狼の姿に魅せられたのである。

＊

スティーヴンソンの言葉。「私が隠し持つ神《ハイド》を私は殺す《キル》」良心に関して法律は一種の虚しい自己批判を公式化するものの、いかなる社会もそれを遵守せず、個人はそれを犯し、犯罪者はそれを踏みにじる。法の一覧表、禁止目録《リスト》、慣習の規範、礼儀作法の本、男、女、子ども、マイノリティーに加えて、アルティーグの墓地に埋葬されたすべての家系の死者たちに関する人権宣言、ナイフとフォークを正しく使うためのテーブルマナー――、これらはみな嘲弄と夢想のあいだをさまよっている。

＊

犠牲について理解するためには、自然界で起こる単純で、緩慢で、重々しく、沈黙に支配された獲物の奪い合いを観察するだけで十分だ。たとえば、ルッペル鷲の一団が腐った牛の屍体を奪い合っているとしよう。もっとも強い者たちは嘴や爪、鉤爪、ひづめ、羽、角、切歯、防御を使って他の動物を遠ざけ、鷲と同じくらい餓えた他の動物たちは、最初の捕食者たちが腹一杯になるのを待たねばならない。獲物の共有が意味するのは、時間差による階級制度である。最初に待機、雌ライオンによる殺戮、鷹による合図の後、最後にハイエナか人間が駆けつける。

ここにジャック・ラカンの文章を書き写そう。「言葉《パロール》は腐った死骸の役割をとても上手く演じることができる。だが、いずれにせよさほど美味しくはみえない」

意表を突く注釈も記しておこう。「傑作の大半は、知られざる他の傑作の残したパン屑である」サドの作品は、始原の獲物の奪い合いの驚くべき残り屑である。

＊

『文化への不満』は一九三〇年に書かれた。『人はなぜ戦争をするのか』は一九三三年に書かれた。世界の無秩序を正す解決法は存在しないのだから、精神分析は世界の無秩序になんら解決を与えない。果てなき戦争があるだけだ。精神分析理論の核となった原光景とは、興奮した裸の父と、父の攻撃に呻き声をあげながら性器を挿入された裸の母の姿である。そうだとすれば、その核は三つの顔をもつことになる。すなわち原光景、オイディプス、性的な死の衝動である。だが、これらはひとつの同じ顔にすぎない。この三つはひとつなのだ。息子は彼を作った父を殺す。エロスの内部でタナトスが破壊するものをエロスは繋ぎ止める。性的な死の衝動が規定するのはサディズムに他ならず、それ以外ではありえない。われわれの眼前にある外の世界がそうであるのと同様に、内的世界も戦争状態にあるのだ。

65　（飢え）

身体にもっとも疼きを感じさせる変容の原因は飢えである。ある肉体が別の肉体を食べる。それは生の秘められた交換である。それは存在者の変貌の秘められた中心でもある。オウィディウス自身、『変身譚』第八巻一八七行で次のように説明している。「というのも、豊穣《ケレス》の神と飢えの神が出会うのを運命（神託や妖精のお告げ）は決して許さないのだから。両者は愛し合わない。これらの神が連む（性交する）ことはない」

オウィディウスは、飢えの神をコーカサス山脈で生きる人物として描いている。

飢えはほとんど目に見えないほどに痩せ細った女のイメージであらわされる。雪まじりの風が吹きつける最果ての土地を女はさまよっている。髪は乱れ、目は落ちくぼみ、唇は寒さで青ざめ、極度に痩せこけたために皮膚は透き通り、骨が突き出してみえる。太陽が昇る頃には、早くも四つん這いになって、わずかに凍った草の束を犬歯で引きちぎる女の姿が見える。

ふたつのくぼんだ乳房は脊柱から直接垂れ下がっているようだ。

不意に頭を上げると天に向かって身体をたわめ、ほんやりと空を仰ぎ、口を丸く開いて、靄のような息をほんの少し吐き、顎を動かしていたずらに歯を擦り合わせる。

目には見えない周囲の空気を貪り、空気で身体を満たそうとするものの、そのせいで彼女の身体はさらに落ちくぼむ。

非主体化とは、瀕死の身体の状態にふたたび陥った自己のことだ。

二十世紀における人間性の終焉にともなって、非主体化は熱狂的に求められた。

非主体化とは、他の動物から肉の塊としてみなされることに端を発している。これこそ、ジェリコーが一年かけて夜通しアトリエに閉じこもり、夥しい数の素描を経て、木炭とチョーク、グアッシュ、水彩に油絵の具を部分的に乗せて描いた、まさに驚異的としか言いようのないあの『メデューズ号の筏』でもあった〔テオドール・ジェリコー（一七九一―一八二四）は、フランス・ロマン主義の画家。『メデューズ号の筏』は、セネガルへと向かっていたフランス船がモロッコ沖で座礁した事件に材を取った作品〕。そのとき、アトリエの暗がりでジェリコーが探しもとめていたのは、供儀よりもはるかに古いなにかだった。人間に固有の恥辱の核をなすのは幻惑である。ことばを話し命令を下す着衣の人間から、欲望を剥き出しにした動物として認知されることによって、魂は恥辱に侵される。それがあらゆる儀礼の源にあって、マゾヒストたちを幻惑する光景をなしている。その光景は彼らを生々しい喜びで満たす。それはあらゆる神話の核でもある。獲物と化した捕食者の姿でもある。

66 戦

印刷屋の活字ケースの中で一番太い大文字を探してそれを赤インクに浸し、人類が打ち立てた歴史について語るべき最重要事項が決して忘れ去られることのないようにする必要があろう。

狩りは興奮させるが、戦争は熱情を掻き立てる。戦争は限界を解く。戦争は人々の魂を別の精神状態（階級も係累も清廉さも時間表もない、起源よりさらに古い状態）へと導く。戦争では魂が警戒態勢となり、迫り来る瞬間をじりじりと待ち構える老若男女がひとつに連帯し、身体は熱に浮かされたかのような不安に浸り、新しい「ニュース」――それは常に別の新しいニュースに取って代わられるのだが――を介して共有される事件が時間をひとつにする。それは警鐘だ。それは突然の目覚めであり、濃密な時間、意味あるものとなった歴史でもある。戦時においては、ただ単に毎日が語るべき物語となるだけでなく、日々そのものが語り手へと変化するのだ。戦争の際に降りかかる経験とは、「ある」事件から「ある」事件へと、ある頁から別の頁へと、日を追うごとに相次ぐ報せ、相次ぐ事件、波から波へ、到来から到来へと、「語るべきこと」によってどんどん流されていくことである。「語るべきこと」はラテン語で拾い集められたもの《レゲンドゥム》と言う。言語活動内での「語るべきこと」を作り出し、時間を伝説へと投射するのは狩猟と戦である。どの国の言語にも、その国の伝説となった戦がある。それが民族の歴史と呼ばれるものだ。ただし、人民ひとりひとりが歴史に刻み込むのは、「彼らの」言語で語られた嘘の歴史でしかないのだけれど。そして、異なる民族による多様な歴史を無視して一般化されたこうした歴史とは常に、動物の狩猟という形での人間同士の戦いの物語なのである。それは退行的な作り話だ。戦死は極めて「文化的な」死である。人間の最初の形象化は、瀕死の狩人の姿であった。新石器時代以降は、戦が社会的時間の土台となった。社会が承認した夥しい数の男性犠牲者によって、世紀を区切る時代が形作られ、数千年来の時間の中に新たな時代が確立された。ときとして人々が戦争に対して浴びせる偽善的な罵言には耳を塞ぐ必要がある。人々はやむなく戦争を耐えたのではない。それを生み出したのだ。そして人間がそれを生み出したのは、戦争を愛したからだ。つまり、空間全体へと拡散する例外状態を愛し、突然に中断された時間が愛おしいからなのだ。さらにはあの束の間の忘我、膨張し、ますます力強く、常に力漲り色彩豊かな、興奮を与える、情熱的で人を生き生きとさせるあの力を崇拝しているからである。戦争とは極めて人間的な祝祭である。ありきたりで、擦り切れ、ばらばらで不幸な、命令的で、隷属的で、束縛ばかりで、家庭的で、再生産的で、多情な人生からの長い休暇が戦争なのである。

*

戦争はバッカス祭、すなわち繁殖の不在を意味する。

それは「戦は近くで見ると鳥肌が立つが、その中にいれば美しい」という、あまりにも有名なカエサルの言葉でもある。

戦いはもっとも古い動物的な快楽のひとつである。前人間的な陶酔があらゆる種に伝播する。

雄々しさ《ウィルトゥス》という古語は、語を定義づけるふたつの特徴（樹液の噴出と死の笑い声）に加えて、食べることへの欲求を見せつけるために歯を剝き出しにした生の快楽と、戦のさなか、豪胆さと残酷さのうちにみずからを奮い立たせた生の喜びを意味していた。

＊

『イリアス』第一歌第四九一行において、動くことができず、戦えない状態を余儀なくされて、心を潰しているアキレウスの姿をホメロスは描写している。戦《ウィルトゥス》いが彼の心を疼かせる。海岸の砂浜の船倉に繫ぎ止められた黒い艦船の脇に、彼は立ちつくしたままだ。戦の怒号と戦いを懐かしく思うがゆえに、彼はより一層陰気だ。

＊

　人生の最後の八年間、毎夜、その度ごとに違う夢の中で、つまり二千九百二十の夜にわたっての二千九百二十の夢の中でという意味であるが、年老い、徐々に白髪に覆われていっていたマルクス・アウレリウス・クライディウスは、夜毎、防御柵の背後で繰り広げられる本格的な会戦においてハンニバルに挑んだ。

＊

　戦うことへの快楽を決して戦争の原因から外すことのないようにしなければならない。

　飢えも外してはならない。社会機能の奇妙な非流動性、ほぼ季節ごとにめぐってくる社会の負荷、そして日常的な循環性は生来のものなのだから。日々感じる空腹による口唇の待機、日々経験する肛門の圧力、夜な夜なの勃起、昼夜襲ってくる睡眠のリズム、これらは同じ圧力によって構成されている。潮汐と同じように。

ストア派たちは次のように言っていた。ただひとつの衝動（ギリシア語では、ある特有の欲求《オレクシス》、ラテン語では、ある勢い《インペトゥス》）が、世界をあたかもそれがひとつの塊であるかのようにして運び去り、みながすることを自分もするために誰もが姿を隠す、と。

貪り食うことによって自分の一部となった死んだ他者を身体の外に排出する、肛門の憐れな喜び。循環する親密な悪臭。

一年の寒さと暑さが作り出すちっぽけな極。山と海。人間社会とは、風変わりで、重々しく、粗野で、反復的で、循環的で、残酷な癖《マニー》をもつ大きな動物であり、その癖《マニー》から気を逸らせることができるのは唯一戦だけなのだ。

*

戦に行くように戦に行こう！　類語反復はおしなべて原初的なものを指している。狩りに行くように狩りに行こう。死ぬように死のう、等々。

扉の前で待ちながらドアが開くのを注意深く観察し、満足げに体を起こして湿った草むらに両脚を突き出し、暖かく平和な家を離れ、庭には目もくれず、庭の先の枯れた小川の支流に立ち込める暁の靄へと立ち去ってゆく猫の姿を、毎朝、台所の扉の前で待ち伏せして見るべきだ。

あの恐るべきもうひとつの文章を書いたのはモンテーニュだ。殺さずに追い立てることは、享楽することなく愛するに等しい、と。

＊

一七九三年十二月二十四日のクリスマス・イヴの日、マラルメ（ステファヌ・マラルメ〔一八四二―一八九八。フランス象徴派の詩人〕の大叔父）は、前日のサヴネの戦いで勇敢に戦ったヴェステルマン大尉の報告書を国民公会で読み上げた。「ヴァンデの反乱軍は消滅しました。それはわれわれの自由の刀によって滅んだのです。私は子どもたちを馬の脚で踏みつけました。山賊どもはみな殺しにしました。奴らがあらたな山賊を産み落とすことはもうないでしょう。私を責める捕虜など誰ひとりとしておりません。パンは革命家たちのために残しておかなくてはならないのですから」

＊

宣戦布告がなされるたびに、社会的な時間は野獣のような存在となり、突然息を殺して身体を丸め、新たな地球上の出口を見出そうとして跳躍する前に、全速力で筋肉を収縮させる。

自然の死ではなく、与えられた死の中で一種の時間を作り出そうとする時間。

67　ダンヌンツィオ

『悲劇の誕生』はフランスに対する勝利の歓喜の中で執筆された。一八七一年の序文には、帝国となったドイツの陶酔感と、ワグナーの音楽がついに手にすることとなった勝利がその陶酔感に結びついて想起されている。ニーチェはワイマールで一九〇〇年に死んだ。ニーチェの妹エリーザベトが彼の作品を解釈したのとまったく同じように、ガブリエル・ダンヌンツィオ〔一八六三―一九三八。イタリアの詩人、作家、劇作家。ファシスト的な政治活動でも知られた〕はニーチェを完璧に理解した。ダンヌンツィオはニーチェの思想をイタリアに紹介しただけでなく、みずからをワグナーであるかのごとくに振る舞った。彼は新作の戯曲を書き、新たな「儀式」を考案した。戦争とは「完全なる社会的祝祭である」と彼は宣言した。古きヨーロッパを打倒すべく、一九〇九年以降、ダンヌンツィオは新たな世界大戦を呼びかけた。彼に追随したマリネッティは一九一一年、『未来派第二宣言』の中で次のように述べた。「戦争は世界にとって唯一の衛生である」一九一三年、ダンヌンツィオはこう断言している。「われわれは今、奇跡の匂いのようなものを吸い込んでいる。その匂いの中、閃光が幾筋も駆け巡った歴史の内部では、真実と夢、今ある生と、はるか彼方の寓話が交互に現れては消える」一九一八年はロトンドの休戦条約の年だった。一九一九年五月十八日、ダンヌンツィオは軍人としての功績が認められ、金の勲章を授与された。六月二十三日、彼はムッソリーニに会見した。その同じ日、イタリア社会《スタテユオ》を変えるつもりはない、とイタリア王はダンヌンツィオに警告した。七月一日、ダンヌンツィオは「私は従わない《ディゾッベディスコ》」という論文を『国家思想《イデア・ナッチオナーレ》』誌に発表した。九月十一日十三時三十分、中尉の軍服を再び纏ったダンヌンツィオは、サン・ジュリアノ岬へと向かうモーターボートに乗り込んだ。十二日の正午きっかりに、ダンヌンツィオは二千二百人の部下を従えてフィウメに入り、領土併合を宣言したのちにヨーロッパ・ホテルに陣をとった。フィウメ自由国家は、「ヴェルサイユ条約に傷ついたあらゆる人民と民族」を「コンパクトな集団」に再構成することをもくろんだ。

*

一九二五年、ガルダ湖で「水上散歩するための水上機」を一艘、B・ムッソリーニはG・ダンヌンツィオに贈呈した。

68（ドービニェ）

あるひとりの男がかつて戦を愛したが、彼はいかなる権力にも屈しようとはせず、あらゆる政党に背き、ついには自分に与えられたあの驚くべき名前——誕生の苦しみが刻印された名前——と一体になった。血にまみれ、社会から逸脱し、追放され、流謫の憂き目に遭い、検閲されたサムライのごとき個人主義者がアグリッパ・ドービニェだった。一六二〇年、彼の『世界史』は公衆の広場で焼かれた。書く行為《エクリチュール》は、社会への適応や認知、社会からの承認、宮殿にアカデミー会員として受け入れられること、後世の記憶における名声だけを意味するわけではない。アグリッパ・ドービニェにとっての書く行為とは、みなに共通の宗教に対する宗教的な隠遁であり、都市に対する砂漠であり、殺された仲間のための復讐であり、敗者への忠誠であり、冒険であり、忘却であった。歴史から外れた存在、日々の生活では運に恵まれず、言語以前の沈黙に呑み込まれた彼は、死者たちの代弁者とみなされるべき文人だった。ルイ十三世の治世下で文筆活動を行ったドービニェは、まるで十六世紀の作家のようだったが、それは、フローベールにとってのスタンダールが、シャルル十世と大臣ヴィレールの治世下へと時間移動した十八世紀の作家に感じられたのと同じだった。

＊

アルシアックでは、彼の乗っていた馬が三度命を落としたせいで、前線から三度にわたって退くことを余儀なくされた落馬者アグリッパは、三度にわたって新しい馬に乗り換えて戦場へと舞い戻り、あともう少しだけ血を流す喜びを味わおうとした。戦うのが楽しいあまり、ただ殺すためだけにあちこち回り道をした、と彼は書いている。本格的な会戦よりも、殴り合いやゲリラ戦、銃を装填したり、十五頭程度での騎馬戦だったりを彼は好んだ。

＊

フランス史は、六世紀のラウチング、つまり虐殺のさなか「有頂天になった」戦士の姿によって幕を開ける。そして十八世紀末、サドとともに再び歴史は「有頂天」になった。ついで、フランス人による革命の歓喜の中、歴史はその「限界を超え」、恐怖政治によって「転倒」し、帝国成立によって押し潰された。

残酷への陶酔という、かくもおぞましい表現は、グレゴリウスによる年代記の中にすでに実現されている〔トゥールのグレゴリウス（五三八―九四）は、フランス、メロヴィング朝下の司教で、『フランク史』の名で知られる『歴史十巻』の著者でもある。ラウチングは『歴史十巻』に登場する歴史上の人物〕。

ラウチングは夜を愛した。カラヴァッジオやスルバラン、ヴァランタンやジョルジュ・ラトゥールに千年も先駆けて、ラウチングはあらゆる快楽を夜に託したのだった。彼は十二人に松明を持たせた「夜の奉仕」を考案した。饗宴が始まると、従僕のひとりを指名し、蝋の燭台を持たせてそれを自分の剥き出しの膝の上で消すように要求した。次に、一番に近くにある松明の火でそれを再点火させると、ふたたび同じ命令を下して、足が真っ黒に焦げるまでやり続けた。

カラヴァッジオやスルバラン、ヴァランタンやジョルジュ・ラトゥールと同じように、この裸性と光の戯れの中でラウチングが愛したのは、夜と沈黙だった。

毎晩、従僕が叫び声を上げた瞬間に、あるいは彼が呻き声を抑えることができないか、苦痛に歪んだ表情が口元に読み取れる場合には、ラウチングは自分の短剣《スクラマサックス》を振りかざして従僕の首を刎ねた。

短剣を示す短剣《スクラマサックス》という古語の中にさえも、性器《セックス》という接尾語が含まれている。

トゥールの司教グレゴリウス（彼はラウチングを知っていた。そしてトゥールの司教として招かれた夜の奉仕の際には、みじろぎひとつしなかったらしい）は、夜の宴の間じゅう、顔に近づけた光源を持つ手を決して震わせてはならないと命じられ、手に握った灯かりに照らされて、みずからの光による拷問を受ける子どもを凝視し続けたラウチングの姿を是非見るべきだと書いている。

平然を装わねばならない不幸な人間の頬を静かに涙が伝って流れる光景が、ラウチングをまさに「大きな喜び」で「有頂天にした《マグナ・ラエティティア・エクスルタレト》」、と司教は記した。

演劇はおぞましい知識のためにある、とティレシアスは言った。息子が父を殺し（オイディプス、ハムレット）、母が子を殺め（メデイア、アガヴェ）、女たちは愛人を引き裂き、男たちは神を殺戮する。イエスの受難は最後の遊び《ルスス》――古代世界に属したローマ最後の遊び、古代エトルリア文明の最後の嘲弄《ルディブリウム》だった。始末をつけるために、父が息子を殺す。『福音書』では、アブラハムはイサクを本当に殺害する。この種の闇の世界での能の演目、まったき夜に属する能が演出するのは、奴隷のようにして殺された、荊の冠をいただく嘲弄された裸の王の姿である。

場面は夜を舞台としてふたつの時に分割される。小高い丘の上に組まれ、雷の光に照らされた十字架の周囲に流れる時間。そして、雄鶏が鳴いて朝が訪れる前の、まだ夜の中にまどろむ、凍りつくような寒さの中庭の一台の火鉢から上がる赤い熾火の周囲の時間。

亡霊は二度現れる。まずは朝が訪れた夜明けどき、庭園の引っくり返された墓石の前で庭師の姿で。

そして、夜の黄昏どき、村への道すがら、一軒の旅籠に立ち寄り、テーブルにつき、パンをちぎる旅の道連れの姿で。

69　ロコラとトルガハウト

若い娘の名はロコラといい、若者はトルガハウトといった。彼らはふたりそろってラウチング公の従僕だった。彼らは若く、並外れて美しかった。思春期を迎えてもなお彼らは子どものままだった。ふたりは熱烈に愛し合い、それは誰の目にも明らかだった。互いへの愛情《ムトゥオ・アモレ》はもう二年以上続いていた。五七九年、領主の執事が春にもふたりの仲を引き裂こうとしているという噂が流れた。すぐさまふたりは不安になった。ロコラはトルガハウトに言った。

「わたしたちの愛がどうなってしまうかと私は恐れています」

トルガハウトはロコラにこう答えた。

「君の命がどうなってしまうのかと僕は恐れている」

「ふたりは間違いなく引き裂かれてしまうでしょう」

「その言葉を聞いて、君の不安が僕にも伝わってきたよ」

「トルガハウト、トルガハウト、わたしたちの愛のために不安でなりません。わたしたちはここから逃げ出すべきです」

トルガハウトはロコラにこう答えた。

「新月が来るまで待つことにしよう。みなが寝静まったあと一緒に逃げよう。宮殿の部屋が一番深い夜に呑み込まれる頃合いに」

こうしてふたりは新月まで待った。宴もお開きとなり、光の燭台の拷問が終わったあと、部屋が元どおりに清掃され、みなが眠りに落ちた頃に、ふたりは屋敷から完全な闇夜の中へと逃げた。何里も駆けた。夜の終わりになっても歩き続けた。夜が明けて最初のミサの時間を迎えたとき、ふたりは修道院の教会に入り、庇護を求めた。教会堂の外陣に隣接する僧院の扉がそのとき開かれた。ふたりは院長への面会を求めた。僧院の院長が姿を見せるやいなや、ロコラは膝まずき、床にひれ伏して顔を地面に着けた。トルガハウトは院長の前に膝まずくと、両手を彼に向かって上げ、懇願し、ふたりの愛を告白してラウチングの執事の企みを訴えた。そして、ふたりの愛はあまりにも深く、何者であれふたりの仲を裂くこともできないこと、それよりも死んだ方がましだと付け加えた。

「死ぬ？　あなたは死ぬと言うのですか？」

冒涜の証であるこの死の脅迫について、院長はロコラからも同意を得た。

ロコラは教会の舗石の上に起き上がった。

「はい」、と彼女は両手を上げて言った。「わたしはトルガハウトを、彼だけを永遠に愛しています」

「では、もし彼がお前から遠く離れてしまったら、お前はどうするつもりなのか」

「もしトルガハウトから引き離されたら、わたしはすぐさま命を絶つでしょう」

ひとたびこの恐ろしい誓いがロコラによって立てられると、僧侶たちは退席した。彼らは協議した。永遠の業火に身を委ねる罪を彼らが犯すのを避けるために、僧侶たちは恋人たちの契りを祝福することに決めた。

院長はふたりを結婚させた。

*

許可を与えていないにもかかわらず、ふたりの従僕が勝手に結婚したことを知ると、ラウチングは馬に跨った。そして僧侶たちに奴隷を返すよう求めた。僧院の院長は彼にこう答えた。

「あなた様は教会の掟をよく御存知でしょう。われらみなの主のみ前においてふたりが交わした聖なる結合を壊さないという誓いをあなた様が立てない限り、ふたりの奴隷を連れて帰ることはできないということをよく知っていらっしゃるはずです。われら僧侶にとってのわれらの主は天にお住まいになり、あらゆる力をその手に握っておられることを忘れてはなりません。最後に、われわれの前でふたりが夫婦となった以上、あなた様がふたりの子どもたちに体罰を与えることは、いかなる場合であっても法によって禁じられていることを伝えておきましょう」

この言葉を聞いたラウチング公は最初、呆然としていた。

身じろぎせずに彼は考えた。

そして、祭壇の前に両手を上げると、次の言葉のとおりに宣誓した。

「ヌムクアム・エルント・ア・メ・セパランディ」

それは、「彼らは決して私によって引き裂かれることはない」という意味だった。宣誓を終えると、彼は僧侶の集団の方を振り向いた。そして、みなの前で、両手を上げ続けたまま、トルガハウトとロコラが自分によって引き裂かれることがないどころか、ふたりがずっと一緒でいられるように努力するつもりだと誓った。

そこで神父は夫婦となったトルガハウトとロコラを呼びにやった（というのも、夫と妻になった時から、彼らは僧院の純潔から隔たった場所に住んでいたからである）。

　ふたりは手をつないで部屋に入ってきた。

信じがたいほどに美しく、清潔で、立派なみなりをしたふたりの配偶者は、恥ずかしさで頬を赤らめながら僧院に入ってきた。

　だが、主人の姿を見たとたん、まるで秋になって震えだす一枚の木の葉のように、ふたりはぶるぶると震え始めた。

　だが、公爵は一切彼らを非難しなかった。

　僧院の院長はふたりの前でラウチングが行った誓いを繰り返した。そして、ふたりを主人の元に返した。

*

　屋敷に戻ると、ラウチングは自分のそばのベンチにトルガハウトとロコラを座らせ、ふたりの結婚を祝うために喉が潤うまで葡萄酒を飲ませた。そして、彼らの目の前で太いコナラの木を一本切り倒し、丸太の内部をくり抜いて穴を掘らせた。そして、空き地の土を掘り返して、深さが一二〇センチ余りの溝を掘らせた。そして、空洞の丸太を船のようにしてそこに滑り込ませた。そして泣いているロコラを抱いて静かにそこに寝かせると、彼女の愛する哀れなトルガハウトを今度は彼女の上に投げ落とした。一枚の板が狭い幹の穴を塞ぐと、ふたりの恋人は闇の中に呑み込まれた。ふたりの上に掘り起こした土がかけられた。こうして溝が埋まり、土がならされた。そのとき、ラウチングは次の言葉どおりに言った。

「わたしはちっとも誓いを破らなかった。ふたりが決して離れ離れになることはないであろう」

僧院の院長は別の意見だった。彼はすぐさま僧侶たちとやってきた。そして誓いを破ったとラウチングを非難した。誓いを破ってはいない、とラウチングは主張した。彼はふたりに体罰を与えなかったし、ふたりを殺さなかったし、ふたりを引き裂かなかったと主張したのである。院長は長い間彼を口説き、やっとのことで彼が祝福を与えた若い夫婦を掘り起こす許可を取り付けた。だが、不幸なことに時すでに遅かった。従僕は地中から生きて掘り起こされたものの、ロコラという名の若い娘は夫の腕の中ですでに死んでいた。トルガハウトは妻を悼み、涙を流していた。彼は服に付いた泥を払い落とすと、こう言った。

「私が生き延びることができたのは、愛する女《ひと》の口の中に私の鼻を入れていたからです」

彼は院長とともに屋敷を後にした。そして僧侶になった。だが、愛の傷が癒えることはなかった。死ぬまで彼はこう繰り返した。「私が生き延びることができたのは、愛する女《ひと》の口の中に私の鼻を入れていたからです」

70　追い立てること《エクスキタレ》

そこで手にしたと感じられた幸運があまりにも強烈だったために、ウィテッリウスは戦いの四十日後に、クレモナの戦地をもう一度見ようと決意した。護衛に付き添われながら、彼は戦場地へと赴いた。腐敗する人体と馬の屍体のあいだを彼は進んだ。山のように積み上げられた死体から立ち昇る腐敗臭も、彼にはまったく気にならなかった。「致命傷を与えた見事な一撃や、彼によって腹を割かれた英雄たちを思い起こしながら、彼はひとりで笑っていた。そして、自分が刎ねた首ひとつひとつの名前を呼んでいた。その首は蠅たちに覆われていたというのに」

*

一五八八年一月二十二日、「戦い」という言葉を聞いただけで、自分の身体は突き動かされるとアンリ四世は記した。敵を憎むわけでも愛するわけでもないが、彼らの存在を認めないわけにはいかない。なぜなら戦いは彼らとともにやって来るからだ、と彼は言っていた。「戦うこと」は「熾烈を極めること」だと、彼は手紙で述べている。

わたしが好んで読書をした二十世紀生まれの作家は「戦い《バタイユ》」という名だった。

王の治世下で保管された夥しい手紙の中で、ある日、アンリ四世はサント・コロンブ氏〔一六四〇—一七〇〇。フランス・バロック期に活躍した作曲家、音楽家。チェロに似たヴィオラ・ダ・ガンバの名手としても知られた。キニャールはサント・コロンブを主人公とした小説『めぐり逢う朝』（一九九一）を上梓している〕という人物に宛ててこう告白している。「あの愉しみのためなら、私は首を吊ってもいい」

＊

政治の定義は一八九二年十一月二十三日の国民議会における会合の際にジュール・ドゥラエ氏によって与えられた。「それは、富を守る使命を負った者の手によって、市民と貧しき者、貧困者たちの富を白日のもとに分配することである」ジュール・ドゥラエの定義において驚くべきは、「白日のもと」という表現である。

＊

一八七〇年七月の最初の数日間、パリの学生たちはデモを行った。毎日、彼らはソルボンヌ大学から大通りに向かって行進した。幟や旗を振りながら歩いた。彼らは陽気に歌い、一八四八年のランピオンの歌を繰り返した。「ベルリンへ！　ベルリンへ！」

一九一四年の新聞を読み返さねばならない。夏の間じゅう、戦争突入の考えがヨーロッパの全市民を魅了していた、常軌を逸したあの歓喜を理解すべきなのだ。

＊

「興奮する」という語は本来、腫脹や収縮、勃起、炎症、そして振戦にとらえられた愛人の生殖器部分に使われる性的な動詞ではなかった。

興奮とは本来、犬に関する言葉だった。怒号と猪槍を使って獲物へと嗾けられる犬の集団について、興奮する猟犬の群れという表現が使われたのである。それは飢えた補助者を他者へと追い立てることである。それは自分の外へと追い立てること。襲撃させること。爆発させること。

引用《シタシオン》と興奮《エクシタシオン》は同じねぐらをもつ。その場合には、読者が狩人となる。

文人にとって追跡と読書には区別がない。それは、目で追うパッセージの教唆《アン＝シタシオン》と、読んでいる書物から引き抜かれる断章の引用＝興奮《エクシ＝タシオン》。

＊

ラテン語の「獲物の分け前」という表現は、引き裂かれた獲物へのエロティックな欲望を意味していた。

動物の群れ《トウルバ》はすべて「略奪の欲望《クピディネ・プラエダエ》」である、とオウィディウスは書いている。

「獲物への欲望」に取り憑かれた共同体がひとつの民族を形成する。

この欲望に囚われるのは人間に限らず、犬だってそうだ。

＊

伝承はただ単にアクタイオン〔ギリシア神話に登場する猟師で、森の中で入浴していた女神アルテミスの裸体を盗み見た瞬間に、鹿の姿へと変えられ、自分の猟犬たちに食い殺された〕を貪り食った犬たちの名をすべて記憶していただけでなく、獲物の分け前が行われたその順番すら憶えていた。まず、アクタイオンの背後に現れて彼の背中に最初に噛み付いたのはメランケテスだった。二番手のテオダマスは腰を狙った。オレシトロポスは肩に噛み付いた。そして、狩人の肉体がたくましい牡鹿のからだへと変容するにしたがって、犬の牙が一斉に次々と狩人の肉体に襲いかかった。まずは狩人のお気に入りだった犬たち、グノーシス生まれのイクノバテスと、スパルタ生まれのメランポスとドルケエ、オリバソス。それに次いで巨大なネブロポノス、敏捷なプテレラス、獰猛なテロン、そして信じられないほどに鼻の効くアグレ。次いで、レラプス、ヒュレエ、ペメニス、アルケエ、トウス。次いでまだ狼だったナペ、やせ細ったシュキュオン犬のラドン、疲れを知らぬアエロ、雪のように白いレウコン。ハルピュイアとその仔犬たち。次いでリュキスケとその兄弟犬のキュプリオテ、漆黒のアプソルス、額に白い斑点のあるハルパロス、メラネエ、ラクネ、ラコニア犬、ラブロス、アグリオドス。しんがりを務めたのは甲高く耳をつんざく恐ろしい声音のヒュラクトルで、それが牙に咥えたのは、まだ完全にはひづめに変容していないアクタイオンの右手の骨だった。

71　過去の茶毘

戦争は平和ほどには隠蔽されていない。国家は戦争で富を濫費し、もはや本性を偽ることなく人々を犠牲にする。戦争が規定するのは、鎖を解かれた人間性である。

＊

テレビ画面では、死刑執行人たちの残忍な陶酔感と、彼らの擁護を全世界に宣言する死刑執行人の盟友たちの利益に隷従させられ、一列になって身体をふらつかせながら暴行と分裂、さらには死へと歩を進めるコソボのイスラム教徒犠牲者たちの姿が映し出されていた。わたしはサンスにいた。ちょうどそのとき、母と数日間を一緒に過ごしていた。隊列をテレビで見ていたときの茫然自失した母の表情から、恐れよりもはるかに激しい感情、死の脅威よりもはるかに力強い感情が彼女をそのときとらえていたことをわたしは知った。

彼女は流出に向かっていた。

衝撃の作用によって、衝撃を受けた者が衝撃を与えた者へと近づく。

彼女は身体を震わせていた。

眼差しの中のなにかが殺戮者の方へとみずから歩み寄ってゆく。身動きの取れなくなった獲物が突然、自分よりもずっと古い存在として認める動物の口のなかで滅びゆくように。

*

プラトンにおける真理の思考の中心をなすものは、『メノン』八〇dの次のアポリアによって示される。「それが何であるかについてお前がまったく知らない事物を一体どのように求めるができるのか。また、仮にそれを見つけたとして、どうやってそれを認知することができるのか」

それはゴルギアスの『無についての試論』における三重の問いと同じくらい見事なアポリアだ。

われわれはプラトンの答えを知っている——とはいえ、その答えはおそらく彼自身が立てた問い以上に奇妙なものではあるけれども。それが何であるかについてまったく知らない事物を人が認知できるのは、魂が形成される以前の魂にそれが残した記憶によってである、と。

探求とは、大気中の生や言語、あるいは文明に先立つ世界に関する突然の想起《アナムネーシス》のことだ。

不意打ちによる往古の想起。

*

『アンギアーリの戦い』の創作中に記されたレオナルドの作業日誌の中で、戦は「もっとも野獣的な狂乱《パッツィア・ベアティアリッシマ》」と書かれている。レオナルド・ダ・ヴィンチにとっては、馬も犬も野禽も人もすべてが同じように戦いに参加していた。あらゆる種がひとつに混じり合う狩猟集団に固有の、ある性的な興奮が争奪を支配していたのだ。

たとえ近代化され、産業化され、不可視の存在になったとしても、戦争が参与するのは獲物の争奪である。どんな国家であれ、それは編み込まれた蜘蛛の糸のように他国を制御する連鎖の鎖に互いに繋がり合った組織でしかない。ひとつの鎖がすべてにつながっている。巨大で騒々しい鎖の網で輪が繋がれ、振動している。抑圧された欲動であると同時に繋ぎとめられた権力でもある戦争は、すぐさま隷属状態を作り出す。鎖を引きちぎろうとする欲求を抑圧する力が、欲望を繋ぎとめる。

一八七一年春、何千もの人間を大量に殺戮するために、初めて機関銃が使用された（「血の一週間」の際には、ヴェルサイユ正規軍は、機関銃のおかげでパリ・コミューン反乱軍を八千人から三万人まで殺すことができた）。動物的な興奮に対応する、人間集団の特徴としての「集団的熱狂」について、デュルケムは語っている。しかし、「集団的熱狂」は人間に固有の特徴ではない。「一対全員」に関する能うかぎり激烈で根源的な力が存在し、それはどんな動物集団にもすぐさま現れる。

ローマ人たちは人間に固有の乱痴気騒《バッカティオ》ぎについて語った。だが、それすら人間固有の特徴ではない。

なぜなら、そこには狂乱を呼び込む凶悪な肉食行為に身を任せた、猛威の残滓があるからである。

トラのように《ウト・ティグリス》。それはメディアだ。それはディドだ。アガウェだ。処女マリアだ。

死んだわが子を両腕に抱く母。

＊

一七八九年八月十一日、憲法制定議会は王侯貴族に与えられた特権から狩猟権を外した。特権廃止四日後の一七八九年八月十五日、「聖《サン》バルテルミーの方法に従った、野生動物の狩猟をすべての人民に解禁する」ための法が可決された。かくして、近代国家を告げる憲法制定による革命政府法の中に、聖《サン》バルテルミーへの恐るべき相互参照が刻まれたのであった。

72 内戦《スタシス》

獲物の奪い合いがもたらす興奮と、ありもしない過ちを咎められた人間をリンチする際（スケープゴートの犠牲の際）に感じる興奮は、戦においてはただ単に加算されるだけではなく、互いを高め合う。あらゆる宗教が不信心者の排斥を決定したように、どの国家も外国人排斥を規定するが、こうした暴力的な悦楽は岬や断崖、橋、湖、川、砂漠を聖別し、記念碑をとおしてみずからを昇華させる。

こうした昇華が意味するのは、単に獲物の奪い合いでしかないのに（殺戮し排斥するために役立つものすべてが、そこで流された血によって記憶されるべきものとなる）。

それは人類の危機そのものだ。

ファシズム、宗教、ナショナリズム、これらは次の点に関して決して言い淀みはしない。つまり、群れを作る流血の犠牲の背後にあるのは、狩猟における獲物の奪い合いであり、狩猟における獲物の奪い合いの背後にあるのは、それが人間であろうがなかろうが、捕食者の眼差しに魅惑され、不意に無気力状態になった弱者がより大きな野獣に食われる光景なのだ。

古代社会は、動物社会と同じように、その起源である社会に対して異質でもなければ他種族的でもなかった。これらの社会はどれも、それを生み出した社会と似通っていた。どの社会も奇妙な痕跡に満たされていたのだ。

チェルヴェーテリにあるレゴリーニ・カラッシの墓で銀の杯が発見された。杯は紀元前五〇年のものだ。その杯には、極めて濃密で想像力豊かな瞑想が刻まれている。杯の外側の帯状装飾部では、兵士たちが隊列を組んでいる。中間部では狩人たちが動物を狩っている。杯の内部では、二頭のライオンが牡牛と闘っている。新石器時代にさかのぼるはるか古のこの図像は、疑うべくもない事実を示している。すなわち、人間同士の戦いは周縁的なものであり、人間と動物間の狩猟は中間的なものであり、非擬態的な中心部をなすのは動物間の捕食行為である、という事実を。

*

『ポンペイウス』第六巻第二章で、プルタルコスがカエサルについて記したあの驚くべき言葉。「彼は軍隊をみずからの身体とみなし、戦争を代わるがわる狩猟《テライス》と犬の狩り立て《キュネゲシオス》とみなした」

それは政治的なヒステリーだ。

政治的な経験とは、集団を駆り立てる（その集団は、権力を維持するために時間の中にみずからを投射する）死に物狂いの分裂である。

それは、危機《クリシス》、すなわち分裂を想定する内戦《スタシス》（とギリシア人たちが呼んだ状態）である。

権力を愛する者は支配する、すなわち天下をもたらすために分裂を起こす。

それはローマ人たちが内戦《キウィレ・ベツルム》と呼んだものである。戦争《ベツルム》は決闘《ドウエルツム》から派生した。それはまさに兄弟同士の野蛮な対決であり、その対決は自転し、永遠に弧を描きながらあらゆるものを分割し、恍惚的な眩暈に至るまで回転し続ける。

ロムルスは立ちはだかるローマの市壁の足元に溝を作り、穿たれた溝へと両手でレムスを突き落とした。

なぜ戦争があるのか《ヴァルーム・クリーク》。戦争は何に由来するのか《ウンデ・ベッルム》——血は戦争を喜ばす《ベッラ・デレクタト・クルオル》。戦は血を熱愛する。他人を凶暴に殺す行為は、かつて味わったことのない興奮状態へと人々を導く。流血がもたらす歓喜は血塗られた集団の団結をさらに強め、団結力は瞬時に広がり、血生臭い応答をもたらす。それは死の性的衝動である。だから、人間社会において、残酷の彼方にはもう何もないのである。

＊

みずからの内部に止めているかあるいは意図せずして流す血（月経、出産の出血）を介して、女性が集団を再生し続けると仮定するなら、その一方で、男性の一族を築き上げるべく意図的に流された血（犠牲、戦争）が男性を規定するといえる。

集団に属する人間に与えられた社会的父性は、戦において男性だけが犠牲になる事実に結びついている。この通過儀礼は、女性だけで集団全体を再生産する使命を負う、母たちによる母性が集団に見せつける出産と少なくとも同程度には血生臭いものである必要がある。

女たちが独り占めにする社会的再生産の力を、男たちは常に奪いたいと欲してきたし、今でもそうだ。それがベッテルハイム〔ブルーノ・ベッテルハイム（一九〇三―九〇）は、オーストリア出身のアメリカの心理学者。自閉症研究などで有名。第二次世界大戦中、ダッハウとブーヘンヴァルト収容所を体験した〕の意見だった。彼はイエス生誕の地であるベツレヘムという、本源的で夢のような名の持ち主だった。

ブーヘンワルトの強制収容所から帰還したとき、ニューヨーク港に到着するや、すぐさまベッテルハイムはタクシーに飛び乗り、妻の家の玄関の呼び鈴を鳴らした。妻は玄関を開いた。困惑した様子だった。彼女は顔を赤らめた。そして、別の人と人生をやり直したの、と早口で言った。彼女は扉を閉めた。

彼は閉まった扉の玄関マットの上に立ちすくんだ。

死を決意すると、彼は食料品屋のレジ袋を掴んでその中に顔を埋め、マットの上に跪き、玄関の扉にもたれてレジ袋の口をきつく閉めた。

73 （反独裁戦線）

社会的祝祭そのものである戦争を人間の力で止めることは不可能だ。だが、われわれの内で声を上げる死者たちからなる反独裁戦線に加わることなら、わたしたちにもできる。

殉教者というよりは犠牲者たち。

英雄というよりは死傷者たち。

群れや隊列を組んだ（戦闘隊形にしたがった）軍隊ではなくて、不定住者や孤独な人たち。

＊

フロンドの乱のさなかの一六五二年、略奪や発砲の機会をうかがう武装集団から身を守るために、隠者たちは部隊を結成した。

ラ・プティティエール、アルノー、ポンティス、ラ・リヴィエール、ボーモン、ベリが、剣を脇にマスケット銃を肩にかついで、燕麦畑やイラクサの茂みに哨所をしつらえ、交代で見張りをした〔ラ・プティティエール、アルノー、ポンティス、ラ・リヴィエール、ボーモン、ベリらは、のちに異端として迫害されたヤンセニウスの思想を信奉したポール・ロワイヤル修道院の隠士たち」。

あたかも沈黙や孤独、破門された女たち、祈り、近寄りがたさ、ローマ共和国時代の古い理想を擁護しているような気が彼らにはしていた。

*

休息《オテイウム》と自由《リベルタス》が彼らの価値観だった。

孤独者たちといることがわたしにとっての夢だ。

わたしが自分の時間を捧げる唯一確かなものとは、一冊の書物が広げられるたびに、読書がこの世で実現するものである。

74（ルネ・デカルト）

ペロンの領主でトゥレーヌ出身の騎士、ジャンヌ・ブロシャールの息子ルネ・デカルト〔一五九六―一六五〇。フランス出身の哲学者、数学者。『方法序説』は合理主義哲学の金字塔とされている〕は、カトリック教の一団をとりわけ恐れていた。三十年戦争の初めには、ドイツに身を隠した。オランダに渡り、身を潜めた。ハンガリーでは閉じこもっていた。ついには船でスウェーデンまで行き、雪の中で息を引き取った。嵐や雹、雷雨、そしてアルプス山脈の美しさに関する小品を執筆した。彼は朝まだきに仕事を始め、暗がりの中で書物に没頭し、仕事は薄明が訪れ、薄暮になるまで続いた。ソクラテスが自分のダイモンを持っていたように、彼にはみずからの空想があった。それはブルータスに亡霊が取り憑いていたのと同じでもあった。

75　（タキトゥス）

タキトゥス〔五五—一二〇。帝政期ローマ時代の政治家、歴史家。『年代記』の作者として有名〕が探求したのはたったひとつのテーマ、帝国を成長させる社会的服従に抗する少数の孤独者たちの戦いという主題、つまり、どの時代にも跋扈する嘘に抗って叡智の松明を掲げるための激しい負け戦というテーマだった。タキトゥスの頭に取り憑いていた書物の名はおそらく、「群れや巣窟、動乱との比較における孤独者たち」になっていただろう。

　タキトゥスにとって時間は弛み、膨張したものだった。歴史は薄汚れ、憂鬱なものでしかなく、偏執《マニー》をくどくど繰り返すだけの存在だった。歴史はくどくど同じことを繰り返すに飽き足らず、その繰り返すものを最悪へと導くのだ。忍耐とて美徳ではない。それどころか時間の忍耐——耐え忍ぶこと《パティエンティア》——は無気力の証である。専制政治下におけるタキトゥスの人生は無気力だったために、彼はそのことで苦しんだ。その苦しみを原動力として、彼は同時代を生み出し、また彼自身を生み出した時代を研究したのである。「習慣や権力、同時代、奴隷根性と手を切ることができなかったのだから、せめてそれ以前の時代を支配していた力をわずかでも今に伝え、死の反復に逆ってその力を出現させなければならない」、と彼は考えた。

76（アヴァルの連隊）

メラニー・クラインは、底知れぬ破壊性について、進化と系統発生の秩序をとおして考察しようとつとめた。個人的な生と個体発生の秩序の中にある目もくらむような原初の穴、すなわち存在論的な秩序の中にある無を理解しようとしたのである。

反座法は乳児の発達における先天的な性格を示している。なぜなら、乳児とはいまだ母を食らう小さな獲物だからである。

大気世界を見出す赤子にとっての最初の現実とは、（子が経験した第一の世界の現実感との対比による）非現実的な現実、（機密性に守られた最初の王国で経験した慎ましやかな皮袋と比較した際の、その大きさと明るさ、騒音がもたらす）圧倒的な現実、（体の容積すみずみまで浸透する、空気の突然の闖入という）予測不可能な現実、（それまでは存在すらしなかった、あるいは少なくとも常に満たされていた状態と比較しての飢餓という）冷酷な現実、（外的な存在となった母、かつての居場所の消失、地上と天空の空間が突然にして均質で薄暗い液体の世界に取って代わったという）理解不可能な現実である。

＊

幸運の戦友よ
もしも誰かが君に
君はどの連隊にいるの、と尋ねたらどうだろう
――ぼくはアヴァルの連隊にいるよ。
アヴァル、アヴァル、アヴァル、アヴァル〔アヴァル（Avale）はフランス語では「飲み込め」（Avale）の同音異義語〕。

＊

時代遅れの古い自己が過度に乳房を求める。だが、それと同時に、彼は自分から乳房が奪われてしまうのではないかと恐れている。とりわけ、乳房への渇望がいつなんどきでも飢えの状態に突き落としかねないという、徐々に制御し難くなる不安に苛まれているからこそなおさらである。自分を養ってくれる乳房を食べてしまうのではないかと怖くなる。それに依存しながらも、恐ろしくもある母が永遠に自分から奪われるのではないかという恐怖と同時に、大好きなものを奪われるのではないかという不安。

そう、これがやっとこに挟まれるという状態だ。それは矛盾をはらんだやっとこである。顎の上部と下部は、永遠に前象徴的なものであり続ける。

それはダブル・バインド、すなわち相反する二重の束縛でもあり、真っ向から対立する論拠を示すことで人を狂乱させる、まさに人を狂わす十字路なのだ。

相容れない分だけ御し難い力であるがゆえに、この二重の圧力はまさに爆発せんばかりだ。その貪食の強度たるや——まるで大気に満たされた可視世界で難破した、びしょ濡れで凍えそうな幼い遭難者のように、救いもなくそこに落ちてしまった時に初めて、幼子はその貪欲さを意識する——充足の欲求以上に古い。

捕食動物にとっての世界の基盤が破壊的であるのは自明である。なぜならこの世は貪り食おうとする飢餓に苛まれているのだから。

*

かつてわれわれは飢えを知ることなく食べていた。そして、われわれは生まれた。それからわれわれは飢えに基づいて食べるようになったが、われわれの身体は常に空っぽで、空虚から個人的なもの（少なくとも、個人的なもととして認めうるもの）へと変貌していった。

そしてふたたび、六時間ごとに時間が刻まれ、新しい空腹、底なしの空腹、起源的というよりはむしろ誕生以降に生じた空腹がわれわれのうちに穿たれた——ここでいうわれわれとは猫、人間、プラナリア、オマール、蛍、蝿、スズキのことだ。そして、スズキの真っ白な口の孔は水面に浮かび上がり、通り過ぎる蚊を呑み込む。

欲望は飢えに対して二次的である。平穏、満腹状態、充足感、これらは中間的な挿話《エピソード》にすぎない。野獣のサディズムに対する解決法はひとつしかない。それは鬱、拒食、引きこもり、文化である。メラニー・クラインの言葉。「鬱の立場に至ることによって、初めて罪悪感が反座法に取って代わる。その罪悪感を介して、われわれを受胎しわれわれを遺棄した女性の上半身へとわれわれの眼差しを引きつけて止まない、乳で満たされたその乳房の代わりに、われわれは自分自身を食らうのである」

大型の野獣たちが獲物を打ち殺したのと同じ縄張りで腐肉を漁る人間たちの脆弱さが、鎮めることのできない恐怖を人間の魂に植え付けた。

さらに、誕生の瞬間、鎮めることのできないこの怖れに誕生時の恐怖がつけ加わる。

かつて、その起源から遡ること数千年前には、種は絶滅寸前だった。

＊

紀元前二五〇万年、ホモ・ハビリスは積極的に肉を求めなかった。鼻先と赤みがかったその唇の縁に近づいた、食べられそうなものなら何でも食べていた。ホモ・ハビリスの脳みそは五〇〇立方センチだった。

紀元前三五万年、ネアンデルタール人は九〇パーセント肉食だった。ネアンデルタール人の食事はオオカミのそれに匹敵していた。脳みそは一六〇〇立方センチになっていた。

77　邪悪な循環は神《キルクルス・ウイティオスス・デウス》

人類最初の都市チャタル・ヒュユク〔現在のトルコ共和國に現存する、新石器時代から金石併用時代、すなわち紀元前七五〇〇年に遡るとされる遺跡〕は、ライオンやパイソン、蛇やネズミから身を守るために作られた。

少なくとも二百万年前に遡る、オルドバイ峡谷に作られた石のサークル。それは歴史上もっとも古いシェルター（人間の女と子どものための家）だった。

捕食行為は、それ自身もまた形態的隷属から生まれた幻惑から派生した。巣の周囲を回り続ける舞踏が、蜜蜂とその驚くべき生を形づくる。この舞踏は巣に戻って呼びかける、食べ物をもたらす舞踏でもある。捕食行為による呼びかけがことばを生み出した。ことばはおとりである。ことばがみずからを発明する以前、動物たちにとっての夢が、獲物ではなく獲物の影《シルエット》を捕食する行為であったのと同じように、ことばもまた、ひとつの捕食行為なのである。

円環《サークル》を創造した舞踏を創造した往復運動の源には、沈黙に覆われた肉食動物特有の引力がある、とわたしは主張しよう。

身体がその歯で肉を食いちぎるように、人間のことば（言語）はイメージを喰らう、とフロントは思弁的修辞学のなかで述べている。

＊

舞踏以前にもうひとつ別の舞踏が存在する。なぜなら、単純に考えても、円環《サークル》は送り主に送り返されるからだ。死にいたる求心的な悦楽がある。ヒトの群れに基盤を与える処刑にまつわる謎が存在する。ヒトの群れは集まり、跪き、両手を上げてつぶやき、まずは受刑者の周囲に集まり、次いで生き残った者たちが沈黙の中――ただしその沈黙というのも、彼らが死に委ねる犠牲者の「完璧な沈黙」を模倣したものにすぎない――つまり、沈黙に沈んだ延命者たちの見守る中で、死の感覚を伝える最初の言葉が発せられるまで、生気を失くしつつある獲物の周囲に沈黙を生み出す。

それは山頂でのイサクである。

山頂のペンテウス王だ。

丘の上のイエスだ。

人間的という言葉が意味するのは、暴力が静まった瞬間に湧き上がる、押し殺されたあの叫びなのだ。その叫びはどれも、もはやいない存在者を指し示す。

＊

人間とは、（自己を隠蔽する以上に）自発的に幻惑を引き起こす種のことだ。

みずからが抑圧するものに対して、という以上に、一度も現実を見たことがないという事実がゆえに、人間は無意識である。

人類の歴史における恐ろしい混乱状態に関しても、人はほとんどそれに目を向けることをしない。人間の眼差し、すなわち言語的であることを免れえない彼らの記憶の奥底で、あらゆる災害は意味のある試練へと変貌する。その意味とは豊満、すなわち平和である。社会的な話者（神話）はつねに社会的な秩序の再生産を擁護し、「寄生者」に対して暴力的にその秩序を植え付け、「寄生者」をそこから締め出し、「寄生者」の非業の死を貪り、その面影のみならず思い出までも食い尽くしてしまう。民たちはそれぞれ都合のよい事実と、事後的な因果関係、嘘、「見せかけの行為《ファクタ・ファルサ》」を、それぞれの言語を通じて、つまりは共同体から共同体へと分配し、伝達する。未来はつねに素晴らしく、状況はポジティヴで、集団はほぼ無実で、子どもたちはだいたい優しくて、平和ももうすぐ実現する。実際には、平和がこの世に一時たりとも存在したことなどないというのに。

＊

語るという事実は、語られた内容の背後で忘れ去られる。
言語の「〜であるから《クオド》」は、思考の「なぜ《クイド》」のせいで打ち捨てられる。
記号表現《シニフィアン》は記号内容《シニフィエ》の背後で忘却される。
血まみれの供儀は神の名のもとに忘却される。
社会的な不祥事は父の名のもとに忘却される。

＊

性的な断片が結合するとき、性化された女性と男性それぞれの口が、それまで抑制されていた咀嚼行為を模倣する。両者は情愛の中で互いの屍肉を喰らい合う。それは、いまだに草食動物であり続けようと見せかけている人々の間では、「花たちのように甘い言葉を囁く」と表現される。屍肉という語は、そもそも性的結合を示す古フランス語だった。ラテン語で、性的結合は肉の結合《ウニオ・カルナリス》と呼ばれていた。したがって肉の蕩尽をどこまでも、その起源まで遡る必要があるのだ。

執拗《アシャルヌマン》さの厳密な意味とは、肉食行為による獲得物のことだ〔フランス語の「執拗さ」(acharnement)という単語の中には肉(chair)という語が内包されている〕。けしかける《アシャルネ》という動詞は、引き裂かれた皮膚の下から現れ出た血まみれの肉体を与えるという意味だ。鷹をけしかける、犬をけしかける、それらに狩りをさせるために。

われわれは執拗さに追い立てられた種である。

千年のあいだ、キリスト教者たちにとっての金曜は（赤肉という意味の）肉の禁止に、日曜は（性交という意味の）肉欲の禁止に対応していた。

*

自然を追い払いなさい。だってそれは早駆けで戻ってくるから。

動物性を排除なさい。だって人間の魂はアンコウのような目とトラのような口を開こうとするから。

布切れや生地、絹、贅沢品、入れ墨、宝石で身体を覆いなさい。さもないと、ちょっとした布の開口部や襞の折り目から、猿のごとき先祖の裸が不意に顔をのぞかせてしまうから。

78　空虚な場

動物における残忍さは、人間では残酷さとなった。動物における滅びと貪食は、人間において死と弔いになった。それ自身もまた捕食行為の純化にすぎない狩猟の純化が戦争であるのと同じように、残酷さは残忍さの純化である。狩猟と供儀は同じ一枚の地獄のコインの表裏なのだ。地獄の使者に手渡すために死者の歯の間に人が滑り込ませるのは、この銅貨にほかならない。銅貨の両面はただひとつの象徴をあらわし、それは戦争という名をもつ。表裏どちらも完全に血塗られた象徴。人間性が創造される過程で二重化されたふたつの死。

肉食動物の腐肉、同類のミイラ、犠牲者の虚像、神殿の中心にある神の像。

供儀を介して屍体は大まかに二種類に切断される。消費可能な部分と消費不可能な部分、人間的なものと神性なもの、食用の部分（世俗的部分）と聖別された部分（呪われた部分）である。

呪われた、恥ずべき、聖なる、危険な、触れることを禁じられた部分、「往時の分け前」のかつての寄食者、すなわちタカやオオカミ、ハゲワシやハイエナ、カラスたちの取り分とされた部分。

現前する現在は決してない。いたるところ死の間隙がさまよっている。それはまず飢えであり、やがて「飢えのようなもの」となったもの、存在者から存在者へとさまよい続けるある空虚な場のことだ。それは「以前」の姿をした時間でもある。喪失体験と迫り来るものの中間をつねにさまよっている待機。身体の奥底で飢えを苛む空虚な場が壁となって、そこに夢が投射される。そして、かつて動物の顎でもあったこの洞窟は、ことばの世界に安息の場を提供する。生き生きとした不在のイメージが知覚の背後に永遠に取り憑いているのはそのためだ。

だから、夢とは常に、ひとつの過去となった視覚である。

存在者以前の存在を思わせる、現在をもたない過去。

*

「往古＝かつて日々があった」を構成する「存在に先立つ存在《エンティア・プラエ・エンティア》」。

過去に比較しての往古は、「それがかつて起こった」という特徴をもたない。だから、時間は存在に属していない。往古が「かつてあった」ものの数に入らないのは、それがいまだ現れ続けることをやめないからだ。往古とは、かつて存在したなにものにもまして予測不可能な間欠泉である。かつて存在したもので往古を実現したものは皆無なのだから。ゆえに、往古はあらゆる可能性の潜在性を有している。第二次世界大戦の直後、エマニュエル・レヴィナス〔一九〇六—九五。リトアニア出身のフランスの哲学者〕は「太古の過去」をめぐる仮説を提示し、それを次の三つの様態から規定した。一、表象不可能である。二、かつて存在したことがない。三、「〜についての意識」よりも古い。この「太古の過去」は、その結果である事物がそれに取って代わることはできず、受胎に先んじ、主体の地位をもたないという点においても、「伝説の抱擁」に近い。

エマニュエル・レヴィナスによって「太古の過去」と名付けられたものは、おそらくそう呼ばれるべきではなかった。というのもまず、過去が問題になっているわけではないし、あらゆる点において記憶とは無関係だからである。

過去は往古と峻別される。なぜなら往古は起源の泉であり、溢れ出ることのない奔流であり、炸裂の可能性を宿した、薄暗い水底に呑み込まれた前存在的な水源であり、その点においては、爆発し、大地のリズムを狂わせ、氷河を融解させ、野獣の誕生や植物の成長、火山の噴火、そして海の動きを魅惑しながら導く星たちと同じ存在なのだ。

*

「真の往古」とは、起源にある未知だ。

この泉には、時間の内部にある過去の空間、可視的なその空間に固有の爆発が宿っている。

それが生のままの創造性、荒々しく、自由で、物質的な創造性である。

「かつて」(別の時)をもたない「一回限り」、これが往古である。

だが、「本当に新しいもの」は未知なのだろうか。

「真の未来」とは、時間がもつ複数の「別の時」のうちのひとつにすぎないのだろうか。

単に過去をもたらしただけではなく、かつて実現されなかったあらゆる可能性までをもその支配下におくことができたのは、じつに往古以外にはありえず、往古はみずからが作り出す時間の縁に向かって波を打ちつける。

始まりは空間の先端で始まる。では、その始まりはいつ終わりを告げるのだろう。

おそらくは歴史の中で。

おそらくは歴史を「始まりが終わる地点」と呼ぶことができるだろう。

始まりが終わりを告げる瞬間から過去が広がっていくその地点が歴史であり、それは人々によって時間の憎しみとも呼ばれうるものでもあろう。

注解一、起爆性の暗黒の空の最奥部で、仮に時間が「始まりを始める」ことをやめないとしても、人間社会においては絶対的に新しい時間よりも強迫反復（歴史）の方が強力であるという理由から、人間固有の苦悩が由来する。予測不可能な時間の性質より、系譜的で言語的かつ社会的に受け継がれてきた反復の方を社会は好むのである。同じ顔や名前、同じ所有者や財産が永続する状況下で、性交や死が反復されることを集団は望む。

注解二、政治への情熱に宿る秘密とは、時間を掌握することではなく、繁殖を掌握することである。

79　都市国家《ポリス》

「ポリス」という語を「時間秩序における、死すべき者による集団」とジャン・ジェルソンが定義したのは、はるか昔のことだ。それは、「王子、貴族、聖職者、町民、商人、職人、羊飼い、土地を耕す人間たちを集めたものが都市国家《ポリス》である」、とクリスチーヌ・ド・ピザンが記したのと同じ時代（一四〇〇年代）である。

当時、身分とは出自だった。

あらゆる社会において、三つの根本的な身分が併存している。スピノザ風に言えば、それぞれ「単独者」、「希少者」、「大多数」として定義される。

＊

街や都市国家《ポリス》、都市はどうやって作られるのだろう。溝を跨ぎ超えた瞬間に兄弟を殺すことによって、だ。

どうやってそこを人で満たすのだろう。溝の反対側に住んでいた女たちを誘拐し、計画的なレイプによって彼女たちを孕ませることによって、だ。

少なくとも、ヨーロッパはその始まりからみずからの起源をそう語り継いできた。

*

ナイル川に伝わる、新石器時代に遡る漁猟の罠は、迷宮《ラビリンス》の発明に直に先立っている。魚が再び出ることのできない囲い。

ついで、オーロックスが堂々巡りするしかない簗。

人間たちの街、ミノス王の宮殿、猛獣を集めた動物園。最初の都市国家《ポリス》はどのようなものだったのだろう。それは墓だった。その都市国家《ポリス》の最初の住民たちは？　死者たちだった。

供儀の背後には、「いつ私の番が回ってくるのか」という不安が潜んでいる。

もっとも政治的な問いとはしたがって、「下顎をこちらに向けようとする過去はどれだ」、である。

＊

仏教は社会機能を本質的に悪としてみなしていた。

古代中国の道教信者たちは、反社会について論理的に追究した最初の思索家たちだった。

古代ローマ帝国末の数世紀においては、ナイル峡谷やパレスチナ、カルセドニー、シリア、メソポタミアなど中東の僧侶たちに対する強い憧れが、インドの禁欲者たちを模範とするまったく新しい生活様式、すなわち孤独を基盤とし、都市に属さず、瞑想的で非社会的な生活様式を生み出した。こうした僧侶たちは、隠遁者（社会からの逸脱者）、あるいは非都市民《アポリス》（放浪する盲目のオイディプス王風に「都市を持たない」者）、あるいは隠者（砂漠で生きる者）、あるいは世捨て人（冬眠する獣のように、地中に身体を縮めるか洞窟の奥で身体を丸める者)、あるいは孤独者(群れを離れ、死の間際に自然の中で孤独に浸る者)と呼ばれた。数年の修練期を経ると、僧院の修道院長は、修道士《モワンヌ》(ギリシア語でモノスは孤独という意味)に対して、申し出いかんでは、共同体の別のメンバーから永遠に離脱する許可を与えた。それはアベラールがラテン語で書いたとおりである。「独り者、修道士、孤独者、それは完全にひとりであること、つまり一であることだ」(*Monos unde monachus id est solitarius dicitur unum.*)すなわち、狭い個室に閉じ込められ、その扉には閂がかけられ、たったひとつだけ開かれた極小の窓から最小限の食べ物が手渡されるような生活をするか、あるいはまた、職人たちでにぎわう大通りや農民が耕す畑を捨てて、砂漠の真ん中で岩の一部と洞穴、そして穴が詰まっているか風で乾燥しきった古い雨水溜め、廃墟の砂漠に残された円柱、空っぽの墓、使われることのなかった板石、イグサの廃屋小屋、これらを伴侶とするか。隠者は沈黙の中でみずからの沈黙に身を捧げる。あらゆる社会的媒介、言語的な媒介ですら遠ざけた中での孤独の修行は、神との直接的な結びつきを望むに十分な環境だった。生者たちの住む世界から隔絶する行為は、すでにそれ自体が人間的なものを犠牲にする行為であり、それはナイフも斧も見世物の流血も戦争も必要としない供儀であった。

＊

社会の黎明期以降、社会が構築されるにしたがって人間社会の外部に向かってなされたこの驚くべき遠心的な伝統。シベリアや古代日本の巫女たち、放浪の道教信者、インドの裸行者、メンフィスの隠者、ヘリオポリスの苦行者、アレクサンドリアのテラプテス苦行者、ローマの隠遁者、キリスト教修道士、そして世界のいたるところにいる文人たち。こうした文人たちの書物では、言語が二重化される。

81

誕生《ナテイオ》

二千年経ったのちにナティオという語に結び付けられた不名誉な意味を、古代ローマ帝国時代のローマ人が知ったら、きっと驚くにちがいない。自然《ナトウラ》という言葉と同じく、誕生《ナテイオ》という語もまた、生まれるという事実に送り返される。生まれるとはまさに、遡ること数カ月前、子宮の奥での受胎をなした交尾を経て、女性器から小さな胎生動物が現れ出るという事実を指している。

ナトゥスは、集団の中に到来した時を刻む言葉だった。

ナティウィタスはゆえに、生来の苦しみを帯びた光の中へと現れ出ることを意味していた。ローマでは、ナティは両親に対置される子どもを意味する日常語として使われていた。愛情表現としてのナトゥスは「最愛の《カルス》」や「愛しい《ドウルキス》」の意味、つまり、愛する人を呼び求めるために使われる愛称に関わる形容辞である。こうした形容辞は、われわれに先んじて存在する股の間の小さな果実、常に無分別で勝手に萎えてしまうモノを想起させる。

したがって、「国家《ナシオン》」とは本来、単に時間的な意味しかもっていなかった。それは雛（子ども）たちという意味だった。ラティウムの農民たちのあいだでナティオといえば、「時を同じくして生まれた一腹の子たち」という限定的な意味しかなかった。ナトゥラリアは、母親の庇護によってこの世に生まれ《ナトゥラ》出た子世代の起源としての、男女ふたりの異なるふたつの性器を指していた。言葉というよりはむしろ、意味作用に関わるこうした変容は、時間をかけてゆっくりと涵養されていった。ヨーロッパにおける植民地主義とその特異なイデオロギー（ロマン主義、進歩、科学、衛生、優生学）が起源や始原、故郷、考古学といった概念を再構築したのは、十八世紀末のことだ。それらは生物学を生態学、系譜学を民族とみなして徐々に自己の利益に利用したが、そうしたものすべてが最後には、二十世紀の核をなした人類史上稀有なあの恐怖へと帰着したのだった。

＊

特異な経験としての孤立した生が、誕生に先行して存在する。ヒトにおけるこの根源的な孤独は九カ月続く。

社会への同化と言語の習得は誕生に続いてなされる。人間の子におけるこうした学習は数年間続く。

このように、人間性の出現は二度にわたって身体に点火される。

そして、まったく別の火床であるかのように峻別される。

一、「生まれた《ナトゥス・エスト》」を対象とするヒト科という動物。誕生を介して、ヒトはすでに存在する性別化を通じて種を再生産する。二種類の性への性別化が意味するのは、個体ひとりひとりが負う死という特異な破滅の運命である。

二、誕生に続く、集団における幼子。その幼子は、大気中に出て十八カ月経った後に無意識に学んだ「母語」あるいは「国語」によってしか作動し始めない。彼は自分のことを三人称で語り始める。そして徐々に意識的に言語を獲得した幼子は、母によって教えられたことばの「私は」と「君は」の回転ドアの内部で「自己所有者《エゴフォール》」（対話における自己《エゴ》の保持者）となる。このバトンタッチ（本当の主人はあくまでも「君」である条件下での、この自己《エゴ》の転移）は七歳ごろになされる。

一方で、セクシュアリティに宿る往古。もう一方では、言語に宿る過去。

二重の作動（わたし自身がその証人である）。二度にわたって手放さねばならぬ幼少期（ことばのない時期）。二度にわたって作動させねばならない言葉のおしゃべり。ことばの世界に生まれ出ることと、言語習得を目的として母語を自己のものとして引き受けることは別物だ。生まれた子《ナトウス》が沈黙のなかで固まってしまうこともあるだろう。退行することとうろうろ回り続けること、右と左、前と後ろの区別がこの段階においてもしあるとすれば、みずから地中に埋もれるための方策として、嬰児が退行することもあろう。その場合の退行とは、砂浜の小さな生物たちが海原の淵――海が往来を繰り返す、永遠に湿ったままの「神の道」の表面――に小さな砂のうねりを残すのと同じようなものだろう。

そこは海が「激しく打ち寄せる」場所。

この小さなうねりは歩く人の足を掬おうとする。

集団はその子を喜んで踏みつける。たとえばどんなに幼くとも、そのとき赤子は喜んでみずからの死に同意する。

*

（なぜなら、目に見える世界から守られた砂の下、時が来れば打ち寄せるはずの海水の下を注意深く進みながら、波が立てるあの疼くような素晴らしい潮音に呑み込まれる方を選ぶこともできるのだから）

誕生《ナテイオ》とは、原初の孤立状態を打ち破り、光の中で羊水袋を破裂させ、大気中の世界へと至ることによって自然光の中へと現れ出た、同じ年齢層に属する時間のことだ。孤独な身体の中に空気が流れ込んだとたん、肺から最初の叫び声が上がる。

＊

土着性の問題は国家とどう関わっているのだろう。まったく関わっていない。古代まで遡っても、何の関わりも見つからない。国土や地名、土地、祖国、「故郷」といった概念は、なぜそれほどまでに古くはないのか。なぜなら、数千年もの間、人類は定住を知らなかったからだ。捕食種は移動する獲物を追う。狩猟社会は定住しない。人間は獲物を追い、獲物は自分たちの獲物を追い、その獲物は草を追い、草たちは氷河が去った後に現れ出た大地を追ったのだった。

＊

ある日のこと、わたしたち（「わたしたち」とは、一九六八年三月二十二日以前の、ナンテール大学の学生を指しているが）に向けての講義中に個人的な打明け話をほとんどすることのないエマニュエル・レヴィナスが、突然オデュッセウスとギリシア人、そしてジョイスに激しく食ってかかったことを、わたしは覚えている。

「彼らはみな、家に帰りたがっている！」、と彼は叫んだ。「わが家にいることがそんなに良いことなのか。存在論が栖という意味でみずからの起源に立ち戻るなどと主張できるのか。プラトンですらわが家を望んでいたなど？」

おそらくわたしはエマニュエル・レヴィナスの言葉を正確には伝えていないかもしれない。だが、その声の抑揚の激しさは異様だった。それはわたしを今でも興奮させる。わたしを感動させる。わたしは単に思い出を書き記しているのではない。そのときのわたしには、本当に師が立ち上がり、大講堂を出て、わたしたちを見捨ててヨーロッパの最果てに去っていくかのように思われたのである。

82 フラウ・クラインマン

『人権宣言』第三条には次の文章が明記されている。「あらゆる主権の淵源は国民にある」『人権宣言』は、人間のあいだで繰り広げられる国家同士の争いを人権の原則として交付した。

＊

ヴェルナー・ショーレム〔一八九五―一九四〇。ドイツの政治家〕は息子たちを家から追放した。

そのとき彼はこう言った。

「おまえたちは愛国者ではない。国が戦争に巻き込まれようというときに、ドイツを離れようとするなんて、恥を知れ。われわれの国がフランスの脅威を受けた第一次世界大戦のあいだ、おまえたちの祖先であるユダヤ人の数多くが戦死したのに」

このように息子たちを呪ったあと、ヴェルナー・ショーレムはブーヘンワルトで死んだのだった。

＊

一九三〇年、フロイトは完全に常軌を逸した恐るべき次の一文を残した。「たとえ現存の文明の中で居心地良く感じられないにせよ、古代ガレー船の漕役囚や大虐殺《ポグロム》に瀕したユダヤ人の立場に立つなど、どう考えても無理なことだ」

＊

一九三三年の初め、フラウ・クラインマンは息子のアウグストに向かってこう言った。

「誰の助言も聞いてはいけません。さあ、ここを去るのです。どこかへお行き。行っておしまい」

83

マルクス・アウレリウス帝は、独楽あそびの最中に、独楽が帰ってくることだけを好んだ。

いつでも戻って来る独楽。

際限なく戻って来る独楽。

フロントが伝えるところによると、帝の側近として奉仕していたある日、文法の学校を視察したことがあった。苦労しながら文字を学んでいたひとりの幼い生徒に向かって、帝は独楽を差し出すように命じた。子どもはしぶしぶ独楽を帝に手渡した。フロントはこう続けている。蝋板の上に左から右へと線を書き込みながら文字を習っていたまだ幼い子どもから奪った独楽を、ローマの王は決して持ち主に返さなかった、と。

84　愛国心のおもちゃ

「愛国心のおもちゃ」と題した論考をメルキュール・ド・フランス社から出版した後、一八八九年、レミ・ド・グールモン〔一九五八―一九一五。象徴主義時代のフランスの作家、小説家、ジャーナリスト、美術批評家〕は国立図書館の管理人の職を失った。

85　故郷への憧憬《デ・デシデリオ・パトリアエ》について

人類にとって、定住は国《ナシオン》を定義する構成要素にはならない。

キリスト教徒たちは、「あたかも外国で暮らすように」という見事な表現で、この世での人生を生きるべきだと主張する。

外国での滞在を意味するギリシア語はパロイキアである。パラ－オイキアは家《オイキア》そのものではなく、家の「脇にある」建物《いえ》を指す。すなわち、厩舎や干草置き場、豚小屋、羊小屋などである。パロイキアというギリシア語がラテン語の「パロキア」になり、教区《パロキア》はフランス語の小教区《パロワス》となった。このフランス語からは、それが示す区域が不安的な場所にあり、その場所が一時的なものであるという性質をもはや想起することはできない。

フランス語の小教区《パロワス》という語が意味するのは、「キリスト教徒にとっては国家も故郷も存在しない」という事実である。キリスト教徒が認める唯一の街は天上にある。キリスト教徒が生きるのを願う場所は山の頂はおろか、その頂の上空を舞うハゲワシたちよりもさらに上空、あるいは鳥の飛翔を位置付ける星たちのさらに上空にある。地上にあるのは移民の苦しみだけだ。砂漠の隠士たちはもともと僧侶であったが、その後隠遁者となり、小教区《パロワス》の意味について徹底的に思索した。彼らは「脇の家《パロイカ》」を「仮の滞在場所《ディアゴゲ・プロスカイオス》」として定義した。数時間程度の休息を取る場所。ある日の休憩地。彼らはまた、正義の人の「脇の家《パロイカ》」と悪人の「出張所《カトイキア》」を対置させた。純粋な偶然によって日暮れどきに得た宿と、自分たちが所有しない土地（なぜなら、創造者だけが唯一のこの世の真の所有者なのだから）に対して異教徒たちが行った強制的で独裁的な植民地化を彼らは区別した。異教徒たちのつねにでたらめな主張を通じて、自分が暮らす土地に根付く土着民たちに対抗して、キリスト教徒たちは、いたるところでみずからを流浪の存在《ノマド》――彼らを灯す火も、彼らの住む場所もこの世のどこにもありえない――として主張したのである。僧侶たちは次のように主張した。キリスト教徒はアブラハムのようでなければならない、と。サラが息を引き取ったとき、アブラハムとサラはエジプトにいた。そのとき、アブラハムは隣人たち向かってサラのための小さな墓を立ててくれるよう頼んだ。彼はヘトの息子たちに向かってこう頼んだ。

「あなたがたのもとで私はゆきずりの外国人にすぎません《ペレグリヌス・スム・アプド・ウオス》（*Peregrinus sum apud vos*）。私の愛する人を葬るための、ほんのわずかの土地を分けてください。私自身はここに身を落ち着けません。ただ苦しみを隠したいのです。私の妻をハゲワシたちから守る許しをただあなたがたに乞うているのです」

境界

人間の顔の中にある死点に話を戻そう。表情《ウルトゥス》とは禿鷲《ウルトゥル》に与えられた場所だ。人の顔の中心部に向かって猛禽がその嘴の一撃を穿とうとするあの秘密の点に、画家ジャコメッティ〔一九〇一―六六。スイスに生まれた彫刻家、画家〕は取り憑かれていた。

この一点、すなわち人間の顔の中でこれほどまでに胸を突き刺すその一点に身を捧げた画家たちは多い。

ヒロシマの破壊に続いたあの午後、人間の顔にあらわれた「進歩による大禍」を人々は目の当たりにした。

人々は八月の熱気の中をさまよっていた。自分たちを襲った悪の性質を彼らは知らなかった。地球上に人間性が復活したというよき知らせをもたらすために、広島市民の頭上に落とされた「リトル・ボーイ」という名の爆弾の脅威を生き延びたという事実を、彼らはまだ知らずにいたのである。桟橋では黒くなった影たちが一列に並んで座り、互いに触れ合うこともなく、ほとんど裸の状態で佇んでいたが、身体はみな浮腫んでいた。中央広場では、歩道の上に屈みこんだひとりの母親が、背中の皮膚がだらりと垂れ落ちている幼子を膝に抱いていた。母も子も身動きひとつしなかった。ふたりは沈黙のなかで完全に不動のままだったので、実際にまだ生きているのかはまったくわからなかった。親子の前では、羽を焼かれた数千羽のひばりたちが、飛び跳ねながら地面に蠢いていた。

87　ジョン・ホートン

ジョン・ホートンによる三つの定義。

死に至るまでけしかけられた《ボイテッド》熊や猿、馬のことを、ジョン・ホートンは一六九四年に「スポーツ」と呼んだ。

翼を切り、鶏冠を剃り、脚に鉄製のけづめを付けた二羽の雄鶏を互いに戦わせるために作られた闘鶏場のことを、ジョン・ホートンは一六九四年に「コックピット」と呼んだ。

一六九四年、ジョン・ホートンは「スポーツ」での終了を「ノック・アウト」と呼び、ある裸の男が床に倒れ、二度と起きない瞬間に、戦いが「終わる」ことを宣言した。

88　恐怖政治

サン＝ジュスト〔一七六七―九四。フランス革命期の政治家〕は最初、恐怖《テルール》の代わりに不安《エプヴァアント》という言葉を使った。サン＝ジュストは次のように言わんとしたのである。「激しい不安を国家領土全体における優先事項にするためには、兄弟愛などという考えは捨て去るべきだ」

バレールがポスターを印刷し、そこに次のタイトルを書き込んだ。「優先事項は恐怖だ」

それからしばらく後の一七九三年九月五日、国民公会の議員たちも（午後中をかけて）「国家」が危機にあることを認め、バレールが公安委員会の名の下に行った提案に従うことを決定し、秘密裏での蜂起の危険について演説し、声高にこう宣言した。

「恐怖を優先事項としましょう。そうすれば王党派も、穏健派も、そして反革命主義を唱えるすべての下衆どもたちも、みな一斉に消滅するでしょう」

そして、一七九四年、ロベスピエール〔一七五八―九四。フランス革命期の政治家、弁護士。恐怖政治の立役者〕が次の決定的な議論を投げかけた。

「恐怖なき美徳は無力である」

六月十日、クートン〔一七五五―九四。フランス革命期の政治家〕、ロベスピエール、さらにはバレールらによる演説のあと、国民公会は恐怖政治《グランド・テルール》についての法案を可決した。

恐怖政治の法において、被告人の弁護は廃止された。第六条は、人民の敵の範疇を「風紀を堕落させようと試みる者すべて」にまで広げた。旧体制《アンシャン・レジーム》を否定しないものはすべて破壊された。バスチーユ全体が廃墟と化すべきものとされた。城もすべて解体されるべきものだった。キリスト教徒たちの教会も打倒されるべきものとされた。彫像や宝物はみな没収され、鋳造しなおされた。あらゆる記憶が空間から抹消された。時間ですら、真新しいものが求められた。新たな時間の始まりにふさわしく、暦も刷新された。革命的でないものはすべて敵とみなされた。

（捕食者から獲物への運動が、獲物から捕食者への運動へと逆転するような）諸場面の逆転によって引き起こされる精神の夢幻的な――動物的な――機能は、すべての逆転現象を招く。古きものの革命とは、古きものが行ったのとは逆向きに世界を構築することであり、それはつまり世界の裏側としての新世界を打ち立てることである。

民主カンプチアは貨幣を禁じ、銀行を爆破し、都市民たちはみな田舎へと送られた。あらゆる男女は平等になった、つまりみな同じ労働者として、土を耕す田舎の住民となったのである。もはや家族もなければ、個人的で私的、あるいは愛情によって養われたつながりもなかった。お前が殺さないのなら、誰かがお前を殺す。お前が密告しないのなら、誰かがお前を密告する。

＊

フランス恐怖政治とともに革命は供儀へと変容した。政治的熱情は剥き出しの状態、すなわち晒しものや見世物として人を殺める権利を得る儀式にすぎないことをみずから認めたのである。国家に固有のこの儀式は百五十年かけてヨーロッパすべての国家に広まったあと、シベリアやアジアにも拡散した。

*

古代ローマ帝国時代の紀元二世紀に書かれた『福音書』によって、あらゆる宗教の源泉にはスケープゴートのメカニズムがあるという事実が暴かれたのはなぜだろうか。

なぜ啓蒙主義時代のヨーロッパが、十八世紀のさなかに、あらゆる信仰がその本質とする殺人、どの宗教団体も事後的に告解する殺人を大胆にも認知し、地球全体を支配していた想像上の神々に対するこの恐るべき信頼を禁じようとしたのだろうか。

なぜフランス人たちによる革命は、一七九三年九月五日、こうした社会機能の秘密を地球全体に向かって宣言したのだろうか。

権力が絶対であるとき、「絶対」という語は「独裁」を意味しない。そのとき絶対という言葉は、あらゆる束縛から解かれた「無条件《アブソルトゥス》」状態を意味する。このラテン語表現は、「法から自由な状態にある君主《プリンケプス・レギブス・ソルトゥス》」としての皇帝が有する唯一無二の地位を規定していた。君主《プランス》は法に服従しない唯一の市民であり、法の此岸に在るがゆえに、彼だけがその法の保証人となる。君主《スヴラン》とは、帝国内でただひとりの「非-臣民」である。それは唯一の「非-市民」なのだ。

「無条件《アブソルトゥス》」状態は、人間社会の構造の頂点に立つ猛獣に与えられる。

皇帝に関するかぎり、いかなる後継者選びのプロセスも法によって制定されえない。というのも、皇帝はあらゆる法を免れているからである。

以上の理由から、ローマで皇帝の絶対権力の停止が望まれた場合には、その生を全うする前に皇帝は力づくで犠牲に供され、猛獣のように追い立てられたのである。

恐怖政治は絶対国家を意味する。恐怖政治において、まだ殺されていない民はすべて潜在的な犯罪者である。医学の見地からすれば、あらゆる成人は子どもである。医療カルテは患者の遺伝情報や血液型、病歴、悪徳、欠如、過剰、罰金、納税通知書、銀行通帳、依存と奉仕を示すさまざまなカード類、犯罪記録に目を光らせる。ほんのわずかの支払いに応じた途端、どんな自由も逸脱行為（疑わしく、背徳的で、自己陶酔的な浪費）となってしまう。権力は専門能力の背後で統制を隠蔽し、病気の後遺症を管理し、病いに対しては公的な監視を施し、費用のかかる逸脱や悪い食習慣、市立図書館で借りた本をインターネット上と同じように情報管理し、好みや性的嗜好を計算する。

帝国の死を弔うための黒衣を身につけた直後の、かつてのキリスト教僧たちの時代のように、あらゆる自由はふたたび罪となったのである。

＊

動物から派生した社会的時間は循環的なのだから、歴史は線状的ではない。狩猟、収穫、農業は、合図を与え、時を刻み、時間を告知する天空の星座の動きと同じように円環を形作っていた。同様に、歴史的時間も円環を描き、祝祭的かつ反復的で、季節とともに変化し、強迫的で、宗教的で、擬態的で、太陽の動きとともにあった。

定理的説明。社会は循環的であることを求める。退行が社会に住処を与える。血塗られた恐怖が社会を再構築する。なぜなら、恐怖自身も社会の内部で復元されるからである。社会の機能は理知的ではない。その誕生は人間的ではない。隠されたダーウィン主義（それが生の見取り図であるとか自然の意図であるとはわたしは言っていない。人がその周囲に集い、群れを作るための見取り図とか意図という概念は、すでに社会的欲求に呼応しているという事実を単に暗示したいだけである）――それもまたこうした恐怖の一部ではあるが――を嘆くだけでは十分ではない。なぜならわたしたちが生きている社会がそれを準備したからだ。毎日、黄昏が来るたびに、一九七五年四月十六日の太陽が沈んでいくのが見える。簡潔にこう言うべきなのだ。この恐怖はいつ何時でもわたしたちを待ち伏せしている。というのも、それがわれわれ自身の顔なのだから。

89　別世界へのパスポート

ある日、大地そのものが空間上の一国家《ナシオン》となった。

そして、別世界に赴くためにはパスポートが必要となった。

一六六一年にパリで出版された『罪人たちを目覚めさせる天のらっぱ』という書物の中で、アントワーヌ・イヴァン神父はこう書いた。「ついにあなたがたは別世界への国境である死までやって来ます。そこでは天使と悪魔があなたがたの行く手を阻み、あなたがたを検査します。あなたがたの持ち物すべてが調べられます。あなたがたの精神、あなたがたの心、あなたがたの良心、あなたがたの思想、あなたがたの言葉、あなたがたの作品、あなたがたの怠慢、すべてです。そして最後に、彼らはあなたがたに教会のパスポートを見せるように言うでしょう。そのパスポートこそ、あなたがたが犯したすべての罪を放免するものです。それなくしては、あなたがたはもう終わりです」

＊

証明書をもつこと。証明書へのこうした関心は、われわれより前の時代においては説明不可能なものだった。アレオパゴス会議の委員会の前で証明書を見せるソクラテス。ガンジス川のほとりで彼を囲む罪人や隠者たちにパスポートを見せるブッダ。イエスがピラトに証明書を見せると、

「お前は王なのか？」

「あなたがそうおっしゃるのでしたら」

＊

新奇で苦痛をもたらす新たな意味が、近代人によって「紙《パピエ》」という語に与えられた。それは、身体の近くにあり身体に関する、身体の存在を紙面に刻んで証明する書類《パピエ》だった。一五三九年、ヴィリエ゠コトレの勅令により、教会区への登録、教会区ごとの戸籍台本への登録、洗礼、婚姻、死亡記録を介して、年齢分けされた組織が国によって支配されることとなった。一七九二年、教会区への登録が市への登録となった。十九世紀には、誕生の記録が洗礼の記録に取って代わり、それ自身もまた行政管理による個人番号登録へと変貌した。証明書の上では顔が写真撮影され、家系的な呼称が証明書発行地の県庁所在地の警察によって証明される。市民は使用言語と性別、身長、瞳の色、血液型、職業によって識別される。

＊

もっとも素晴らしい作家は、頁の上の存在者たちだった。ヴァルター・ベンヤミン〔一八九二―一九四〇。哲学者、美術史家、批評家でフランクフルト学派のひとり〕、ヴァルター・ハーゼンクレーバー〔一八九〇―一九四〇。ドイツ表現主義の作家〕、シュテファン・ツヴァイク〔一八八一―一九四二。オーストリア出身の小説家、劇作家、伝記作者〕たちが自殺したのは、西洋におけ

る身分証明書への突然の執着のせいだった。身分証明書を前にしては、彼らが人生を注ぎ込んだ紙の本など破壊されるしかなかったのだ。

エルンスト・トラーは首を吊った。

カール・アインシュタインは小石をつかむと、オロロン川の激流に身を投げた。

90　故郷喪失《ハイマートロージヒカイト》とシャーマニズム

ありうる世界などここにはない。

わが家《ハイム》、ここ《ヒク》、家庭《ホーム》、これらは地上にはない。

人間の姿をした者にとって地上にわが家などない。

孤独にとっての時間だけが存在する。

生から死への旅路は、誕生によって接合されたふたつの世界から生じる苦悩のなかでの復活祭である。

それは言語を絶した探求であり、その探求の誰何は動物世界から生じている。

わたしがこの世でもっとも愛する猪が野生環境で豚のような頭を現す現象は「耳をそばだてる《ショヴイール》」と表現された。この単語はもう存在しない。かつてこの動詞が意味していたのは、頭を動かすことなく突然首を硬直させ、耳をそばだてて、顔を空に向けて呼吸や匂い、声を感知しようとする態度だった。

その後、長い時間をかけて、この動詞は遠くの不穏な動きや異音に耳を傾けるという意味になった。

不気味なもの《ウンハイムリヒカイト》、隠れ家《ハイムリヒカイト》、故郷喪失《ハイマートロージヒカイト》、これらはみな家《ハイム》という語を内包している。

言語的秘匿性（唯名論）、内的秘匿性（秘められたセクシュアリティ）、領土的秘匿性（政治的逸脱）、これらは、世界の姿というよりはむしろ流謫の姿で、誰しもが孤独の状態で現れ出て大地に付け加えられる。

＊

沈黙と闇に彩られた平穏な夜をわたしは毎晩、愛した。わたし自身の人生よりも古い隠れ家。まだ幼い頃、暗がりの中で食事をする許可をどうやって家族から得られたのか、わたしにはわからない。御し難いなにか、激しい怖れ、一種の誰何状態、これらは当時わたしが感じていた生きることへの困難に結びついていた。当時、わたしの能力と不安、そして全集中力は、家族という多の権力を課し、あらゆる事物や存在に言語的支配を及ぼそうとするものすべてに対して、生来、反抗するようにできているようだった。わたしを惑わし始めるとともに、独りでいることを可能にした数々の行動や癖に対する非難の裏をかくことを、わたしは少しずつ学んでいった。

＊

その後、危機を乗り越え、社会的・政治的成人を迎えたのちに、わたしは非社会性の原初的性質をめぐる思索を深めようと考えた。そして、歴史的時間の始まり以降に存在したあらゆる逸脱の例を蒐集し、分析した。

そして、自然に反するもの、あるいは少しばかり精神病理学的であるかアノミー〔社会秩序や価値体系の崩壊、または自己崩壊や崩壊感覚を示すことば〕的なものとして教え込まれたこの運動が、実は起源そのものであることをついにわたしは発見した。

最初の社会的専門化（シャーマニズム）からしてそもそも排除であり、矛盾であり、アノミーであり、周辺だった。動物や野生、孤独、起源の側に残った者は残りの人々を連帯させ、彼らの敵となった。シャーマンは世界の周縁に属していた。巫師は悪い運命の糸を解く。そして魔術にかけられた者を解放する。

*

この世に姿を見せるあらゆる形象の背後には、力に満ちた反世界が隠れている。（血液や精液、呼吸、風、激流、潮、暁に込められた）力によって、自然界の中に形態的な存在のフォルムが現れる。山の内部から噴出する火山の力や、嵐の中で波を立てる大洋、晩秋のますます深く長い夜の中で精液を高々と噴射するさかりの牡鹿の精力、春の到来とともに一気に芽吹き、いっせいに成長する木々や藪、葡萄の幹の力をつかむべきなのだ。

狩猟の獲物の減少、繁殖の不能、砂漠、不能、飢饉、不幸、病、死、これらはすべて、そうした力の欠如をあらわしており、力に満ちた原初の世界へと立ち戻ることによって力を回復しなければならない。彼方、そう、目に見える世界の彼方、既知の世界の彼方の誰も知らない場所や、冒険に満ちた森の中、起源の場所、皮膚の内部、心の奥、胎内、洞窟の中へと、ここにはない力を探しにいかねばならないのだ。

*

「シャマン」は依り代を意味する古ツングース語である。死とは、大地から天に届くまで大きく開かれた動物の顎だ。死は拐う。病は拐う。魂は盗まれる。だから盗まれた魂を見つけてそれをもとの場所に戻さねばならない。シャーマンはこうした誘拐をひとりで解決する専門家である。たったひとりで死者のもとへと赴き、奪われた魂を抱きかかえながら死者の国からひとりで——というのも、人が夢見るときはいつもひとりだから――戻ってくる。

*

尖筆《スティルス》、ペン《スティロ》、小さな依り代たち。

魔女は若木、ペニス、指、タン皮、帚に跨がる。それらは妖精の杖であり、生のお守りであり、イナウ〔アイヌ語で、神道の御幣に似た、棒状で先端に装飾のついたシャーマンの道具を指す。神や魂が宿る依代であるという説と、霊魂の乗り物であるという説がある〕であり、通行手形であり、依り代である。なぜなら、太古の時代にそうであったように、「あちら」の世界に旅することで「こちら」の世界の秩序を再び回復することができるのは、ひとりの「女性」なのだから。

それが女性である理由は、起源が女性だったからだ。さらに言えば、女性である以上に母であった。起源における女性は包み込む〈皮膚〉だった。覆い隠してくれるロバの皮、世界に降り注ぐ陽光のドレス、姿を変える月と移ろう時間のドレス。包み込む肌であった女性は、狩猟で得られたあらゆる動物の皮を縫い合わせて纏っていた。髪には鹿の角を飾っていた。眠りのなかで夢を見る脳内の住人のように、女シャーマンは目に見える世界を去って、目に見えない世界へと赴く。服従を捨てて野生へと戻る。

それが男性なら、彼は狂人だ。というのも、その際には狂気だけが、男がこの世の外へと旅をし、野生の力によって身体を傷つけられたという事実を人間集団が容認する唯一の理由を与えるからだ。彼は傷を負った。手足を切断された。苦しんだ。禁じられたもの一切を貪り食った。旅をした反世界から秘儀を伝授された。彼は常にみながしていることと逆のことをする――、にもかかわらず、彼は生き延びたのだ。

*

ジュニス族では、シャーマンは「反対のもの」をあらわす（彼らは「反対のもの」、「逆のもの」と呼ばれたが、その理由はやることなすことすべてがあべこべだったからだ）。

スー族では、雷に打たれた男だけに雷神である鳥を捕らえにいくことが許された。

カラシュ族においては「変人」と呼ばれる。

小石の堆積する森の麓の、影と光の境目にある砂地のひんやりとした部分に描かれたあの見事な壁画のある地域、モロッコ辺境のアトラスでは、「社会不適合者」と呼ばれていた。

こうした呼称はすべて、領域に対する同じ周辺、中心に対する同じ辺境、集団に対する同じ排斥を意味している。

シャーマン、妖精、預言者、魔女たちはみな、複数の世界の境界（可視世界と隠された世界、人間界と動物界、男の世界と女の世界、羊膜の世界と大気の世界、生者の世界と死者の世界の境界）を馬乗りになって旅する。

＊

雲の中や森の中、荒れ地や断崖の淵を馬乗りになって飛ぶ女たちの姿に、中世は取り憑かれていた。実のところ、ローマ帝国末期の教会法には「呪いをかける女」や「魔女」への言及はなく、ただ「ディアナやヘロディア、ヘロディアアナ（古ノルド語では、ダイーン、ヘレダイーンであるが）のお伴をして夜の間じゅう何時間も獣を馬で追い立てることを生業とする女たち」についての記述があるだけだった。

こうした女たちがみせる興奮状態は「旅」と称された。

「アム・ストラム・グラム・ピック」という子どものはやし歌のフランス語の続唱部分に、「エムストラン・グラム」というシャーマンの太鼓をあらわすシベリア風リズムがいわば手つかずの状態で残っている事実を発見した日、わたしは本当にびっくりした。
狼に対する古い呪文(狼は古ノルド語でグラムという)を展開させると、次のような形になる。
エムストラン・グラム
ビガ・ビガ・イック・カル・グラム
ビュル・ビュル・イック・レド・タン
エムストラン・グラム
モス!
タン皮とは運命の杖のことだ。
古ノルド語の「タン」は、古フランス語では妖精の「小枝」を指していた。
古ノルド語の「グラン」あるいは「グラム」が狼を指すとすれば、「マナ・グラム」は月の狼を意味するだろう。天弓の狼は、月を追いかけ、月を食べてしまう夕刻の星を示している。狼はなんでも食い尽くす地獄の獣なのだ。地獄すなわち「ヘル」、「ヘルキン」である。現在でも使われているフランス語の「種《グラン》」という語は、『狐物語』に登場する大食い狼を意味するイセングリムスという言葉の中に見出すことができる。さすれば、呪文を次のように逐語訳することができるだろう。
いつでも強者の狼よ
こっちへ来い、こっちへ来い、とわたしは呼びかける
おいで、おいでと魔法の棒に命じる
いつでも強者の狼よ
さあ、食べてしまえ!

91　（狼とともに吠える）

狼とともに吠える〔直訳すると「狼とともに吠える」という意味になるが、「付和雷同する」の意で用いられる〕。この表現の意味はフランス語に限定されない。それは前史的な表現だ。旧石器時代の表現でもある。この表現は、狩猟の発明と同じくらい古い。それはシベリアやバイカル湖のように広大だ。狼とともに吠えないことが、社会生活で真に禁じられていた唯一の事項だったのだから。

民主主義とは、過半数の吠える狼が全員の吠声を指図すること。

道徳の本質とは、他の狼たちとともに吠えない者が彼らに食われること。

*

みずからの支配力を増大しようとする人々によって構成される一体化した集団と、起源を求めることによって前者の支配力を断ち切ろうと欲する、前者よりはるかに少数の集団（ぼろぼろに痛めつけられ、脅迫されて潰走した人たちの集団）を対峙させるのは、前社会的な極化である。

市街地への憎悪は歴史の早い時点ですでに始まった。その憎悪は村落の発生とともに始まったに違いないとはいえ、囲炉裏を中心として集まった部落に対するこうした嫌悪は、そもそも部落の発生以前に端を発するのかもしれない。なぜなら、旧石器時代に描かれた洞窟壁画のなかに、群居性と単独性の対立を読み取ることができるからだ。

気難しく獰猛な野獣に対抗するかのようにして飼いならされた火が燃え盛る最初の竈の発明以来、あるいは、モンティニャックに壁画が描かれ、トーラーや河南省に最初に井戸が掘られて以来、独り者は死ぬ運命にある。名もないひとりの男が両手を頭上に掲げ、人間の根源を目指して仰向けに頽れる。ヤコブは兄弟たちから逃げねばならなかった。荘子〔紀元前三五〇—二七五頃。古代中国の思想家〕は隠遁した。エピクロスも隠遁した。プリニウス〔紀元一世紀頃。政治家、博物学者〕も隠遁した。聖バシル〔三二九—七九〕も隠遁した。ティベリウス帝〔アウレリウス・アントニウス・ヘリオガバルス（在位二一八—二二二）の死後の呼称〕ですら隠遁した。

偉大な神秘主義者たちはみな偉大な落馬者であり、仰向けに頽れた者たちであり、偉大な獄囚たちであり、偉大な破門者たちである。師アベラール、マイスター・エックハルト、アントワープのハドウィッチ〔十三世紀フランドル地方に生きた神秘家で女流詩人〕、リューズブルック〔一二九三—一三八二。ドイツ神秘主義のひとり〕、十字架のヨハネ〔一五四二—九一。スペインのカトリック司祭、神秘主義者〕。

なにも隠遁者や非社交的な人間、非言語習得者、子ども、野生児、自閉症患者たちだけが人間らしい可能性を作り出すと言いたいわけではない。わたしの関心の対象はむしろ、無尽蔵に流出し続ける動物的な源泉とはなにかという問題だ。

つまり、あたかもそれが誕生の瞬間と同一であるかのようにして、感動のさなかに「落馬させようとする」もの、言い換えれば一体何によって、誕生後に生じた繋がりが突然に断ち切られ、集団的空間にあるみずからの場所を捨て去るように仕向けられるのか、という問いである。

92　パウリヌスとテラジア

帝国内の最重要人物のひとりでローマの富裕層の中でももっとも裕福な人物、ラティフンディウムの巨大な地所の所有者かつ属州全土の主人、さらには旧執政官でもあったパウリヌスが、齢四十歳にして都会での社交生活から退き、全財産を分与して世間から身を引いたという噂がローマに流れるやいなや、世襲貴族《パトリキ》たちはみな眉をひそめて彼を非難した。

名家の後継たる者が先祖の支配した世界をみずから手放したとなれば、西方や北方から国境に押し寄せる蛮族たちに脅かされたこの帝国は一体どうなってしまうのだろう。もっとも勇敢な者が武器を手放したとしたら？　もっとも富める者の離脱が顧客の離脱を招き、管轄地である属州を破滅させてしまったとしたら？

時が経っても、この若き元老院議員に対する人々の憎悪の感情が静まることはなかった。

それどころか、自分に対する恐るべき敵意が日増しに膨らんでいくのをパウリヌスは感じた。

駕籠と馬を手放したために徒歩で通りを歩く彼をめがけて、殺意の込もった欲望が小石を投げつけさせた。

彼が通り過ぎた後に、背中に向かって地面に生唾を吐く者もいた。

「罪人であるパウリヌスとテラジアよ……」という感動的な文章が記された、彼への手紙の冒頭。

罪人のパウリヌスとテラジアよ、われわれはあなたがたを愛しています。しかし、大切なあなたがたに別れを告げる時がとうとう来てしまったのです、云々。

＊

隠遁者となった世襲貴族が屈辱を晴らすのに長い時間はかからなかった。

四一〇年、遠くでうなるような物音をパウリヌスは聞いた。物音は止まず、それは谷の下から昇ってきた。

葉を編んだ小屋からパウリヌスは外に出る。

好奇心に駆られたテラジアも、夫に続いて外に出る。

すると、怖気づき、悲惨な様子で腹をすかせた逃亡者の大群がノーレへの道をやってくるのが、ふたりには見えた。そして、アラリクの一団が馬に乗って現れ、領地の収穫を踏み散らし、田舎の屋敷で略奪を行いながら、幽閉された都市を占拠し、都市の周辺地域や属州領地に次から次へと火を放って行った。

＊

すべてが無と化したとき、聖パウリヌスが目にした光景のうちで、彼を本当に悲しませたものは何もなかった。

真紅の縁飾りのついたトーガを再び身に纏ったパウリヌスは、元老院で議員たちに向かって「元老院議員たちよ、わたしは時代を見捨てた」とは言わなかった。

あの素晴らしい「時代を放棄する《サエクロ・レヌンテイアーレ》」という表現は、紀元五三三年にしか遡らない。この表現はハドリアヌス帝の勅令の中に登場した。この勅令がローマ法典に書き写され、それが記録されたのである。この表現の素晴らしさは、「時代を放棄する」という表現が「時間を放棄する」のではなく、「歴史を放棄する」ことを意味する点にある。

それと同じように、この世の俗心を捨てるとは、この世を去るという意味にはまったくならない。「もはや生きてはいない」という意味ではない「この世での死」がある。

放棄する者はそれまで彼が従事していた奉公に同意しなくなるだけで、彼の意志は生を断つことではない。ただ単に任務を放棄するだけだ。

放棄するにあたって、放棄はまず軽蔑から生じ、その後、集団を見捨てたという気持ちが生じ、最後に、あらゆる束縛へと彼を呼び戻そうとする人間たちから勝ち取った、奇跡的な自由の感情が生まれる。

*

「時代を放棄する《サエクロ・レヌンテイアーレ》」というこの表現は、中世には四種類の様態であらわされた。社会を捨て、社会で演じていた役割を放棄すること。生者の審判をよしとせず、この世のいかなる権威も認めないこと。独身を貫くか純潔を全うすることで、系譜学的な後継者による継承を断ち切ること。地位や褒賞、富、肩書き、墓標、記念碑を得るための競争を放棄することによって、世俗的かつ政治的、軍事的、文化的な輝かしい歴史の語りをずたずたに引き裂くこと。

＊

なぜなら、雪の重みでしなる竹のように、人々はみな名誉の前で危険なまでに身を屈めているからだ。

93　時の経過《プラエテリテイオ》

時間とは、虚無が生者を召喚する奇妙な審理である。『コリント人への第一の手紙』第七章二十九節で、パウロはこう書いている。「妻を持つ者は、あたかも妻なき者のように生きなさい。なぜなら今ある世界は過ぎ去るものだからです」（*Et qui habent uxores, tanquam non habentes sint. Preaterit enim figura hujus mundi.*）この文章は、「家は燃えています！　さあ、行くのです！　ここを離れなさい」というインド仏教の教えにも相通じる。また、次のような道教の教えにも通じるだろう。「真に純真な者は、いかなる痕跡も自然に残してはいけない。みずからが見つめるものを汚してはいけない」また、「みずからの子孫に至るまですべて飲み込みなさい。この世に生きる者は、まるで生の使い道を知らないかのようにして生きるべきなのです。というのも、生は常に空の彼方へと消えゆくもので、その姿もまた、われわれの存在の始まりと同じ、姿なきイメージのように消えてゆくのですから」、というタントラの教えにも通じるだろう。

このように、宗教的体験は世界の消失を望む。

だから、復活を発明した使徒は地上を過去で埋めつくしたのである。

「なぜなら今ある世界は過ぎ去るものだからです」

彼は「過去」としての世界を広めた。

「つねに過ぎ去る」が世界の有り様である。

破壊が彼らを死へと駆り立てる。

人間存在全体に固有の様態は汎過去である。

＊

平和だった日付を一体誰が覚えているだろうか。平和の日付は記憶されない。復讐と記憶は違いに愛し合う存在だ。交差点の赤信号のように、血にまみれたものが目印となる。社会はいつも死者たちを崇拝する。系譜学も過去しか考慮しない。そもそも過去以外に系譜学が一体何を考慮できるというのだろう。時の経過《プラエテリテイオ》は、単に時の流れの中を目に見えることなく過ぎ去るだけではなく、真の遺産に属するなにひとつとして遺言書に記さないことを意味する。

＊

証人は「遺言する《テステ》」。ゆえに、「遺言を取り下げること／忌みきらうこと《デテステ》」とは、遺族たちからことばを取り上げるという意味になる。

「聖なるものを嫌う《サクロルム・デテスタテイオ》」は、証人の前で作られた「先祖の像《イマージュ》」（イマージュとは先祖の頭像のこと）による先祖供養を声高らかに否定することだ。

仮に「証言すること《アテステ》」が、神に対してなされる祈りを聞き届けてもらうために神々を証人に取るという意味なら、「遺言《デ》を取り下げること《テ》／忌《ス》みきらうこと《テ》」は、証言された内容を考慮しないようにと神に懇願し、それから目を逸らすよう神に忠告することを意味するだろう。

テスタは「頭《テツト》」だ。テスティスとは、「睾丸《テスティキュール》」と「証人《テモワン》」、指示対象、「テスト」を同時に意味する。テストというラテン語の語源はトリスティス、すなわち第三者の人（コロス、会衆あるいは神）という意味である。「証人《テストル》」は民の集会や神殿、あるいは神の前で「証言《テスタメン》」を行う。生き残った者はスペルステスと呼ばれる。それはおぞましい恐怖（目を逸らすしかないような恐怖）を乗り越えた（通過した）証人だ。スペルステス（敬虔で迷信ぶかく、生き残った者）とは、死によって封印された「遺言の板《タブラエ・テスタメンティ》」を携えた者という意味でもある。

*

あらゆる人間の身体に宿っていたはずのエロティックな始原が社会から放逐されたのは奇妙なことだ――奇妙なのは、その現象が世界共通だからだ。小説の中では誰も食事しないし排便もしない。性交や飢餓は過去のことばとなった。それが汎過去である。人は社会の構造的な断末魔を祝祭によって癒す。人間世界における祝祭とはつねに死の儀式であり、そのたびに儀式の参加者が貪り喰う獲物とは別の何かが言語を通じて伝えられると思い込んでいる。ときとしてそれは社会全体に関わり（戦争や人種差別、十字軍）、ときとして集団の一部に関わる（笑い、供儀、愛）。飢えた捕食者の前に常に投げ出される獲物か血まみれの雑巾。無秩序が制御不可能なまま拡大してゆく中で、いかにして秩序を回復すべきか。それは一人の殺された者によってである。なぜなら、死の儀式における暴力を忘れさせてくれるのはほかならぬ死者の存在だからだ。カエサル崇拝は、十七箇所にも及ぶ刀傷を負ったカエサルの供儀から生まれた。イエスの信仰は、身体に打ちつけられた三本の大きな釘と、一突きの槍を受けたイエスの供儀から生まれた。君主制はすべて、十三世、十四世、十五世、十六世というように、指数を増やしていくことで数を増す生ける屍に依っている。仮に供儀の最初の模倣として、儀式を定義づけることが可能なら、供儀はつねに零点として記されるべきだろう。零点とはここでは言語、すなわち人間社会の機能の自己隠蔽作用を意味している。

飽満自体、飢えをみずからに隠蔽することだ。

快楽ですら、欲望をみずからに隠蔽することにほかならない。

ミサや演劇は、暴力を見せることで暴力から身をすすぎ、見せることでその暴力を復権させると主張する。

いかなる意味においてミサが欺くと言えるのか。血に染まった神の死はそこに紛れもなくあるというのに。だが、教会も儀式も、死者ですら、必死でそれを賛美歌の中に抑圧しようとする。

いかなる意味において悲劇が欺くと言えるのか。血に染まった死者たちや鋭利な剣はそこにあり、社会機能の最悪な部分と、その矛盾もれっきと示されているというのに。だが、それらを伝える文章の美しさに酔いしれて、誰もがそれを忘れてしまうのだ。

＊

社会的再生産（セクシュアリティ）の自己隠蔽は、死における性化された再生産の自己隠蔽（死亡率が時間における有性種の配合を決める）へと送り返される。

とはいえ、自己隠蔽と呼ぶよりはむしろ、「健忘症《オブリヴィセンス》」という言葉を蘇らせるべきかもしれない。知識や習慣もしくは慣習による、柔軟で、意志的で、積極的なこの意識の消去を表現するための動詞を古代ローマ人たちは持っていた。

「忘れる《オブリウィスコル》」とは、もうそれについて考えないという意味だ。

太陽も、個人の死も、両親の性交も、社会の基盤となる殺戮も、すべて人類が規定したものではない。

「カエサルは十七もの刀傷を受け、そのうち鼠蹊部に達した致命傷は彼の息子によってもたらされた」とは誰も言うまい。人はただ「ローマの平和《パックス・ロマーナ》」と言うだけだ。

＊

秩序はみずからの「非－秩序」からその突発的な起源（秩序とは突発的な起源への反動なのだから）を考えることはできない。起源における完全に偶発的で無秩序な暴力を、みずからの「平和」から考えることもできない。

差別を受けた者は、差別者の眼差しをもたない。

セクシュアリティが潜在的なままの子どもは、馬乗りになって精子を撒き散らす父の生殖器の勃起について考えることができないし、子を受胎する場面での、拡張する母の生殖器の中に父の種子が混入するさまを考えることもできない。その場面を想像すること自体、性の世界に触れたばかりの思春期の少年少女が一番忌み嫌うことでもある。

思考はその源泉の前で消滅し、源泉を見失う。

暴力が市民全体に広がることを阻止した人間を犠牲者として貪り喰うことによって、暴力はみずからを食い尽くす。回顧はみずからを省みることによって、みずからが再構築される場面を変容させてしまう。

意味を生産した記号表現《シニフィアン》を意味が覆い隠す。

それ自体厳密には無意識とはいえない、自動運動的な小さな軌道の中で、人間社会はみずからの起源である動物社会の状態にとどまっている。
供儀を基盤とする人間の文化には、季節の巡りに支配された循環的な自然が内在するものの、その自然が社会を支配している事実も、その自然が何であるかも理解しないまま、社会は暴力の中で自然に譲歩する。

*

社会には逆言法が。
個人には無意識が。

*

社会に抗する闘いを——捨て身で——挑む必要がある。とはいっても、一人で全員を敵に回すべきではない。伸ばした手を小石で一杯にして、みなが一斉に狙いをつけるスケープゴート、結局は社会の連帯を保証することになるスケープゴートになる必要も一切ない。命を落としかねないような、釣り合わぬ闘いを挑む必要もない。生き延びるための秘められた生をこそ始めるべきなのだ。それは死ぬ前にラ・ボエシーが語った言葉、友人に裏切られ、モンテーニュが彼の作品の出版を断念したために忘却に呑み込まれる前のラ・ボエシーの言葉だ。それは、人間世界の大地に活気づく幸福を見極めるために、ルーペのガラスを磨き、宇宙の彼方で続く原初の爆発を凝視し、破門され、追放の憂き目に遭い、逃亡の果てに自由の身となったスピノザの姿でもある。ある種の人間は、神話を逃れて自発的な隷属を断ち切り、「全人類」の周辺をさまようのである。

94　リヨン駅

　リヨン駅のコンコース内にある、サンス方面行きのシッフルと名付けられたホームでは、貧しい人々や物乞い、非都市民《アポリス》、外国人、不定住者、座り込んでいる放浪者たち、乞食たちが警棒で叩かれ、腕を抱えて地面を引きずられ、黒い棍棒を持って真っ青なつなぎに身を包んだ男たちによって護送車の中へと引きずり込まれていた。呪われた者たちが城に着き、門番に向かってただ一言、「わたしは外国人だ」と言ったという、あのおとぎ話は一体どこに行ってしまったのか。かつて、外国人とはもっとも美しい言葉、あらゆる扉を開くことのできる言葉だった。歓待は美徳ですらなく、義務だった。地上に顔を見せる太陽と同じように、外国人は最良の席、すなわち王の右側の席に座り、満腹になるまで食べ、酔いつぶれるまで飲んだ。それから、彼は王に向かって聞いた。

「陛下、わたくしの顎が削がれ、目がひとつしかない理由をご存知でしょうか」

　すると、王は外国人の前で頭を垂れて、こう言うのだ。

「言ってください！　友よ、どうか話してください。あなたの冒険を」

95 後退《アナコレシス》、解消《アナリュシス》、分離《アプレーズンク》、民衆の乖離《セケッシオ・プレビス》

『コリント人への第一の手紙』第四章十三節でパウロは次のように書いている。「わたしたちは町の瀬死の犠牲者のようであり、この世の屑のようであり、すべての滓のようなものなのです」パウロが手紙の中で使ったギリシア語はカタルマタであった。ラテン語では汚物《プルガメンタ》と訳された。

穀物に付いた害虫や皮膚、樹皮、頭のようなもの。

ヘブライ語やバビロニア語、ギリシア語から抜け落ち、忘却されたもの。

エルサレムの不可能事のようなもの。

時間の喪失物のようなもの。

破片や汚物は「存在しない事物たち」だ。つまり、一体性の欠けた存在者たち。それらはあらゆる「分離されたもの《アポリスメナ》」や「引き離されたもの《セグレガタ》」にも似た存在、あるいは、もう一方の半身から疎外されたもの、別の性に服従しないときのあらゆる有性物にも近い。

個人的な羞恥が陥る受動性や、社会的屈辱がもたらす弱さ、孤独な瞑想が刻一刻と穿つ脆さ――これらは、集団内の勢力図、あるいは集団の連帯を強める執念深く好戦的で、群れを好む興奮状態の帰属意識やそこから生じる自尊心を助長するというよりはむしろ、人間性の条件を知るのに一役買う。

＊

煮込み料理《ラグー》という語はかつて猪を指していた。猪たちはカンカンに怒って《ラージュ》いる。金ぴかに光る伝説やエロティックな逸話、光の排出物――、こうした煮込み料理《ラグー》＝猪は、豚小屋に入れられたばかりの豚のように唸り声を上げる奇妙な破片たちである。

やっとのことで直立している事物に対して腹を立てたり、それをひっくり返そうとして躍起になる執着心は、羨望によって規定される。美しいものを破壊したいと望む執着心。自分の所有していないもの――彼の手が所有できない宝とは自然そのものなのだが――を所有者の手から奪い取り、みなの前でそれを破壊したいと望む執着心。

羨望とは、ソワソンの戦場で隊列を組んだ兵士たちの集団だ。それはデーモスだ。それは、たった一人では満たす勇気のない者たちが、飢えの餌食となってよだれを垂らして群れる姿だ。みな一緒になって一斉に黒からピンク色へと変わる者の姿でもある。そして彼らはひとつの壺を奪い合い、壊してしまう。

＊

格言とは性。

隠者とは魂。
社会不適合者とは欲望。

＊

個人は誰しも両親との絆を断ち切るという大仕事に身を割かねばならないとフロイトが断言したとき、彼が使った言葉は分離《アプレーズング》だった。なすべきこととはそれだ。主体を脱服従化することから精神分析は始まる。脱服従化した者は、系譜学的な係累関係から逸脱する。そして、社会集団内における一個人となる。ヨーロッパ的分析方法は狼を作り出す。

＊

宗教の発展の内部には、宗教を不意に転倒させる、見事で倒錯的な一点が存在する。一見すると、垂直に直立し、打ち勝ち難く見える瞬間であるにもかかわらず、その実――実際には宗教が社会を組織し、拡大したにもかかわらず――宗教を少しずつ社会から立ち退かせる瞬間が存在するのだ。仏教と同じように、キリスト教もまた、早い時期に政治から身を引き、宗教に専念し、儀式を遍在化し、信仰を国家と切り離し、そのメッセージを普遍化した。早い時期から、直接流血をみるような儀式から司祭たちを遠ざけ、教えを説く集団内での彼らの繁殖行為を禁じ、もっとも敬虔な男たちを修道院に住まわせて隠遁生活を実践し、彼らの肉体を別の肉体から遠ざけて純潔を維持し、もっとも美しい祈りの形態である純粋学問の研究に彼らの運命を委ねた。

こうして、宗教は繁華街や都市部から少しずつ後退していった。そして文明化された世界の縁に身を落ち着けて、市場からも身を引いた。神殿からは商人たちを追放した。王子たちの権威からみずからを解放した。軍事的または世俗的なあらゆる役割から退陣し、みずからが執り行っていた壮大な儀式と、空間を股にかけた広大な巡礼から自由の身となり、供儀や魔術、苦行、禁忌、神の祝福、秘蹟、悪魔祓い、賛美歌、衣装――、これらを放棄した。こうした大掛かりな事物《モニュメント》を捨てて、孤独な禁欲を実践したのちに、神秘主義者たちはついに純粋に内面化された信仰の世界へ没入したのであるが、その無限なる信仰の世界においてはいかなる服従もなかった。

この世界はもはやひとつの黒い穴、内面の黒い穴、山奥の洞窟のように非社会的で前言語的で忘我状態にある穴、みずからの起源と同じように秘められた穴、誕生の貧相な源のような穴でしかなくなった。恍惚の中に落ちる人、読書する人、失う人、愛する人――、真の愛もまた、親密で直接的な関係であり、非社会的で黒い穴であって、それは同時代人や他人の視線はおろか、愛する人の視線すら知らない。それは「私に対して私以上に親密である神」というアウグスティヌスの言葉そのものでもある。もしそうであるなら、聖なる部分は非社会的な部分に呼応する。

*

紀元一世紀にユダヤ人たちの世界は革新的に変化した。
神殿が消えた場所には学校が建てられ、読み書きが教えられた。
黄昏時の黄金の太陽もやがては夜の中に沈むように、供儀は読書のうちに消滅した。

*

独り者《スウル》、単数《サングリエ》、独り猪《シングラリス・ポルクス》、猪《サングリエ》、これらはみな、猪というフランス語の中に隠された奇妙な「往古」である〔猪（sanglier）を指すフランス語は、群れをなさずに生きる独り猪（*singularis porcus*）というラテン語に由来する。「猪」と「独り者」のつながりを示すのは、古フランス語の猪（singlier）という語である〕。

年老いた隠遁者にとっての「猪《サングリエ》」とは、煮込み料理《ラグー》や子豚、猪の子、雌豚、これらすべてに対立していた。

隠者は個人以上にはるかに根源的に独りの存在である。

集団に生きる個人以上に孤独な存在が、森に生きる「猪《サングリエ》」である。というのも、彼はもはや支配者と非支配者から成る群れの内部での主体ではなく、対決に挑む要塞戦だからだ。無愛想で強情な隠者は、人々の目からすれば、正面に立ちはだかるものが何であれ、防御の姿勢を崩さない堅固な意志をあらわしているように見えるだろう。彼は正面に現れる顔を次から次へと凝視する。生きるものの気配すべてを正面切って感じ取る。夜梟の顔のように。これが旧石器時代の「独り者」の姿である。それはメデューサでもある。数千年来、人間種の支配の陰で、繁殖を維持し続けた旧石器時代的な唯一の動物が猪だった。石灰質の荒地から森へと移動し、あるいは山を出て、わずかばかり開墾されたのちに農民たちに打ち捨てられた林、もしくは野生の豊かな場所や森へと移動しながら生き延び続けた猪の可動性、その敏捷さ、忍耐強さ、並外れた肉体、さらに、かつては「黒い獣」と呼ばれた枯れることのない動物的な精力、そして、その不動の挑戦的態度は人々を魅惑し、警戒させ、教化した。聖アントワーヌはこう言った。「隠遁者は林へと赴き、神が泥から人間を作りたもう以前から地上に住んでいた野獣たちの場所を占拠する」と。失った場所を強奪せよ。偽りの生を創造するがよい。さあ、おとり帳を開いて、捕食動物たちが身を落ち着けた場所の名と、彼らへの伝言が消える場所を書き込もうではないか。獣たちを迷わせた運命が生み出した憎悪の念を育むのだ。そしてもしできることなら、すぐさまトネリコやモミの林に合流せず、すぐさま山に登って自分の姿を晒すこともしないように。お前の姿をもっともうまく隠してくれる台風の目の中に留まるのだ。今以上に安穏に暮らせる場所を求めて、即座にこの場を立ち去りなさい。路地を次から次へと進み、裏庭から裏庭へと抜けて、サン＝マルタン運河の裏にある、パステルチョークの埃が舞うスキラ氏のアトリエに向かうがよい。植え込みとチョークの間に体を紛れ込ませるか、ビュシ通りの花屋の竹垣の後ろに身をひそめなさい。長い螺旋階段をよじ登ると、最後にぐらついたクレモニーニの屋根裏のアトリエに着くはずだ。九三年に建設されて廃墟となったタワーと穴の空いたゴミ箱、焼け焦げた自動車、動かないエレベーターと壊れた窓ガラスの間を抜けて、ルスタンのアトリエの扉を押しなさい。わたしはといえば、一切の義務から自由になるために、電話会社との契約を解除し、インターネットも止めた。冬の寒さが一瞬緩むときに窓ガラスに立つ湯気のように、メールアドレスも一瞬にして画面の中に消え去った。玄関の呼び鈴をつなぐ電線も切断した。ジェクスかベルガルド産のワインを飲みながら、季節の果物と木の実を食べた。果物の量は徐々に減り、ワインの量は徐々に増えていった。わたしは読書しながら眠り込んだ。わたしはそこにいながらにして旅をしていたのだ。ひきこもりが真の大旅行というわけではないが、大旅行とはむしろ「非‐場所」でなされるものなのだ。つまり、どこにもある片隅、壁の隅、空間でない場所、あるいは時間の中で。

　自分を守るために人々の下す審判に従うのを止めたとき、それまで自分を傷つけていたものが一瞬にして千々に裂けて消え去る。まるで陽光が差した瞬間の川面の霧のように。

96　他人の視線を拒絶しなければならない

ミス・ドレイパーはコレット〔一八七三―一九五四。フランスの小説家、女優、ジャーナリスト。『クロディーヌ』シリーズの作者として有名〕の娘を次のようにしつけた。「扉を開けたまま用を足すことがないのと同じように、男であれ女であれ、とにかく他人の前で泣いてはいけません」『社会を防衛しなければならない』の中でミシェル・フーコーはこう書いている。「政治権力への抵抗に関するもっとも肝要な点は、自己のみずからに対する関係性以外にはありません」あなた以上に幸福でもなく、あなたと同じように死ぬことを恐れている人々に対して、自分だけがつねに幸福でありたいと願う意志の中にあるのは、ある陰鬱な熱情である。ゲームの勝者であるかのように振舞わねばならないなどと考えるのはおよしなさい。その賭け金はもうすでにあなたの目の前から消えているのですから。みなが敗者であり、すべては失われていて、だからこそすべては脆く、珍しく、希少で貴重になった分だけ壮麗なものとなる。希少で離散したがゆえに、より一層輝きを増す壮麗さ。シャーマニスム、隠遁主義、カタリ派の教義、ジャンセニスム思想、無政府主義、仏教、快楽主義《エピキュリスム》、隠修生活、グノーシス主義、キリスト教修道生活――、陰鬱な表情しかないこの世界の中にも、実践すべき素晴らしい物事がかつて存在した。誰もが否定的なものを断罪する。だが、それこそが人間の宝なのだ。それは芸術の護符でもある。「否《ノン》」は世界でもっとも美しい言葉だ。第二次世界大戦と日本への原爆投下、ベトナム戦争終結、クメール共和国の終焉、そして共和派独裁者たちの曖昧で不完全でどっちつかずの最期以来、米国や英国、フランス、ローマ、ベルリン、東京、上海では、最低限ポジティヴでなくともよい、できることなら陽気でなくともよいという罪をみずからに許した。言説の特徴は差異を際立たせることであり、判断の特徴は対立項を互いに排除することであるが、その言説も判断もともに対立項や差異のあいだにある距離を無視したばかりか、涙を流して後を追う人々の恐怖を鎮める手段もないままに、シャベルを手放してみなが裸で落ちていくしかないような溝を穿ったのだ。数千年ものあいだ、社会は必要以上の周辺人《マージナル》や乞食、反逆者、徒刑囚、脱走兵、反体制派、異端者、無信仰者、アウトロー、追い剥ぎ、貧者、コンベルソ、ムーア人、ルター派、密売人、コムネロス〔十六世紀初頭、絶対主義支配に対する反乱（コムネロスの反乱）で、自治を主張した都市（コムニダ）を構成する市民の名称〕、アゲルマナドス〔コムネロスの反乱と同時代にバレンシア王国で起こった反乱で、ヘルマニアと呼ばれた職人ギルド加盟者（アゲルマナドス）たちが起こしたためヘルマニアの乱と呼ばれている〕、独身者、病人、狂人を生み出し続けた。それまで神話が担っていた役割を引き継ぐに際して、神話を受けて出現したイデオロギーが徐々に産み出した、触れることの叶わぬこの驚くべき「沈黙」に関する「考古学《アルケオロジー》」を打ち立てようとミシェル・フーコーが望んだとき、彼は、新しい壁が作られるたびにその壁が地下に拡張する溝――深くて、人為的で、体系的で、血みどろで、めまいを起こさせるような溝――を分析しようと試みたのである。西洋史における極限的な経験とは、遊蕩と狂気、夢想、そして性に関するものだった。アポロンとディオニソスの対立は、ローマにおけるバッカス祭の禁止をもたらした。理性と狂気の対立は、ルネサンス期における狂人たちの施設への収容に至った。感傷的な愛と性的な悦楽の分裂が、自慰行為と売春宿、小児愛の禁止はおろか、不規則で動物的、幻想的もしくは幻覚的なあらゆる性的実践の禁止につながった。刑務所、警察、言説の序列、知への意志、告白の義務、裁判所、施設、病院、産院、小学校、メディア、テレビ、兵役、国家——、これらはみな暴力的であり、それは他人を罠にかけてまで自分の主張を聞いてもらおうともくろむ対話者と同じくらい暴力的である。人間社会は沈黙する人間を喋る人間に変え、集団の言説を刷り込み、少数の非支配階層に対する支配階層の闘いに服従させる。そして、定住者と非定住者、家畜と野獣、去勢者と野蛮人、文化と自然のあいだの序列化へと無理矢理子どもを服従させようとする大人たちの言い分に加担することで、言語は子どもも(語らない人)への屈辱を生み出すのである。それはふたつの異なる都市《シテ》だ。ふたつの王国。以上が胎生動物に固有の分裂である。往古と過去のあいだの分裂。情動と記憶の分裂。

97　時代

時代《エポック》というフランス語は「エポケー」に由来する〔ギリシア語の *epochē* は「停止点」を意味する。同じく époque の語源である *epekhein* は「〜の上に立つ」という意味である〕。ゆえに、この世の何ものも同時代でありえない。たとえもっとも融合的な愛の瞬間ですら、われわれが体験している時間が一体どの瞬間と同時代的なのかを知ることは不可能だ。というのも、われわれはその瞬間、われわれが行為者である場面の結果でもあるのだから。古代ギリシア語のエポケーは、単に停止という意味だった。待機中の犬（獲物を追跡せよ、という命令を待つあいだの犬）のように、停止中という意味。動きを止めた鹿（野原を走る捕食者から逃げるため、跳躍する前に一瞬動きを止めた鹿）のように、停止中であること。停止中とは耳をそばだてることでもある。古代の懐疑派の哲学者たちは、学究の不意の中断をエポケーと名付けた。哲学者たちがこんにちフランス語でエポケーと呼ぶのは、自己、対象、世界を一旦括弧に括ったときに、前提とされる知識なしに立ち現れるものを検討する態度である。

だが、それ以上に意味深いものとしてエポケーを理解することも可能だ。時代《エポック》はもっとも意味深いものとなりえるが、そのためには古代にとどまらねばならない。とはいえ、実際には『ヨハネによる福音書』第七章二十四節に引用された「裁いてはいけない《ノリテ・ユディカレ》」というイエスの命を、セクストス・エンペイリコス流に言い足すだけで十分だ。そのとき、「裁いてはいけない」という表現は、単に「真実の探求をおやめなさい」という意味だけではなく、「社会を魂の中に内面化するのをやめ、常識に服従するのもやめなさい」という意味にもなる。そうなるともう、自分のために《エアウト》考えることをギリシアのために《ヘラデ》考えることに対置させた『バチカン箴言集』第七十七章におけるエピクロスの言葉に通じるだろう。それはすでに「自然に思惟すること（少数派の状態を離れること）は、集団的な思考や主体という神話的幻想と袂を別つことだ」、というカントの言葉でもある。仮に、母親の口伝いになされた言語習得を経て話者となった自己が単に国家の群衆にすぎないのなら、検討の終わりには自己も、群衆も、国家も、種もなくなり、あとに残るのは中途半端に性化された無神論者、すなわち同一性も家族もない、孤独な一匹の動物、より大人しくほんのわずか野性的になった動物、耳をそばだてながらわずかにふらつく不安定な一匹の動物でしかなくなるだろう。

　だが、ナザレのイエスの定理は——残念なことに、それはキリスト教世界でいかなる効果も上げはしなかったが——おそらくそれ以上に奥深い。セクストス・エンペイリコスの修辞的解釈以上に、イエスの定理が深いのは確かだ。さらに言えば、二種類のノエシス（沈黙と言語）に関する提案を初めて行ったエピクロスによるあの驚くべき対立よりもさらに、イエスの定理は奥深い。それは事物の「核心」をついているがゆえに、ラディカルである。

　イエスの定理は芸術の本質でもある。

　重要なのは、確信のもてない物事を単に知ると言わないということに同意するだけでなく、あらゆる社会的表象や政治的圧政、宗教的神託への服従を拒否することなのだ。

＊

人間と非人間を区別してはならない。都市と非都市を切り離すべきではない。

＊

「裁いてはいけない」というイエスの言葉は、『ルカによる福音書』第六章三十七節では異なっている。というのも、そこでは次のような帰結が加わるからだ。「裁いてはいけない。そうすれば咎められるこ《ノリ・ユディカレ・エト・ノン・コン》とはないだろう《デムナビミニ》」ギリシア語の裁定という語はクリシス、すなわち危機という意味をもつ。もし裁定の世界に踏み入らなければ、排除や断罪の世界に足を踏み入れることもないでしょう。与えなさい。誰かがあなたを傷つけるのなら、より一層与えるのです。真の贈与とは計算なしの贈与なのです。眼差しを求めてはいけません。あなたに対する視線を見つめ返すべきではないのです。さあ、前に進みなさい。忘我《エクスタシス》はみずからの外へと出る行為（出自）を意味する（さらに正確に言うなら、危機《スタシス》、すなわち内戦を離れることをエクスタシスという）。ところで、『福音書』でイエスが「裁くのを中断なさい。危機を放棄するのです」と命じたのは、彼が地面の上に黙って何かを書いた直後のことだった。

「彼は、身をかがめて指で大地に書いていた《セ・インクリナンス・ディギト・スクリベバト・イン・テッラ》」

イエスは体を屈めて、埃の舞う地面の上に指で何かを書いていた。

それは、神が文字を書いた唯一の瞬間だった。

＊

ピュロン〔紀元前三六〇頃―二七〇頃。最初の懐疑主義者とされる古代ギリシアの哲学者〕による「時代」。「みずからの判断を中断することで、わたしは終わりなき無限のアポリアにとどまる」

フッサール〔一八五九―一九三八。哲学者、数学者。「現象学」を提唱した〕による「時代」。「世界に対する私の信念をとりあえず問題外としよう、そして歴史だけでなく時間もとりあえず括弧に括ろう」

イエスによる「時代」。「服従するのを私はやめる。群れを離れて、私は書く」

98　孤独な人に災いあれ《ウァエ・ソリ》

一七六二年にルソーが書いた隠遁に関する美しい手紙は次のように始まる。「私は孤独にたいするごく自然な愛情をもって生まれました。隠遁生活による私の夢想が犠牲にした社会は、結局、私が捨てた社会に対するあらゆる嫌悪の情を確かなものにしました。あなたは私のことを不幸で憔悴しきった憂鬱症の人間だと思われるでしょう。ああ、ムッシュー！　あなたさまはどれほど間違っていらっしゃることか。私がそうであったのはパリにいた時でした、云々」

だが、これほどの美文以上に、ダランベール〔一七一七—八三。フランスの哲学者、数学者。ディドロとともに百科全書派の中心的人物〕による落ち着きはらった次の文章の方がわたしの好みかもしれない。「私の幸福に必要不可欠な条件は、どれもそれを実行できる状態にはない」

＊

それまで就いていたあらゆる職を突然に辞したのは、当時わたしの周囲で通用していた価値とは真逆の価値のためだった、とわたしは信じていた。だが、それはおそらくただ単にわたしの人生に与えられた目的だったのだ。人間世界での集団的馴致は疲れるものだし、けたたましいものだ。それは、長々しい対話と執拗な癒着、禁じられた語句や耐え難い禁忌、無意味な叱責によって形成される。使命《ミシオン》を離れるとは辞職《デミッシヨネ》すること。家庭《ドムス》を離れるとは、馴致《デドメスティケ》を否定すること。非都市民《アポリス》であるとは、単に都市を離れるだけでなく、誰も巻き添えにしないという意味になる。

それは、少しだけ沈黙の状態に戻ること。

脱走兵からは将軍の視点を期待することはできない。

判断することなく、好きなものに向かってただ突き進むべきなのだ。

文人のようにして読むこと。そこで命果てるつもりで、その場所に近づくこと。

猫のように自由でいること。

そして、どこに赴こうと、どこで跳ねようと、どこで群がろうと、どこで体を暖めようとも、陽光の下で色づき色褪せる小石たちのように寡黙であるべきなのだ。

99　エレボス

参列した官吏たちの身体の上には月の淡い光が注がれていた。こわばった手をわたしの上着に載せた青白い顔をした老大統領は、そっとわたしの腕を引っぱった。階級章の一部分や銅製のブローチ、露わな胸元、素肌の手首、シルクのシャツかストール、瞳、たとえそれらははっきり見えたとしても、そこにいる人々の顔を見分けることはできなかった。大統領邸庭園には、笑い声や話し声が大きく響いていた。月の光のもとで、声を発するこうした肉体はぼんやりとしていた。月は塀の壁の姿を大きく膨張させ、通り過ぎる料理皿をラッパのような形に歪めていた。蟹のバルケットが白っぽく柔らかに見えた。繊維質のようなロブスターの肉身に満たされた小さなオードヴル皿の隊列。月光は徐々に弱くなった。大きく膨らんだこれらの物体は脆くみえる。わたしたちは世界の最果てにいた。そこは極楽浄土《エリュシオン》〔極楽浄土を意味するエリゼという語は、同じくフランスの大統領官邸（エリゼ宮）も意味する〕だった。

かつて、夜は混沌によって抱擁された。夜は息子をもうけ、エレボス〔ギリシア神話において、エレボスは原初の暗黒の神、すなわち冥府の神である〕と名付けた。エレボスは地獄に捨てられて、じめじめとした岸辺のほとりに佇む、物悲しく、暗く、緩慢な一本の広い川となった。その川のほとりにある一軒の灰色の家を想像してほしい。一艘の小舟が鉄の杭に繋がれている。その場所でわたしは暮らしたのだ。

わたしはそこで生きた。

精鋭《エリート》たちの拒否は再流行していた。

山の斜面に修道院を再建する必要があった。大海原に浮かぶ島々を探し直す必要があった。革命家たちの戦争は金もうけ主義へとふたたび走った。民間人による戦争の動機はふたたび宗教的なものへと回帰した。世界規模の対立は、地域特定が困難なものとなった。第一次世界大戦以降、横笛や太鼓を鳴らし、旗をひらめかせ、馬上で仁王立ちになり、戦場で顔と顔を突き合わせて戦った兵士の死は稀なものとなった。

国家は最終戦をしかけた。

世界では、かつての野獣時代の捕食行為がふたたび支配的となり、孤独な戦いと複雑な殺戮、肉食動物特有の狂気じみた興奮を掌握した。

最後の人間の時代が戻ってきたのだ。彼らはわずかに残された自然の片隅や市井、誰も知らぬ岸辺や藪の窪みの中に身を隠し、野生に戻った猫の群れや栗、狼の子や凶暴な獣を避けながら、ひとりで身を潜めていた。

＊

凶暴《アガール》なという語は、かつて狩猟のことばだった。凶暴《アガール》な奴とは、捕獲される前に少なくとも一年間は野生状態で過ごしたハヤブサを指していた。野生の鷹に関する、脱皮後に馴化されて従僕となった鷹のこの矛盾した状態を狩人たちは話題にした。というのも、脱皮後の家畜化は真に可能とはいえないにもかかわらず、それでも野生は失われていたからである。

凶暴な奴《アガール》とはゆえに、最良の場合でも一時的な捕獲しか見込めない野性状態の野禽、捕食行為の前に予告なしの絶食を課すことで極端な恐怖を植え付けられた野禽、そして、頭巾で覆うことによって人工的な夜の中に頭を沈められ、狂乱状態に置かれた野禽を意味するだろう。

*

小セネカは書いた。「私は以前より非人間的になってわが家に戻る、というのも人間たちのもとから帰ってきたのだから」

逐語的に訳すと、「私はより非人間的になって戻って来る、その理由は、人間たちのもとに、私はいたから」

*

オウィディウス、アンテルム、もっとも純粋な者、もっとも偉大な者たちはこう考えた。人間は人間的ではない、と。

多少は人間らしい者、それが人間である。

100　ルイーズ・ミシェル

私の名はルイーズ・ミシェル、フランス女性射手部隊隊長、自由思想家協会および革命クラブ、そして女性権利の会の会員にしてガリバルディ義勇軍支持者でもあります〔第二次世界大戦中のレジスタンス部隊のひとつで、男性射手部隊と女性射手部隊に分かれていた〕。私は、事物を定義する名前でそれが提示する事物を呼んだ方がよいと思っている人間のひとりでもあります。刑務所は徒刑団。銀行は鷹狩り。裁判所は屠殺場。産院は墓場。墓石は産院。そして市民サービスは、市役所の階段の下の看板の名を書き変えるべきでしょう。

＊

ルイーズ・ミシェルの言葉。勢力関係が私たちにとって不利に働いた分だけ、コミューンにおいてはすべてが偉大だった。ヴェルサイユ正規軍は犬をけしかけて、共和主義者たちを墓場まで追い立てた。五月の光の中のパリはまるで墓場のようだったけれど、そこで恐怖を感じたことなどなかったように思えるわ。モンマルトルの丘の空にはたくさんの小さな紙の焼き屑が宙に舞い、葡萄の柔らかな新芽に混じって私たちの顔の周りをひらひら舞っていたの。

＊

一八七一年、ルイーズ・ミシェルはこう書いた。「武器によって大義名分を弁護し始めた途端、人は闘争に完全にのめり込んでしまい、自分自身である以上に弾丸になる」

＊

カール・マルクスの婿だったポール・ラファルグは、新聞『社会主義者』の記者としてルイーズ・ミシェルにインタビューするためにロンドンからやって来た。

ルイーズ・ミシェルの言葉。

「ラファルグさん、どうして泣いてなんかいらっしゃるの」

「お嬢さん、まさか牢獄であなたにお話を聞くことになるとは、夢にも思っておりませんでした。暖かな部屋で同志たちに囲まれたひとりの社会主義活動家とおしゃべりするつもりで私はここに来たのです」

「ラファルグさん、涙を拭ってください。ブルジョワたちがただで住まわせてくれているこのホテルには暖かい部屋などひとつもありません」

「牢獄にいてはあなたのお体に障ります。あなたの恩赦を求めて同志たちが署名運動をしています」

「恩赦をくださっても私はそれをセーヌ県の知事にお断りしますよ。それよりも私に本を届けてください。私はダーウインの『人間の進化と性淘汰』を読みたいのです。英語を訓練するためにね」

獄中を訪問したクレマンソーとマルブフに対する彼女の言葉。

「どうかご理解ください、お二人《メッシュー》とも。私は牢獄が好きなのです。本を読むのが好きなのです。いずれにしろ、人は籠の中で生きるのですから。自分の牢獄の柵にやすりをかけ続けるのは、誰しもがより大きな檻の中に行きたいからにすぎないように私には思えます。たしかに、毎度大きくすることが求められますが、場所が問題なのではありません。私はひとりでいることが好きですし、読むことも、学ぶことも、勉強することも、書くことも好きです。獄の扉が私の背後で閉まれば、不安は止みます。獄中では私の思考は自由です。お金の心配もいらなくなりました。だから、恩赦など二度と私にはいりません。ママンが死んでからは、私が監禁されていることを知ったママンの悲しみを気にする必要もなくなりました。私が受け入れるのは、すべての解放です。さもなければ、何ひとついりません」

＊

一八八五年十二月二十八日付で警視総監に宛てたルイーズ・ミシェルの手紙。「恩赦の件で私を煩わせるのはもうおやめください。私の意見を聞かずして勝手に私を牢獄に閉じ込めたのですから、私をそこに放っておいてください、あなたにはその義務があるのです」

一八八六年一月十四日付で警視総監に宛てた、サン＝ラザール刑務所長の電報。「ミシェル嬢はサン＝ラザール刑務所を離れようとしません。どうすればよいのでしょう」

警察署長の言葉。「投獄された刑務所から、力づくでもミシェル嬢を出さねばなりません」

釈放を命じられた警察署長は、自分のポケットマネーで馬車を雇い、刑務所の中庭に馬車をつけさせねばならなかった。

叫び続けるルイーズ・ミシェルの両手を前で縛り、馬車に乗せた。

馬が嘶き始めた。

あちこちで叫び声が上がった。

馬車の扉を閂で閉めると、警察署長は向かい側の席に座り、ルヴァロワ＝ペレのアニエール通り八九番地まで署長みずから彼女を護送した。市議会員シャルル・モイーズ氏がそこに彼女のための小さなアパルトマンを準備していたのだった。アパルトマンの家賃はフェリシアン・マルブフ氏が支払った。

アパルトマンに着いた後に、警察署長は初めて彼女の手の縄を解いた。

シャルル・モイーズが彼女を新居に案内するあいだ、ルイーズ・ミシェルは満足げに手首をさすっていた。

二部屋のアパルトマンには趣味のよい家具が備え付けられていた。長崎から運ばれた細工の美しい和箪笥、カニャメル産の藁を使ったカタローニャ風肘掛け椅子、空っぽの書棚。

マルブフ氏が借りてくれたアパルトマンにとても満足している、とミシェル嬢は何度も警察署長に語った。

暖炉の大理石板の上には、合成樹脂でできたポンポン＝ヴィデール産の馬の置物が置かれていた。

警視総監の命により出所を担当した警察署長による報告書。「抑留中はなんら困難を伴わなかったルイーズ・ミシェルだが、彼女を刑務所から出す方がよほど大変だった」

101　孤独《ソリトゥーディネ》について

死んだ馬たちについて語るのは誰か。わたしはモンテーニュに戻ったモンテーニュと同じだ。ダマスへの道中、四つの蹄鉄が宙に浮いたときに盲目となったパウロと同じだ。三つの時間。落馬を誘発した光。突然の盲目。そして新しい光。

瞼の突然のこの閉塞が、視覚では見えないものをこの世に生じさせる。

ときには、光の代わりに蝋燭が必要だ。「隠れて生きることについて《デ・オックルテ・ウィウエンド》」光は夜と決別しない。大切なのは秘められた生、すなわち、欲望を掻き立て、倦むことのない、深遠なる生に合流することだ。

それが進むべき道だ。起源への道。

そのとき、起源はこの世に根を下ろす。

時間が拡張する。

薄暗い空間の果てで、光はますます白熱する。

そのとき、死すべき運命の者たちははっきりと見る。遮断幕《スクリーン》を介さずして彼らは見るようになる。

大地の底に沸き立つ赤い鉄があるのを。

*

突然に裂け目を現す山の頂や、爆発寸前の濃密な時間がさまよい潜む空間の奥底で、ときとして魂から始原の溶岩が流れ出る。

二〇〇三年、モノセロティスV838の真っ赤な星が、その星を軌道としていた三つの惑星を順々に呑み込んだ。

*

自然に対立する文化の自立など、かつてあったためしはなかった。悲劇作家のエウリピデスはこう書いている。「文明が獣の生《テリオデス・ビオス》から分かたれることはない」空間へと迸り出たのちに楕円を象って落下する物質から、生が自立することはない。超言語《メタランゲージ》や超都市《メタポリス》、超時間《メタクロニー》は存在しない。暁に鳴き声を響かせる動物のことばの中で、空の下方から昇る太陽から自立したものなどありえない。人間の自立も、野獣の自立も、花々の自立も、光と交差する雲の自立も、雲が野や砂や水の上に投げかける影の自立もない。あるのは切り立った大地の裂け目だけだ。この点において、わたしの考えは、古代ローマ帝国初頭に生きた古代ローマ人たちが知る新ストア主義的思想と袂を別っている（新ストア派はキリスト教の基礎をなした西洋のイデオロギーに影響を与えた）。というのも、生きている者とその物理的環境の間に数多のやりとりが仮にあるにせよ、進化をもたらす持続はどこにもないからだ。無生物、星々、結晶体、鉱物、これらはその奇妙な形態を捉えている物理的空間とともに進化する。生物たちはと言えば、ばらばらで、異分子的で、派生的なツリー状の壊死しかかった進化の漸進的な展開によって環境から分離されている。ミツバチやシダ、ヒト、カエル、アリたちは、同期することのない奇妙な同時代性を構成している。季節や世代、誕生や死、細胞の分裂や原始形態の分裂増殖における非連続性の中に存在するのは、非理知的で気違い染みた前言語的な持続なのだ。形態学的な進化（いわゆる空間）と個体別進化（いわゆる生）に次いで、現実態の行為にいたる進化（いわゆる時間）をさらに付け加えねばならないだろう。そこから生じるのは奇妙な隔たりばかりだ。性的場面への隔たり、起源への隔たり、環境との隔たり、家族に対する隔たり、祖先の歴史に対する隔たり。

隔たり。

ヒトは離れるもの。

こうして、隠遁が生み出された。

*

近代的な時間にしか存在しない真実、つまり、すべてが分断されたという真実を理解すべきだろう。「古きヨーロッパ」はもう存在しない。あるのは一九四五年の占領地域の痕跡とファシズムの残滓、当時世界を支配していた二大帝国によるいまだ二極的な痕跡の残る断片の数々、地球が知ったもっとも恐ろしい神権政治（キリスト教）の聖遺物たち。わたしはといえば、男子校の狭い教室に使われたプレハブ小屋へと通うために、強風に逆らって歩き続けた少年時代のル・アーヴルの町の廃墟を一度として離れたことはない。

「ひとつの人民《アイン・フォルク》、ひとつの帝国《アイン・ライヒ》、ひとりの指導者《アイン・フューラー》」、というゲッベルスの言葉。家庭内の事情によって、わたしの道徳はすぐさま「国家なし、社会なし、依存なし」というスローガンにがんじがらめにされてしまった。

「ひとつの人民《アイン・フォルク》、ひとつの帝国《アイン・ライヒ》、ひとりの指導者《アイン・フューラー》」というスローガンが、ヨーロッパで初めて歓呼とともに叫ばれたのは、第二次世界大戦の二年前、一九三八年のウィーンでのことだった。

*

一九六八年の五月革命の前月、わたしは師であるエマニュエル・レヴィナスの指導のもと、ナンテール・ラ・フォリの新設大学で学んでいた。その他にわたしが師と仰いだのは、空模様と猫たちだった。文化が世界構築のとどめを刺さないようにしなければならない。生は大地の運命を司る女神のままであるべきだ。空き地での植生は、森の中よりもずっと自由である。光はより強烈に降り注ぎ、過去の束縛も少ないのだから。時間が歴史を立ち上げるのを見守るべきなのだ。

ふたつの自由を区別する必要がある。

一方で、物質を成長させる跳躍や飼いならされないもの、教化されないもの、野生に由来する自由。

他方で、馴化の解放に由来する自由。

ふたつの自由。わたしは妄想一歩手前の楽観主義者だ。だから、国語修得を否定しなくとも、ことばの網目をほんのわずか裂くことはできるのではないかと考えている。たとえ年長者からわれわれひとりひとりに伝えられた「禁止」に端を発する罪悪感を完全に断ち切ることは無理でも、少なくとも自分の不安を興奮に変えることは可能ではないかと思う。完全に自由ではないにしても、家族から離れ、集団の外に身を置き、隷属状態を和らげ、わずかなりともそれを自由意志から切り離すことはできるのではないだろうか。たとえ最初の世界と幼年期への服従から自由になれずとも、人は自分が思う以上に、みずからに絡みつき縛りつける束縛の手を弛めて、そこにより多くのゆとりを持たせることができるだろう。思考を幻覚から引き離すことは不可能でも、少なくとも夢と残滓と思惟を区別することはできよう。

信仰や魔術的実践から完全に足を洗うことができなくとも、神々から離れて、神殿に近づかないことはできるだろう。反復と繁殖の太陽から魂を切り離すことは無理でも、暴動を起こすことはできるし、脱走さえ可能だ。不在者や規範、見せかけ《シミュラークル》や熱狂から欲望を引き離すことがたとえ困難でも、贋物を見分け、かすかな光を闇の中に投じることはできる。その光からは闇よりもはるかに黒々とした影、真新しくて積極的で壮麗な影が刻一刻と生じてくるだろう。

*

根源的な苦しみに由来する原初の恐れの感情のさなか、この世に生まれ出た瞬間に、両眼を見開かせた太陽の光にも匹敵する光。

*

読書をするための光。
書物がもたらす瞑想は、文明の恐るべき生成過程において人々が見出した唯一のポジティヴな結果である、とジークムント・フロイトは語っていた。

*

人間社会とは、驚くべき類似。
文人たちの隠遁は、生き生きとした不同。

*

「わたしは存在する」と言ったところで、それは人が信じるほどではない。それ以上に、「君」の方が存在している。「わたし」は死んでおり、われわれに嘘をついている。

102（夜の馬）

ひとりの女が低い声で歌っていた。楽譜は共鳴板の蓋が閉じられたグランドピアノの上に置かれていた。部屋のガラス扉は牧場に向かって開け放たれていた。ガラス戸の下のマットレスの上では、一匹の猫が眠り込んでいた。遠い彼方、牧場の向こうの低地では、川沿いの小径の近くで馬たちが草を食んでいた。

太陽が沈もうとしていた。

歌は音符に記されたメロディーから少しずつ自由になり、テンポも緩やかになっていった。すると、女は不意に不思議なトリルを鳴らした。魔法のようなトリルを。

音楽は苦しみの中に平穏な何かを運んできた。

＊

トリルからトリルへと音が紡がれるにつれて、何かが徐々にゆるやかな旋回を続け、驚かせ、うっとりとした気持ちにさせた。

＊

時間が流れて夜が更けてもなお、女は楽譜を読んでいた。彼女はピアノの上で美しい曲線を描いているランプに火を灯した。彼女は口ずさむのをやめなかった。立ったままだった。楽譜の上に身を屈めていた。彼女の髪はランプの光の中に囚われていた。

彼は夜遅くに到着した。彼女の向かいの長椅子に腰掛けていた。ちょうど一杯目のワインを飲み始めたところだった。彼は彼女の歌に耳をすました。

彼女は手で拍子を取っていた。ランプの光輪の中へと手を差し出して、腕を下ろしながら拍子を打っていた。その歌は言いようのない悲しみを湛えていた。

彼女はランプを引き寄せると、歌曲集《リート》の上に置きなおした。正確に楽譜を読みながら歌うためだ。すると、部屋の中にはほとんど光がなくなった。

寒い夜だった。彼は音を立てないように注意して立ち上がると、開け放されたままのガラス扉の方へと向かった。両開きのガラス戸を閉めようとしたとき、間近に馬の頭部が現れた。馬ははるか向こうの牧場からここまでやってきて、いまやゆっくりと体を踊らせていた。女の打つリズムよりもはるかにゆっくりと、拍を打つことなくただ踊っていた。馬は頭を上げて彼の方を向くと、悲しげな大きい瞳で彼を見つめた。彼と馬はだまって互いに見つめ合った。彼はガラス戸を開けたままにした。彼は戸の縁枠にもたれかかり、こうして馬と人間がともに並んで歌に聴き入った。馬と人が女の姿を見ていた。その女《ひと》は体を屈め、ランプに照らし出された小さな光の輪の中に彼女のシニョンが捕えられていた。ランプの下にある楽譜を読みながら、彼女は歌っていた。

《落馬する人々》について――「解説」にかえて

『落馬する人々』は『最後の王国』シリーズの第七巻として二〇一二年に刊行された。フランス国営ラジオ「フランス・キュルチュール」でのインタビューに応じた著者は、本作の内容を次のように語っている。少し長くなるが引用したい。

わたしは『落馬する人々』の中で、落下して起き上がった人々について書きました。不思議なことに、それを書くことによって、私自身がその犠牲となったものを擁護することになりました。鬱病のことです。二度とその面を見たくないと思うものの肩を持つのも変な話ですが、人生や家族、パートナー、家庭、あるいは祖国を本当に変えたいと願うとき、人はふりだしに戻る必要があるのです。

生きなおすためには、もう一度誕生を経験しなければなりません。つまり、精神分析家たちが「原初の苦しみ」と呼ぶものをです。起源に体験した衝撃、すなわち筋肉の衰弱、方向感覚の喪失、完全な依存、裸の状態、沈黙、空腹、死――誕生の瞬間に味わった恐怖にはこういった状態がともなうわけですが、それらすべてをもう一度経験する必要があるのです。これこそ現代人が鬱病と呼ぶものにほかなりません。わたしの主張はいたって単純なものです。原初の苦しみと鬱病は同じである、ということなのですから。（……）あらゆる変化は零度へのリセットを前提としています。鬱病を治すのはしたがって医者でもなければ精神分析家や神父、抗鬱剤、薬物でもありません。鬱病そのものなのです。

本書のもうひとつの主張は、個人史よりもさらに古い、人類の歴史の黎明期に現れたものに関わるものです。前史時代の洞窟の壁面には、集団性の動物と単独性の獣が対立して描かれています。古代人たちは皆、社会的な生を悪と捉えていました。より優れた政治体制などありえないと彼らは考えていたのです。政治体制はどれもむごたらしい、と。あらゆる国家は市民を階層に分け、支配層と被支配層に対立させ、癒しがたい死闘を教育し、暴力を組織するわけですが、その暴力はみずからの破壊以外の目的をもっていません。わたしに読書を教えてくれた伯父ジャン・ブリュノー――わたしが拒食症になったときに食べることを教えてくれたのも彼なのですが――は、ダッハウの収容所から生還したとき、すべてを自分ひとりで学び直さねばならない運命に見舞われました。わたしは彼の姿に勇気づけられました。故人となった今もなお、伯父はわたしに対して絶大な影響力を持ち続けています。終わりのない研究の世界へとわたしを導いてくれたのも彼です。彼はいつも言っていました。「用心しろ！　群れをなすものすべてを警戒せよ」過半数は悪であり、孤独こそが個人にとっての参照点なのです。受胎されたとき、誰もがひとりぼっちでした。誰もがそうした沈黙の中、たったひとりで成長したのです。

以上のような発言を読者はどのように受け取るべきだろうか。生涯に幾度も鬱病を体験し、そのたびに小説や批評を書くことによって乗り越えてきた作家の心情告白として、あるいは作家というリベラルな職業に就く人間だけが表明できる反社会性のあらわれとして、差し引いて理解すべきなのだろうか。社会に飼い慣らされ、そこにみずからの居場所を見出して生きている大多数のひとりであるわれわれにとって、キニャールの言葉はむしろ眉を顰めるべきものかもしれない。だが、キニャールはそうした「過半数の意見」にこそ警鐘を鳴らす。なぜなら、無意識にせよ社会と一体化した者には見えないものが、そこから距離を置く人間には見えるからだ。社会の中心から疎外された者だけがおそらく、人類や社会、家族、家庭、夫婦生活といった既成価値を疑問に付し、それらの真価を再検討することができる。社会とはなにか。とりわけ、われわれひとりひとりにとっての社会とはなにかを問うこと、それによって人間本来のあり方を考察することが本書の眼目である。作家が幼い頃に患った自閉症や、思春期や成年期に発症した鬱病がもたらした状況は、キニャールがここで想起する旧石器時代の洞窟壁画に奇妙にも符合する。一方では集団性の動物、もう一方では単独性の獣——壁画に描かれた両者のうちで、人間は本来どちらに属していたのだろうか。群れをなす動物か、それとも独り者の野獣か。キニャールの指摘するように、母胎という孤立した世界で成長したのちに社会という集団性に統合されるのなら、人間は根源的に孤独ということになる。ならば社会は人間にとって必要なのか。なぜ人間は集団（社会）を選択したのか。〈最後の王国〉を構成する他の巻と同じように、本書においても、個体発生的な視点（個人の生）と系統発生的な視点（歴史）を交差させながら、個人的な価値の追求と社会のそれがもたらした複雑な競合関係を作家は論じている。ただし、留意すべきは、『落馬した人々』というタイトルが示すように、本作では考察の範囲が人間から動物にまで及んでいることだ（ここに、人間と動物を常に区別して論じてきた西洋哲学への異議申し立てを見てとることもできるだろう）。長い前史時代をとおして、他の動物たちとの差異化をはかりながら動物界の頂点に立ったホモ科動物、すなわち人類の歴史と、それが抑圧してきた過去、つまり獣のはしくれとして成り上がった過去を暴くことによって、人類における集団性と残酷さの起源を洗い出すこともまた、本書の狙いである。

一　人間という馬をめぐる人類学的展開

人間性と動物性のアンビヴァレントな関係は、本書では馬のモチーフに象徴的にあらわれている。古来、馬は人間の同伴者として親しまれ、ときには人間の隠喩として等価値の存在とみなされてきた。「馬鹿《ばか》」という当て字が示すように、日本語では馬と鹿の記号的価値の差異はほとんどないが、ヨーロッパでは集団性の動物である馬と単独性の鹿は、正反対の属性として峻別される。人間と同じく集団性を選んだ馬こそが、人間にもっとも近い動物としてみなされているのである。

人間の相棒としての馬がいかに西洋人たちの想像世界《イマジネール》に影響を与えてきたかを、読者は驚嘆の念をもって知ることになるだろう。美しく端正なその佇まいのみならず、ひづめ、たてがみ、尻尾、毛並み、さらには早駆け《ギャロップ》など、その要素ひとつひとつが古来より人々の想像力を刺激し、それゆえに象徴的な価値を与えられてきた。悪夢は胸部を押し潰す雌馬に、性的悦楽とオルガスムは馬の早駆け《ギャロップ》に喩えられる。悦楽の代名詞としての愛《エクウス・エロティクス》の馬という表現《イメージ》は、前史時代の壁画にすでに見られるというから驚きである。また、気象現象のひとつである嵐は、箒や枝に馬乗りになった魔女たちが天空を翔け巡ることによって引き起こされたと信じられていた。さらに、スピードに乗って騎乗の人間を運んでいく馬の姿は、恐怖やパニック、死のイメージとも結びつけられた（この意味において、馬は時間の隠喩そのものとなる）。

馬は騎士を背に乗せて駆け抜けるものの、制御を逃れた馬がときとして馬上の人を予測不可能な運命へと導くこともある。「馬は人を運ぶ」、それこそが馬と人間の関係性の核であり、それゆえに馬は隠喩そのものの代名詞でもあることを指摘したのはニーチェだった。ニーチェの名が歴史に残るのは、馬と人間の関係を修辞的《レトリック》に規定したこの古典文献学者自身が、馬によって未知の世界（狂気）へと運ばれていったからだ。

このように、人間の相棒としての馬の歴史を語ることは、人類の歴史を語ることに等しく、さらに言うなら、人間と馬の歴史は、西洋世界においては戦争の歴史と同義なのだ（たとえば、ギリシア神話に登場する両翼の馬ペガサスは、戦のさなかの馬と騎士を模した姿から生まれたとされる）。戦において馬と騎士は一心同体である（どちらも同程度に動物であり人間である）。両者とも共同体の一部であり、共同体の利益に身を捧げる。換言すれば、両者とも社会的隷属の鎖に繋がれた存在である。だからこそ、「落馬」することは、社会的連帯を断ち切る行為につながるのである。

二　人はなぜ落馬するのか

風変わりなタイトルが示すとおり、本書は落馬した人々に焦点が当てられている。だが、長い歴史をもつ騎馬戦のさなか、愛馬から落下して窮地に陥った名将らの姿以上にキニャールの興味を惹くのは、落馬体験によってはからずもその後の人生に大きな転向をきたした人々の物語である。先ほどのニーチェの例のほかにも、落馬をきっかけとして神の啓示を受け、キリスト教に改心し、聖パウロとなったサウルの物語や、落馬によって瀕死の重傷を負ったのちの蘇生の瞬間を再誕生《ルネサンス》と評したモンテーニュやルソーなどのよく知られた例のみならず、落馬で地面に投げつけられて生死の境をさまよったのちにみずからの人生について語り始めたアグリッパ・ドービニェやアベラールなどの作家、さらには、赤子の際に落馬の憂き目に遭い、川底に突き落とされて以来、漂泊の人生を送り続けた中世イタリアの詩人ペトラルカなど、実に興味深い例の数々を知ることができる。これほどの挿話を目の当たりにすれば、キニャールのように落馬者たちの存在論的な意味とその系譜をたどってみたくなるのも道理であろう。

乗馬愛好家にとっては周知であろうが、馬上の人間の目線は自家用車や自転車とは比較にならないほど高いことから、落馬によって地面に叩きつけられる際の衝撃たるやおよそ堪え難いものであろうことは、容易に想像できる。落馬体験とは死にいたる体験であり、運良く命拾いをした暁には、まさしくモンテーニュやルソーのように、再誕生《ルネサンス》のチャンスを与えられたような感情をもつに違いない。また、キニャールによれば、落馬の衝撃は誕生時のそれ、つまり母胎の羊水（浮力に支配された世界）から大気中（重力の支配する世界）に投げ出された胎児が肺と身体全体に受ける落下の衝撃に比肩するという。つまり、落馬はここでは死との隣接という事実以上に、より親密なかたちで生まれ落ちる行為、母胎からの排出／誕生の追体験に関わっている（本書第十四章）。

落馬は一種の神秘体験に通じる。ダマスの路上で馬から投げ出された瞬間に盲目となり、その後目から鱗が落ちるという啓示を受けて新たな生《ウィタ・ノヴァ》（ここでの「鱗」とは文字通り水中生物のそれであり、だからこそサウロは鱗を落とし、新たに大気中で生を受けてパウロとなる）を得たパウロこそ、ゆえに究極の落馬者であるともいえる。このパウロの神秘体験について、ベルグソンならば「意識の方向を急転換させる契機」と表現したであろう。ベルグソン主義者でもある作家の立場からすると、再誕生《ルネサンス》として認識されるほど強烈な意識の転向は、思索行為の積み重ねによって得られる性質のものではなく、唯一、死の危険を賭した身体的な偶発事《アクシデント》によってもたらされる。ベルグソン自身も、一九一一年五月にオックスフォード大学で開かれた講演で、次のように述べている。

> 現在とはつまるところ何なのでしょう。もし今のこの瞬間――つまり線に対する点のような、数学的な瞬間――を言うのであれば、それが純粋な抽象化であり、精神の視点であることは明らかで

す。ですが、それは実在の存在とはいえません。このような瞬間（互いに触れ合うものの、ひとつの線とはならない瞬間）から時間を作ることなど、けっしてできないのです。われわれの意識が示しているように、現在が問題になる場合、そこにある種の持続の流れがあるからなのです。それはどのような持続でしょう。もちろん、正確に測ることなどできません。むしろ、人がそれに差し向ける注意によって、長くなったり短くなったりするような、漠然とした何かだと言ったほうがよいでしょう。（……）話をさらに進めてみましょう。無限に展開可能な注意なら、その視線のもとに切れ目のない現在、つまり、持続と呼べるほどに大きな一部分、われわれが過去と呼ぶものをも含めることができるような一部分を生むことができるはずです。（……）瞬間写真のようでもなく、また、同時瞬間的な部分の総体としてでもなく、まさに持続的な運動としてあるような、そうした意識的な人間の過去の歴史全体を切れ目のない現在として包括するような、十分に力強く、実際的な利害から十分に切り離された生へのある注意のことです。

　これは単なる仮説ではありません。事実、例外的な場合に、そうした注意がそれまで人生に対して持っていた利害を突然放棄させることがあります。たとえば、突然襲いかかる死の脅威に晒された人々や、断崖から滑り落ちる登山者においては、生への注意が突然に転回することがあるのです。つまり、それまで未来へと向かって差し向けられていた意識が方向転換し、行為の必要性にとらわれていた注意が唐突に無関心となるような瞬間です。忘れ去られていた幾千もの思い出が蘇り、ある人間の歴史全体がその人の眼前でパノラミックな運動となって繰り広げられるには、そうした出来事だけで十分なのです。

ベルグソンの論証に従えば、落馬を一種の忘我＝脱自《エクスターズ》体験と読み換えられるだろう。しかし、その場合、日本語の忘我、つまり我を忘れるというよりはむしろ、体験された時間の集積を主体が一瞬にして把握するという（そのとき、未来へと向けられていた眼差しは唐突に過去遡及的なものとなる）、例外的な出来事を指すはずだ。だからこそ、モンテーニュやルソーをはじめ、多くの落馬者たちがみずからの人生を振り返り、語り初めたのである。そのとき、自伝的エクリチュール（autobiographie）は自伝＝生＝死の記述（auto-bio-thanato-graphie）と同義になる。この事実は、書く行為が単に生き延びた者の特権というだけでなく、死を乗り越えてなお生き延びるための手段でもあったことを物語っている。キニャール自身は次のような言葉で述べている。

書くことは、予期せぬ再生と、生き延びた者の欲望による要請である、とグルヴィルは明言している。
　死の可能性が身近に感じられた時点から、書く行為《エクリチュール》はすべて、死の彼方へと時間が拡張する忘我《エクスタシー》＝脱自の行為なのだ、とモンテーニュはさらに深い言葉で断言した。極限まで生きられた生に付け加わる新たな生。
（本書第十七章）

　自己の人生を語る作家は数多いが、みずからの死を語り、それに続く再誕生《ルネサンス》をも語ることのできる作家は稀である。後者のひとりであるモンテーニュは、書く行為《エクリチュール》をプラトンに擬えて「死の試み」と呼んだ。この「死の試み」をさらにベルグソンに倣って、人生の一瞬毎を忘我《エクスタシー》＝脱自として把握する行為と言い換えてもよいだろう。そのとき、それを記録する文章《エクリチュール》は、神秘家の書物に比肩する「忘我《エクスタシー》＝脱自のエクリチュール」となる。「忘我《エクスタシー》＝脱自のエクリチュール」とは、断片的な生の瞬間に在る主体が無（死）と同化することによって、誕生と呼ばれる出来事を存在論的に追体験すること、すなわちルソーが『孤独な散歩者の夢想』で回想したように、みずからがまだ存在していない瞬間にまで立ち戻り、非存在の地平から自己の記述を始めるということなのだ（キニャールはそれを「自己の記述《オートビオグラフィー》」の背景には自己がいない」と表現している）。それこそが、世界の一風景の中へと突然生まれ落ち、やがてはそこから不意に姿を消すことになる、人間という一個の存在をとらえた根源的な物語となるだろう。

三　廃墟から顧みる戦争

以上にみてきた「落馬」のイメージを軸とする再誕生《ルネサンス》や転回と並行して、本書で論じられる重要なテーマが戦争である。第二次世界大戦による破壊行為と荒廃が一九四八年生まれの作家の人生を決定づけたという事実は、〈パスカル・キニャール・コレクション〉の『いにしえの光』の解説で触れたとおりである。廃墟の子としてのみずからの姿を、エッセー『ダンスの起源』では戦後日本の子どもたちに重ね合わせている点からも、作家キニャールにとっての人生の始まりがいかに戦争という出来事、ひいてはその負の遺産と結びついているかがわかる。彼にとって生についての思索は、戦争にかかわる問いかけと切り離せない。

たしかに、戦争をめぐる省察からは、人々が被る悲劇的側面にとどまらず、暴力を嗜好し、飽くなき破壊行為へと人々を掻き立てる、謎めいた負の衝動が透けて見える。〈最後の王国〉シリーズをとおしてしばしば参照されるオーストリア生まれの精神分析家フロイトは、この暗然としたエネルギーを「死の欲動」と呼んだ（フロイトが「死の欲動」の存在を見出したのも、第一次世界大戦による戦争神経症の症例研究に導かれてのことだった）。物理学者アインシュタインとの対話から生まれた『人はなぜ戦争をするのか』（一九三三年）の中で、人間社会における原初状態は暴力であるとフロイトは断言している（「力の強い者が、むきだしの力を使うか、才覚に支えられた暴力を使うことで、他者を支配するのです」、ジークムント・フロイト『人はなぜ戦争をするのか』光文社、一四頁）。文明がいかに進歩したところで、血で血を洗う同類間の殺戮がなくならないのは、人間の根源的なエネルギーが必然的に死へと向かうものであるからだ（この暴走する欲動を誘導し、生へと繋ぎとめようとするエネルギーを、フロイトはエロスと名づけた）。もちろん、人類が積み上げてきた叡智や道徳、博愛といった理想精神は戦争の抑止力となるかもしれない。しかし文明は暴力を根絶できないばかりか、文明社会で肥大した知性が欲動をコントロールし始めたことで、破壊欲動が個人や社会内部に抑圧された形で溜め込まれ、それが戦争という形で噴出したときには、あまりにもおぞましいその姿に文明人は嫌悪感を露わにすることしかできない、とフロイトは考えたのである。

この見解はあまりにも悲観的かもしれない。しかし、精神分析の立場からすれば、人類の進化という歴史的側面からのみ暴力の問題にアプローチすることなど、およそ不可能であった。『人はなぜ戦争をするのか』を通じてフロイトが主張したのは、人間の心的メカニズムの反歴史性、すなわち心的メカニズムは人類史と一致しないばかりか、進化や発展とも無縁であるという事実なのだから。そればかりではない。精神的な素材《マチエール》は漸次に変化するわけではなく、「早い段階の心的な状態は長年にわたって変化せずに存在しつづけており、それがある日、心的な力の表現様式としてふたたび姿を現すことがありうるのである」（同書、六五―六六頁）。事実、「専門家でない読者は、いわゆる精神疾患なるものは、精神と心の生が破壊されることだという印象をもっておられるかもしれない。実際に破壊されるのは後の段階に獲得されたもの、後期の発達の成果だけなのである」（同上）。戦争のような極限状態において、人は成人の心的状態から退行し、もっとも未熟な時期に受けたもっとも大きな不安状態へと引き戻される。そして、心の最古層に刻まれた外傷に呪縛され、麻痺状態に陥ってしまう。フロイトによると、個体にとってのそうした不安は、母親の胎内から出生したときの反応、より正確に言えば「反動」——先にキニャールが「原初の苦しみ」と呼んだもの――にまで遡り、さらには個体に限定されず、人類という種にその原因をもつことがあるという。ここに戦争の恐ろしさがある。『人はなぜ戦争をするのか』の冒頭で、本来ならば暴力に歯止めをかけるはずの国家が率先して非人道的な態度を固守し、守るべき国民を危険へと駆り立てる事例が検証されるが、例外状態においては社会そのものが退行し、血塗られたその起源を反復するのである。さらに言うなら、この場合の「起源」とは、フロイトが別のテクスト『トーテムとタブー』の中で述べているように、息子たちによる父親殺しにほかならない。原始社会（トーテム社会）成立の起源について、フロイトは次のように述べている。

トーテム饗宴の式典を論拠とすれば、われわれはこれに答えることができるであろう。ある日のこと、追放されていた兄弟たちが共謀して、父を殴り殺し食べ尽くし、そうしてこの父の部族に終焉をもたらした。彼らは一致団結して、個々人には不可能であったことを成し遂げたのである（……）。暴力的な原父は、兄弟のそれぞれにとって羨望されるとともに畏怖される模範像であった。そこで彼らは食べ尽くすという行動によって父との同一化を成し遂げ、それぞれが父の強さの一部を自分のものにしたのであった。おそらく人類最初の祝祭であるトーテム饗宴は、この記念すべき犯罪行為の反復であり、追走式典なのであろうし、それとともに、社会編成、習俗的諸制限そして宗教などのあらゆるものが始まったのである。

（フロイト『トーテムとタブー』フロイト全集十二巻、岩波書店、一七二頁）

人間を集団へと導いたのは、共謀と殺人にほかならなかったとフロイトは主張する。そのとき、共同体設立の端緒となった「殺害された父」は、死者となることで神格化され、畏敬の対象となる。惨殺された父は「神」（トーテム）となって共同体の守護神へと変容する。その一方で、社会の構成員たちは父の屍肉を分け合ったことで結束を固め、かつての犯罪を起源の神話へと書き換える。儀式化された供儀は宗教という形で集団を思想的に統御し、原初の罪を禁忌《タブー》として構成員から遠ざける（この原罪はやがて、ことばの此岸に置かれた「沈黙の核」となる）。

社会を社会たらしめるのは原初の犯罪にほかならず、集団化への動機付けが強者への妬みと復讐心にほかならない以上、集団内で独立を勝ち得ること、あるいは共同体からの離反は決死の行為となろう。戦争のテーマをとおして見えてくるのは、自由を手に入れることの難しさであり、そもそもわれわれに自由など存在するのだろうか、という疑問すら湧いてくる。だからこそ、本書のように、真の自由とは何かを徹底的に問うことに意味があるのである。たとえば、なぜ多くの民衆は、人間の自然欲求であるとされる自由を放棄してまで圧政者に屈するのかという問いを立てて、十六世紀フランスで『自発的隷従論』を上梓したエチエンヌ・ド・ラ・ボエシーは、次のような結論にたどり着いた。「権力を揺るがせなさい、とさえ私はあなたがたに言いません。ただ権力を支持しないでほしい、とだけお願いしているのです」（本書第四十章）。フロイトと同じく、ド・ラ・ボエシーもまた、集団や連帯に内在する悪を指摘し、社会からの離脱や脱服従化なくして自由はありえないと説く。

だが、果たしてそれだけだろうか。社会を否定することで人は自由を獲得できるのかと言えば、答えは否であろう。なぜなら、個人が原初の不安を、そして人類が死を克服しない限り、自己破壊へと向かう衝動を止めることは不可能だからである。本書第六章で、キニャールはメラニー・クラインを引用して、次のように述べている。

メラニー・クラインの言葉。「どんな闘いであれ、それが現実となった瞬間から、残虐であればあるほど治癒効果をもたらすがゆえに、戦争は人類固有の問題である」不安の性質いかんにかかわらず、つまり不安が象徴的であれ、想像的であれ、狂気であれ、その不安は実際の危険によって鎮められる。戦争とは、人間社会におけるおぞましい楽園である。

クラインがここで主張するのは戦争の自己目的性であり、その大義がなんであろうと、手段でしかなかったはずの戦争がもたらす破壊的な暴力の中へと人々は進んで没入するという事実である。『トーテムとタブー』で、フロイトは死に対する生者の曖昧な態度についてすでに触れていた。「殺害された父」を通して人々は死の存在を認識し、一種の神性すら与えるものの、その一方で、「親殺し」を禁忌《タブー》の対象とすることによって死を遠ざけ、それを抽象化し、自らのものとしては受け入れないという態度である。フロイトの指摘するとおり、死の抽象化は、死を肯定するかに見えるその同じ身振りで、死の圧倒的な力の前でなす術をもたなかった原始人の無力感とその精神性を示している。いかに矛盾するように思われようと、死という想像を絶した対象から遠ざかるために、人は戦争へと逃避するのである（「私たちが死と和解することができる条件が満たされるのは（文学や演劇などの）虚構の世界だけである」、とフロイトは述べている。フロイト『人はなぜ戦争をするのか』、七五頁）。実際、極度の飢餓状態でないにもかかわらず同類を殺戮する動物など、この地球上で人間以外に見出すことはできないであろう。この事実だけでも、戦争の異常性が見えてくるはずだ。戦争は人間特有の病である。さらにキニャールによると、言語を獲得し、言語に支配された人間の病ということになる。

　動物社会ではすべてが非対称である。捕食関係がすべてなのだ。猛獣同士の関係を規定するのは、相互的でない暴力である。動物社会ではささいな戦争すら起こらない。そこでの個別性は極限的である。同一性、類、一般性、そして一般性を支える相反性、こうしたものは人間世界でしか生じない。ゆえに言語だけが——つまり子に先んじて存在する集団の言語を子が獲得する事実と、子が苦労してものにするその言語の単純な作用だけが——、異質なもの同士を対立させ、相関させ、極化し、性差化し、その結果、情熱や嫉妬、敵意を駆り立て、好戦的で敵同士の関係に仕立て上げる。

（本書第四章）

戦争とはつまるところ、みずから統御することのできない動物的な源泉を社会集団という鋳型に流し込み、目の前に敵を作り出して鬱屈した死への欲動を差し向ける行為にほかならない。もしそうであるなら、問うべきは、人間のうちで枯れることなく流出し続ける動物的な源泉とはなにかであるだろう。

四　人間における動物的源泉とはなにか

人間における動物的源泉を探ることとは、翻れば、人間において動物性と人間性を分かつ分岐点についての考察へとつながる。キニャールによると、人は乳児の段階からすでに群れから離反することへの根源的な恐怖を抱いており、それは人類に共通であるばかりか前人間的でもあるという。主体性や言語の此岸に位置するこの恐怖、人間存在の根幹をなすこの恐怖こそ、おそらく人間における人間性と動物性を分かつ分水嶺であり、思考が近づくことのできない、秘められた人類の源泉である。意識下に抑圧され、沈黙に閉ざされたこの場所には、共同体の素地となった殺戮行為が共有されるべき秘密として保存されている。たとえ社会が発展し、文明が洗練されても、人間の心に巣食う不満の疼きは衰えず、それどころか残酷さへの欲望が蘇る。いかなる進化を経ようとも、それがみずからの起源である以上、人類はかつての殺戮が封印された場所へと立ち戻らざるを得ない。

共同体が隠し持つこの秘密――ジョルジュ・バタイユはそれを「沈黙の核」と呼んだ――は、大型獣のごとくに振舞っていたかつての人間の姿を記憶しているが、それは唯一、儀式という暗号化された形で開示され、反復される。換言すれば、社会がみずからの起源と称して継承する儀式とは、人間社会に痕跡を残した原初の捕食行為の記憶にほかならないということになる。ただし、厳密な意味での捕食動物ではない人間にとって、捕食行為の記憶とは、正確には猛獣の狩りを模倣することによって地位を築きあげた模倣者としてのそれでしかないのだが。つまり、肉食動物を模倣しながら、腐食動物から捕食動物へと変貌を遂げたホモ種にとっての真の起源は、獲物を殺戮した強者の記憶ではありえず、反対に食われる側の恐怖の記憶、すなわち脅威の光景に魅了されながらその身体が釘付けとなり、麻痺状態の中で死の恐怖に呑み込まれた、無力で憐れな獲物としての記憶に結びついている。人間存在の根底には「食われることへの恐怖」が深淵を穿っているのだ（鋭い直感でこの真実を見抜いたジャック・ロンドンへの言及が本書ではなされている）。そして、この封印された太古の記憶、卑小な獲物としての恥ずべき記憶は、文化という形で昇華され、意識上に回帰する。『落馬する人々』の著者は、可視化された文化現象をたどってそれらを太古の記憶と関連づけることによって、精神の歴史を再構築しようと試みる。原始宗教や古代文明の中に封印された起源の痕跡を求め、人類がまだ人間《ホモ・サピエンス》ではなかった頃の記憶が、現代のわれわれの精神性へとつながるひとつの道筋を描こうとするのである。これこそ本書のもっとも野心的な点であり、スリリングな点でもある。当然ながら、キニャールはここで真実を明るみに出そうとしたのではない。あくまでも作家独自の視点によって、現代人が抱える問題の起源を遡り、いまや自明の事象にしかみえない諸々の文化現象をかつて結びつけていた、途切れた糸をふたたび手繰り寄せようとしただけである。

キニャールによると、人類の「沈黙の核」の痕跡は、もっとも古い葬儀形態のひとつである鳥葬に見出せるという。大型獣が食い荒らした残滓を求めて飛翔する鳥を追いかけ、屍肉の在り処へと馳せ参じ、みずからの死に際してはその魂を鳥が天まで運んでくれることを願った人類の先祖たちの記憶が、鳥葬には込められているからである。われわれの祖先は、鳥を神の使者として崇めていた。鳥が食べ残した獲物の残骸を用いて未来を占い、獲物の場所を知らせるために鳥が天空で描いた円を模して聖域を作り、そこに神殿を建て、鳥の羽を身に飾り纏うことによって最初の神々と同化した。本書ではまた、人を食料へと導く鳥たちの飛翔を日がな観察していた原始人の営みが、読書の原型となったという説も披露されている。このように、われわれの文明など及ぶべくもないような長い時間をかけて、徐々に腐肉漁りを放棄して大型獣の狩りを学んだ人類は、獲物から捕食者へと転じたみずからの物語を語るために言語を発明した（殺された獲物と、生き残った自分たちを差異化するために生まれたのが言語である）。殺されて体内に摂取された獲物は言語を介して過去のもの（物語）となるが、その際、同時に「失われしもの」として記憶に刻まれることによって、他者（神）の原型となる。その一方で、言語の作用によって「自」と「他」が明瞭に区別され――それとともに「食われる恐怖」は制御され、意識下に抑圧されていく――、周囲の環境からみずからを切り離し、自然と対峙する存在へと変貌することによって、われわれ人類の祖先へと近づいていったのである。しかし、だからといって人間存在の根源に潜む恐怖は消え去ったわけではない、とキニャールは推論する。内面化された恐怖とその対処法としての暴力は、いまや人間同士を対立させる。つまり戦争の発明である（本書第六十五章）。

戦争の源には、捕食動物として生まれたわけではない人類の祖先が味わった根源的な恐怖がある。文明や文化、友愛など理想化された人間性の深層には、両顎を開いた捕食動物の口がその深淵を開いているのだ。だからこそ、戦争は人間固有の遊戯、あるいは気晴らしとなるのであって、誰がなんと言おうと戦争の存在理由は快楽なのである。戦争の必然性とその効用について、偽善に陥らず表現した人々のことばをキニャールは本書で引用している。「殺さずに追い立てることは、享楽することなく愛するに等しい」と記したモンテーニュや、「戦争とは完全なる社会的祝祭である」あるいは「戦争は世界にとって唯一の衛生である」と宣言して憚らなかったダンヌンツィオとともに、『落馬する人々』の作者もまた、戦争には人々が追い求めて止まない魔術的効果、すなわち「残酷への陶酔」があることを追認する。そして、戦争を次のように定義するのである。「戦争が規定するのは、鎖を解かれた人間性である」(本書第七十一章)戦争ににおいて人はもっとも根源的な本性――獲物の奪い合い――を見出す。ゆえに、戦争を正当化するいかなる言説がなされようとも、戦争へと掻き立てるものとは、死への性的な衝動以外のなにものでもなく、その先には無しかありえない。

この定義は、人間存在にとって戦争が絶対条件であるというおそるべき事実を示している。先に、虚構や芸術作品を死と和解する一手段とみなしていたフロイトの説に触れたが、キニャールの意見はより悲観的である。事実、言語活動や芸術活動は原初の殺戮の記憶を不完全に消化したものにすぎないという趣旨の、ジャック・ラカンの言葉が本書では援用されている(「サドの作品は、始原の獲物の奪い合いの驚くべき残り屑である」、本書第六十四章)。

五　ふたたび落馬すること

戦争や紛争が人間の本性に由来する以上、戦争廃絶の希求は非現実的であるばかりか、超人的な目的でもあるだろう。したがって問うべきは、人間のうちに流れ続ける動物的源泉や、それが生み出す残酷への陶酔、さらには集団的利益の名のもとにそうした残虐さを正当化し、全体の意見に逆らう者に半座の罪を課すような暴虐の矛先をどのようにして避けることができるか、その可能性を探ることである。これこそ、本書のもっとも深い主題であると筆者は考える。『落馬する人々』においてキニャールは、幸福という、あらゆる社会が掲げるスローガンを糾弾する。というのも、現代社会に蔓延する病のひとつでもある幸福の希求は、人々の競争心を掻き立てる陰鬱なゲームにすぎず、つまるところ戦争と同じ論理によって働きかけられているからである。

だが、果たしてすべての人々がこのように幸福に疑問を呈して生きているだろうか。幸福の可能性、あるいは幸福追求の可能性を留保すること自体、幸福を求めない権利やその意義、ひいては幸福ではない現実を肯定する生き方、言い換えるならば幸福を求める社会の大多数に背を向ける生き方を容認し、そこに価値を認めることになるだろう。本書の作者は、みずからも幼くして鬱病を体験することによって、幼児《インファンス》が直面する社会との軋轢のうちに、共同体の起源である二律背反の相似形を見出した。メラニー・クラインを援用して、キニャールは次のように説明を試みている。「メラニー・クラインは、底知れぬ破壊性について、進化と系統発生の秩序をとおして考察しようとつとめた。個人的な生と個体発生の秩序の中にある目もくらむような原初の穴、すなわち存在論的な秩序の中にある無を理解しようとしたのである」（本書第七十六章）

児童の精神分析を専門としたクラインが至った結論によると、系統発生と個体発生をつなぐ結び目はあの同じダブル・バインド、大型獣の上顎と下顎に挟まれた「食うか食われるか」の状態である（幼児においては、巨大な母の乳房に飲み込まれるか、それとも乳房に食らいつくかという状態に置き換えることができる）。クラインを介したキニャールの解釈にしたがうなら、幼児の鬱病は、目の前に突きつけられた二律背反を回避したいと願う欲望に由来するという。「欲望は飢えに対して二次的である。平穏、満腹状態、充足感、これらは中間的な挿話《エピソード》にすぎない。野獣のサディズムに対する解決法はひとつしかない。それは鬱、拒食、引きこもり、文化である。メラニー・クラインの言葉。『鬱の立場に至ることによって、初めて罪悪感が反座法に取って代わる。その罪悪感を介して、われわれを受胎しわれわれわれを遺棄した女性の上半身へとわれわれわれの眼差しを引きつけて止まない、乳で満たされたその乳房の代わりに、われわれは自分自身を食らうのである』」（本書第七十六章）

人間の根源に潜む動物的源泉が、人や社会を駆り立てるサディズムの連鎖を断ち切ることができるとすれば、それは幸福や平和への希求によってではなく、攻撃性を自己自身へと向ける転向の意志にほかならない。こうして、社会集団の中で、ひたすらみずからの内面へとエネルギーを集中させて、暴力による連帯を断絶しようとする個が誕生する。もちろん、孤立する彼を集団は容赦なく糾弾し、踏みつけようとするだろう。そのとき何が起こるのだろうか。「そのとき、赤子は喜んでみずからの死に同意する」（第八十一章）、とキニャールは躊躇なく答えるのである。

解説冒頭での作家の発言にもあったように、本書は鬱病をめぐる考察がきっかけで執筆された。なぜ鬱病が存在するのかという問いは、みずからも長い間鬱病に苦しんだ作家自身の心の叫びでもあったに違いない。鬱病は悪なのか、仮にそうであるなら、なぜそうした悪が社会に存在するのか。もし社会が存在しないなら、鬱病も存在しないのだろうか。長年にわたる省察の成果と言っても過言ではない本作において作者が導き出した結論は、社会の中で異常視される現象こそがそもそも自然状態であったという事実である。同じく冒頭でキニャールが言及していた前史時代の洞窟壁画の例に戻るなら、壁画に描かれた群をなす動物たちと単独性の獣のどちらも等しく、人間の本来の姿を示していることになる。集団と個の対立は、したがってキニャールによれば人間における動物性と人間性の対立に重ね合わせることができる。

人間同士の結びつきが始まった時代から、社会構造は一方で隠者たち（シャーマン、狂人、独身者、若者、遠出の狩人たち）、他方で老人、すなわち大抵の場合は男性によって支配され——とは

いえ、常に主権を握るのは女性なのだが――、再生産を目的とする家族というグループに二極化される。（第五十三章）

社会の発生とともに、その内部でふたつの異なる勢力が競合し、対立する（一方は大多数で、他方は圧倒的少数でしかないのだが）。一方では、支配力を決定づけるために群れをなし、皆に同調して吠えながら敵を追い立てる者たち、他方では、沈黙と孤独を愛し、前者にぼろぼろになるまで痛めつけられた者たち。もし自由が存在するというなら、それは私たちがひとりの人間として、果たしてどちらを選択するのかという点にかかっている。

ここまで来ると、キニャールが本作を著した意図、そしてなによりも「落馬」というイメージに込めた意味が明らかになるだろう。「個人は誰しも両親との絆を断ち切るという大仕事に身を割かねばならないとフロイトが断言したとき、彼が使った言葉は分離《アブレーズング》だった。なすべきこととはそれだ。主体を脱服従化することから精神分析は始まる。脱服従化した者は、系譜学的な係累関係から逸脱する。そして、社会集団内における一個人となる」（本書第九十五章）、と作者が主張するように、個人主義を標榜するだけではもはや十分ではない。フランス語の「個人」（individu）という単語は、ラテン語の「分割不可能な存在」（*individuum*）という語から派生した。漠とした全体の一部分となるために自己の存在を極限まで犠牲にするのではなく、完全なる個《アトム》でいることもできる。ただし、そのためには人間存在の根源まで立ち戻る覚悟が必要だ。『落馬する人々』の読者はそんな作者のメッセージを聞くことだろう。

本書の刊行から五年を経て上梓された『闇のパフォーマンス』（*Performances de ténèbres*, Galilée, 2017）で、キニャールは劇場での活動を中心とする「新しい運命」にみずから身を投じたと宣言し、次のように記している。

真実を語るべきだ。つまり、生のもっとも秘められた本質的なものは「今ここ」にはない、という真実を。同時代であることをやめ、一切の指標を失うべきときが必ずやってくる。書かれた書物がそれを著した人の身体を取り戻すときがやってくるのだ。別の言い方をするなら、粗末な歩道の隅か、ささやかなこの岸辺で、ある日突然命を落とし、その瞬間に時間や日付、時代、世界とおさらばするのと同じやり方で、日々生きるべきであることを悟る瞬間が訪れる、ということだ。

齢七十歳を目前にして、パスカル・キニャールはふたたび転向（落馬）し、新たな運命に身を投じた。彼の生き様を見ることによって、人は望むだけの人生を生きなおすことがいつでも可能であることを知るだろう。

訳者あとがき

本書は Pascal Quignard, *Les désarçonnés, Dernier Royaume VII*, Éditions Grasset & Fasquelle, 2012 の全訳である。二重のタイトルからも分かる通り、本書は〈最後の王国〉と題された未完の連作の第七巻として出版された。第一巻『さまよえる影たち』(*Les Ombres errantes*) の刊行が二〇〇二年であったことを考えると、十年目にしてようやく七巻が完成したという計算になる。作者によると (現在のところ) 全体を十四巻として構想しているというのだから、本作品を含むシリーズはまさに作家の後半生をつうじたライフワークであり、本作はその折り返し地点に位置する作品に当たるといえるだろう。

『落馬する人々』の詳しい説明については本書所収の解説に譲ることとして、連作〈最後の王国〉の目下の姿をここで簡単に概観しておきたい。第一巻『さまよえる影たち』、第二巻『いにしえの光』と本作である第七巻『落馬する人々』の間には、第三巻『深淵』(*Abîmes*, 2002)、第四巻『楽園の面影』(*Les Paradisiaques*, 2005)、第五巻『猥雑なもの』(*Sordidissimes*, 2005)、第六巻『静かな小舟』(*La Barque silencieuse*, 2009) が本国フランスではすでに二〇〇二年から二〇〇九年にかけて刊行されており、本作に続くものとしては、一九九八年に単独で出版され、その後シリーズ発足に合わせて〈最後の王国〉第八巻に組み込まれた『秘められた生』(*Vie secrète*, 1998)と、二〇一四年に刊行された最新作でシリーズ第九巻に当たる『死に出会う想い』(*Mourir de penser*, 2014)がある。作者によると、二〇一八年九月には第十巻『インゴルシュタットの子ども』(*L'enfant d'Ingolstadt*, 2018)の刊行が控えているという。

連作という形式をとりながらも、〈最後の王国〉を構成する各巻の間には非常に緩やかな関係性しかなく、われわれ読者が通常「シリーズもの」に対して期待するような人物間の照応関係や物語の連続性は一切みられない。ここではむしろバッハの音楽など、バロック期の作曲様式をイメージした方が適当であろう。たとえば、第一巻『さまよえる影たち』では、死者や「失われたもの」との対話を可能にする書物や芸術作品を迂回して現代を読み解く試みがなされ、第二巻『いにしえの光』では、流れ去る時間の根底に輝き続け、われわれの生の根源であると同時にその導き手でもある「往古」に焦点が当てられている。本作『落馬する人々』では、人生における生と死、そして再生の問題が個体発生(個人的生)と系統発生(歴史)の観点から分析されている。とりわけ本書の射程は、人類史をさらに遠く遡ったところにある、動物種とホモ属を分け隔てるその分岐点にまで広げられており、時間的にみれば非常に壮大なテーマを扱っているといえよう。

人文学のあらゆるジャンルを網羅し、それらをそれぞれの文脈から一旦切り離したのちに、作家独自の視点から再構築しつつパフォーマティヴに思索を展開する〈最後の王国〉シリーズの翻訳は、毎度骨の折れる作業であることには間違いないが、本作に関しては原始宗教や民俗学などへの言及も多く、専門家の先生の助けを借りざるを得なかった。毎回ラテン語をチェックしてくださる東京大学の日向太郎先生に加えて、宗教学がご専門の筑波大学、津城寛文先生にご指導を仰いだ。この場を借りて感謝したい。

なお、パスカル・キニャール・コレクションの支柱である水声社の神社美江さんと、コレクションを見守ってくださった廣瀬覚・鈴木宏両氏にも深い感謝を捧げたい。

二〇一八年二月十四日

小川美登里

訳者について——

小川美登里（おがわみどり）　一九六七年、岐阜県に生まれる。筑波大学人文社会系准教授（専攻、フランス現代文学）。ジェンダー、音楽、絵画、文学などにも関心をもつ。主な著書に、*La Musique dans l'œuvre littéraire de Marguerite Duras*（L'Harmattan, 2002）、*Voix, musique, altérité : Duras, Quignard, Butor*（L'Harmattan, 2010）、Midori OGAWA & Christian DOUMET (dir.), *Pascal Quignard, La littérature à son Orient*（Presses Universitaires de Vincennes, 2015）、*Dictionnaire sauvage, Pascal Quignard*（collectif, Hermann, 2016）などがある。

装幀——滝澤和子

パスカル・キニャール・コレクション

落馬する人々〈最後の王国7〉

二〇一八年五月一〇日第一版第一刷印刷　二〇一八年五月二〇日第一版第一刷発行
著者――パスカル・キニャール
訳者――小川美登里
発行者――鈴木宏
発行所――株式会社水声社
東京都文京区小石川二―七―五　郵便番号一一二―〇〇〇二
電話〇三―三八一八―六〇四〇　FAX〇三―三八一八―二四三七
【編集部】横浜市港北区新吉田東一―七七―一七　郵便番号二二三―〇〇五八
電話〇四五―七一七―五三五六　FAX〇四五―七一七―五三五七
郵便振替〇〇一八〇―四―六五四一〇〇
URL: http://www.suiseisha.net
印刷・製本――モリモト印刷
ISBN978-4-8010-0225-8
乱丁・落丁本はお取り替えいたします。

Pascal QUIGNARD: "LES DÉSARÇONNÉS" © Éditions Grasset & Fasquelle 2012.
This book is published in Japan by arrangement with Éditions Grasset & Fasquelle,
through le Bureau des Copyrights Français, Tokyo.

PASCAL QUIGNARD collection

パスカル・キニャール・コレクション　全15巻　［価格税別］　＊内容見本呈

〈最後の王国〉シリーズ

さまよえる影たち〈1〉　小川美登里＋桑田光平訳　二四〇〇円
いにしえの光〈2〉　小川美登里訳　三〇〇〇円
深淵〈3〉　村中由美子訳
楽園の面影〈4〉　博多かおる訳
猥雑なもの〈5〉　桑田光平訳　次回配本
静かな小舟〈6〉　小川美登里訳
落馬する人々〈7〉　小川美登里訳　三〇〇〇円
秘められた生〈8〉　小川美登里訳
死に出会う想い〈9〉　千葉文夫訳

音楽の憎しみ　博多かおる訳
謎　キニャール物語集　小川美登里訳　二四〇〇円
はじまりの夜　大池惣太郎訳
約束のない絆　博多かおる訳　二五〇〇円
ダンスの起源　桑田光平＋パトリック・ドゥヴォス＋堀切克洋訳
涙　博多かおる訳　二四〇〇円